全 面 解 读 一 生 不 容 错 过 的 古 典 名 著

·名家解读古典名著·

话本与文言小说（下）

侯忠义 主编

解读

《子不语》

《聊斋志异》

《阅微草堂笔记》

辽宁教育出版社

图书在版编目（CIP）数据

名家解读古典名著. 话本与文言小说. 下 / 侯忠义主编. —沈阳：辽宁教育出版社，2013.1

ISBN 978-7-5382-9969-4

Ⅰ. ①名… Ⅱ. ①侯… Ⅲ. ①话本小说—小说研究—中国—古代 ②文言小说—小说研究—中国—古代 Ⅳ. ①I207.41

中国版本图书馆 CIP 数据核字（2013）第 018426 号

辽宁教育出版社出版、发行
（沈阳市和平区十一纬路 25 号 邮政编码 110003）
沈阳新华印刷厂印刷

开本：710 毫米×1010 毫米 1/16 字数：207 千字 印张：12.25
印数：1—5000 册

2013 年 1 月第 1 版 2013 年 1 月第 1 次印刷

责任编辑：严中联 责任校对：马 慧
封面设计：谭慧丽 张 瑞 版式设计：王 萌

ISBN 978-7-5382-9969-4

定价：24.00 元

目录

名家解读古典名著

话本与文言小说(下)

解读《聊斋志异》

李灵年　著

蒲松龄和他的《聊斋志异》，几乎是众人皆知的。本书综合《聊斋》研究的众多成果，对蒲松龄的《聊斋志异》做了细致解读，既总揽全貌，又细疏源流，帮助读者全面了解蒲松龄和他的《聊斋志异》。

一 蒲松龄生平

(一) 出身家世

蒲松龄是生活在清代初年的杰出文学家，被誉为中国短篇小说之王。他的文言小说《聊斋志异》，思想深邃，技巧精湛，三百年来，愈传愈广，家喻户晓，深受欢迎。红学家李希凡把它与《红楼梦》并提，他在蒲松龄故居题词中说："聊斋红楼，一短一长，千古流传，万世流芳。"随着文化交流的发展，蒲松龄已走向世界，他的作品，必将像《红楼梦》那样，成为世界文学宝库中的珍品。

蒲松龄，字留仙，一字剑臣，生于明崇祯十三年（1640 年）四月十六日，到清康熙五十四年（1715 年）正月二十二日去世，活了七十六岁。

他出生的满井庄，在山东淄川城东七里。庄子东头有一口泉井，泉水常满，溢出为溪；周围有百十棵大柳树，"环合笼盖，随溪逶迤"，因而称满井为柳泉。蒲松龄热爱乡土，热爱这涓涓清流，自号柳泉居士。

淄川是山城，周围青峰竞秀，名胜古迹触目皆是。城东有黉山，山腰有汉代大儒郑康成的"晒书台"；黉山后有座梓檀山，宋代大文学家范仲淹曾结庐于此。淄川县西，有纵横家苏秦的墓，不远处是魏国败将庞涓的墓。县西有奂山，是登高观看海市蜃楼的地方；西南有甲山，甲山之东为绵亘的昆仑山……古老文明的淄川，这些优美壮丽的自然环境以及历史文化的流风遗韵，对这位伟大的小说家的素质和性情，无疑是一种天然的陶冶和滋润。

蒲松龄的家庭，是世代书香门第。清康熙二十七年（1688 年），淄川蒲族修谱，这个族谱今天看不到了，所保存的是蒲松龄为族谱写的序言。序中说，蒲家是般阳（淄川的古名）的土著，祖墓在淄川西南的招村之北，那里有两个墓葬：一个是蒲鲁浑，一个是蒲居仁，都是元朝般阳路（地方行政区）的总管。元朝地方行政长官，正职由蒙古人担任，叫做达鲁花赤。总管为地方行政长官的副官，协助达鲁花赤办事。元代至顺年间（1331—1333 年），受荫袭官的蒲氏，因得罪元朝皇帝图帖睦尔，遭夷族之祸，满门抄斩。这时有个六七岁的男孩名叫蒲璋，恰好住在姓杨的外祖父家里，改姓埋名，才活下来。明太祖洪武初年，蒲璋已经成人，认祖归宗，复名蒲璋，迁回满井庄。此后生齿日繁，原来同村的郭、刘二大姓逐渐衰落，全村蒲姓占绝大多数，满井庄也改名蒲家庄。明代万历年间（1573—1620 年），淄川全县有八个秀才成为领国家津贴的廪膳生，蒲家就占了六个。嗣后科甲相继，称为望族，但未出做高官的人物。

从《族谱序》中我们得知，蒲松龄的远祖蒲臻，高祖蒲世广，在地方上都有点儿名气。曾祖蒲继芳，同他父亲一样，是个秀才。叔祖蒲生汶中了进士，选河北玉田知县，是个有名的孝子，听说老母患病，哭得汤水不进，呕血数斗，死在衙门。他是蒲松龄屡次提到的玉田公，也是蒲家几代中最高功名的人物了。蒲松龄的祖父蒲生汭没有功名，父亲蒲槃，字敏吾，原先也尽力读书，知识渊博，但考到二十几岁，不能进学，家境又困难，便弃儒经商，做起买卖来。二十年间，有了相当的积累，成为当地的富裕人家。明末天下大乱，他便停业在家读书教子。蒲槃四十多岁没有儿子，性情喜欢周贫济困，到蒲松龄出生时，家道已经衰微了。

蒲松龄是蒲槃的第三个儿子，正妻董氏所生。上面还有长兄兆箕，次兄柏龄；下面还有个弟弟鹤龄，总共兄弟四人。兄弟之中，蒲松龄最聪颖，读书过目不忘，蒲槃最喜欢他，把振兴家业的希望寄托在他身上。

（二）少年得意

蒲松龄的青少年时代，是中国历史上少有的大变动时期，由朱洪武建立起来的封建专制王朝，已经走到了它的尽头，朝政荒废，吏治窳败，灾荒频仍，哀鸿遍野，终于爆发了李自成、张献忠领导的农民大起义，从此江山易主，“天崩地解”，中国的战乱岁月前后延续了半个世纪。

还在清兵入关之前，满洲贵族就注意联络汉族上层地主阶级。清兵进入北京，即以“复君父仇”为号召，把明朝官员和地主阶级的仇恨转移到农民义军身上。他们下令礼葬崇祯夫妇，降附官员各升一级，明朝的革职官员以及山林隐逸广为录用。恢复科举考试，以笼络地主阶级知识分子。同时，清政权还协助一些恶霸地主恢复家产，向农民反攻倒算。这些措施，稳定了满汉地主阶级联合专政的王朝，虽然发生大小起伏的人民反抗斗争，但终于都被镇压下去。出于地主阶级的本性，蒲松龄的父辈是与农民义军对立的。

顺治三年（1646 年）十一月，高苑谢迁起义。次年六月，攻打淄川，在蒲家庄遭到顽强抵抗，为首的就是蒲槃及其兄弟蒲柷。蒲柷战死，受到政府表彰，称为“守村义举”。事后，蒲槃又捐资修复被义军轰塌的一段城墙。由此可见，清政府的两手政策对一般地主阶级所起的作用。

明清易代之际蒲松龄只有五岁，还不大记事儿。顺治七年（1650年），他十一岁，开始随父读书。在父亲的教育和殷切期望下，少年蒲松龄，潜心学业，经史子集，无不涉猎。他又善于思考，为我所取。他最爱读《庄子》《列子》和《史记》中的《游侠列传》，直到设帐授徒的时候，还选录庄、列的文章作为范本，以“沾溉后学”。当然，他必须认真学习八股文、参加科举考试，以博取功名利禄。

清政府于顺治二年（1645年）举行科举考试，并把科举制度作为培养和选任官吏的所谓“正途”。科举沿用明制，考试分三级进行，通过第一级考试的为秀才，通过第二级考试的为举人，通过第三级考试的为进士。应初级考试的人称童生，童生通过县考、府考、院考，即可取得秀才资格，称为附学生员（简称附生），也叫进学。康熙八年（1669年）以后，朝廷规定秀才每年要参加岁考、科考。岁考按成绩分为六等，一等可以补廪膳生员（简称廪生），领取朝廷的膳米。秀才被选送京师国子监学习的，称贡生。科考在乡试前一年举行，在科考中列入第一和第二等的秀才，才准许参加乡试。乡试三年一次，于秋季在省城举行，称秋闱。乡试通过即为举人，又称孝廉。有了举人资格经过考选即可做官。具有举人资格的人可以参加会试，这是最高一级的考试。会试也是三年一次，于乡试后第二年春季在京城举行，叫春闱，通过者称贡士。贡士要参加皇帝亲自主考的殿试，又叫廷试，殿士取进士若干名，分三甲，一甲三名，赐进士及第；二甲若干名，赐进士出身；三甲若干名，赐同进士出身。

清朝科举内容也沿用明代的八股程式，从“四书”（《论语》《孟子》《大学》《中庸》）“五经”（《诗经》《书经》《易经》《礼记》《春秋三传》）中出题，断章取义，考生只能代圣人立言，而且只能以理学家的曲解来阐发涵义。很明显，这种制度只能僵化学子的思想，窒息才气。但是，八股制艺是士子步入仕途的敲门砖，正如《儒林外史》中马二先生所说：“人生世上，除了这事，就没有第二件可以出头。”所以生活在那个时代的蒲松龄，也只有在八股文上下功夫。

顺治十五年（1658年），蒲松龄十九岁，参加科举考试，县考、府考都考得第一名。又去参加院考，主持院试的是山东学道施闰章，他字尚白，号愚山，安徽宣城人，顺治六年（1649年）进士，是清初文坛上出类拔萃的诗人，王渔洋把他与山东的宋琬并列，誉为“南施北宋”。施闰章素来爱才，求才若渴。这次他出的两道题目是“蚤起”“一勺之多”。

“蚤起”这一短语摘自《孟子·齐人有一妻一妾章》，是孟轲挖苦那些不顾人格乞求富贵的卑琐小人的名篇。这个题目正中蒲松龄的下怀，他在起讲中写道：

尝观富贵之中皆劳人也。君子逐逐于朝，小人逐逐于野，为富贵也。至于身不富贵，则又汲汲焉伺候于富贵之门，而犹恐其相见之晚。若乃优游宴起，而漠无所事者，非放达之高人，则深闺之女子耳。

施闰章非常赞赏蒲松龄的文才和识见，他在批语中写道：“首艺空中闻异香，下笔如有神，将一时富贵丑态，毕露于二字之上，直足以移风易俗。”

“一勺之多”是《中庸》中的话，意思是“很少的一点水”。这个题目也不易作，但蒲松龄才气横溢，洞察题旨，运笔自如。施闰章读了文章十分高兴，批道：“观书如月，运笔如风，有掉臂游行之乐。”意思是：读了这样的文章，使人赏心悦目，就像甩着臂膀在美景中游玩一样。这样的器识，这样的文才，真是难得，于是也列为榜首。

蒲松龄连取三个第一，受到学道的赞誉，当上了秀才，一时文名藉藉。这对年仅弱冠的士子来说，自然是春风得意，意气昂扬。但是，在那个时代，像施闰章这样怜才的人能有几个。那些主考官大多数都是些既无才学又死命要钱的昏官。蒲松龄在一首诗里说：

今日泮中芹，论价如市贾。
额虽十五人，其实仅四五。
益之幕中人，心盲或目瞽。
文字即擅场，半犹听天数。

话说得很冷静，实际情况就是如此。“文章憎命达”，“小惭小好且勿欢，无底愁囊今始入”。后面两句话，是蒲松龄六十六岁时庆贺两个儿子进学的诗句，道出了过来人的辛酸历程。

步入青年时代的蒲松龄，只是得意一时，此后他屡次参加乡试，每次都被黜落，四十四岁时才补了个廪膳生，等到被选拔为贡生，他已经是七十一岁的老人了。

科场失意是对他最大的打击，他感到委屈、悲痛、愤恨，同时这也教育了他，使他对世道有深入的观察，许多激愤的文字都从此而来。

蒲松龄是个重感情的人，对青年时代的恩师施闰章和费祎祉，常常留下温馨的回忆，在感戴之余，又觉得于心有愧，对不住他们的殷切期望。在《胭脂》文后，他深情地写道：

愚山先生吾师也。方见知时，余犹童子。窃见其奖进士子，拳拳如恐不尽；小有冤抑，必委曲呵护之，曾不肯作威学校，以媚权要。真宣圣之护法，不止一代宗匠，衡文无屈士已也。而爱才如命，尤非后世学使虚应故事者所及。

在《折狱》里，他引用“公羊鹤”典故，说从前羊叔子有一只舞姿翩翩的鹤，他曾向客人称赞它，谁知在客人面前，这鹤只是抖抖羽毛而不肯起舞，以比喻自己对不住推荐自己的费祎祉，字里行间渗透着苦涩的泪水。

(三）结伴苦读

顺治十六年（1659 年），蒲松龄二十岁，他与几个意气相投的好友组成“郢中诗社”。入社的有张笃庆、李希梅、王鹿瞻等。他们都刚刚考上秀才，意气风发，有很强的上进心，希望通过结社，相互砥励，研讨学业，为前程打下基础。诗社成立于端午节，取名“郢中”，有敬仰和学习屈原的意思。同时，郢人善歌，不管是阳春白雪，还是下里巴人，都出自郢中，以“郢中”命名，也含有雅俗共赏的意思。诗社中，蒲松龄和张笃庆、李希梅的友情最久，历时五十年，老而弥笃，被称为“郢中三友”。

张笃庆，字历支，号厚斋，又号昆仑山人，世居蒲家庄西南二十余里的昆仑山下，是淄川官宦大族。曾祖张至发，明末官至礼部尚书兼内阁大学士。不过他的祖、父辈都没有进入仕途，经过明末清初的战乱，张家已衰败下来。十六岁时，被施闰章录取为秀才，著有《昆仑山房集》，王渔洋说他“淹博华瞻，千言可立就”，为“冠古之才”，但命运与蒲松龄一样不济，也是以贡生终老。他比蒲松龄小两岁，入社时只有十八岁。

李希梅，字尧臣，号约庵。他与张笃庆同年生。住处与蒲松龄邻近，二人过从甚密。他颇有家产，藏书丰富，爱好金石，但困于场屋，靠自己勤学，赢得一些名声。蒲松龄有一篇《郢中诗社序》，说明他们办社的宗旨：

谢家嘲风弄月，遂足为学士之章程乎哉？余不谓其然。顾当今以时艺试士，则诗之为物，亦魔道也，分以外者也。然酒茗之宴好，人人有之。而窃见夫酒朋赌社，两两相征逐，笑谑烘堂，遂至如太真终日无鄙语；不则喝雉呼卢，以消永夜，一掷千金，是为豪耳。耗精神于号呼，掷光阴于醉梦，殊可惜也。余与李子希梅，寓居东郭，与王子鹿瞻、张子历友诸昆仲，一埤堄之隔，故不时得相晤。晤时瀹茗倾谈，移晷乃散。因思良朋聚首，不可以清谈了之，约以宴集之余晷，作寄兴之生涯。聚固不以时限，诗亦不以格拘，成时共载一卷，遂以“郢中”名社……抑且由此学问可以相长，躁志可以潜消，于文业亦非无补。

这篇序文，很值得一读，从中不但可以了解这批年轻人的志气，学习方法，了解蒲松龄的作风，同时对今天的读者，特别是青年人也有教益。从序文中我们看到，他们朝气蓬勃，力求上进。他们鄙视那种饮酒赌博、哄闹戏谑的庸俗生活，把精力用在道德文章上，以诗歌来陶冶性情，抒发才气。后来他们的诗都写得很好，恐怕与这段生活不无关系。

诗社的这一段生活，在蒲松龄的诗作中没有留下什么痕迹，只是在张笃庆的《昆仑山房集》（抄本）里，留下几首他们当时唱和的诗作。诗的题目如《希梅、留仙自明湖归，与顾当如社集同赋》《龙兴寺同蒋左箴、王鹿瞻、蒲留仙限韵》《同留仙、希梅及钖、履两弟月夜泛舟西溪，分韵得“洲”字》《与同社诸子论诗》等。从这些诗看，他们当时的心绪是悠闲的。他们以“山左风流客”自居，或白日寺院观光，或月夜湖中泛舟，飘飘然有神仙之概。他们以知音相许，矢志青云，但好景不长，不久即遭到挫折。顺治十七年（1660 年）和康熙二年（1663 年）的两次乡试，他们都名落孙山，从此屡战屡败，开始了他们终身潦倒的不幸生活。

四十多年以后，“郢中三友”都到了古稀之年。康熙四十九年（1710 年）正月，淄川举行乡饮酒礼，三人因为年高德劭，同被荐为乡饮宾介。典礼之后，蒲松龄抚今追昔，想到他们青春结社时的凌云壮志，如今都成镜花水月，作绝句一首曰：“忆昔狂歌共夕晨，相期矫首跃龙津，谁知一事无成就，共作白头会上人。”这是对郢中诗社的总结，也是对一代青年士子命运的总结。这是后话。

但是青年时代的蒲松龄阅历尚浅，虽然遭到挫折，并没有磨去锐气，反而更加刻苦攻读。康熙三年（1664 年）春天，他应李希梅的邀请，住到李家读书，同读的还有李希梅的外甥赵晋石。蒲松龄有《醒轩日课序》，记述他们攻读的情况，文章说：

李子希梅，与余有范、张之雅。甲辰春，邀我共笔砚。余携书而就之。朝分明窗，夜分灯火，期相与以有成。忽忽数载，人事去其半，寒暑去其半，祸患疾疫之杂出者又去其半，回思书之熟肄，艺之构成者盖寥寥焉。……时赵甥晋石在，假馆同居，谓余曰：“请订一籍，日诵一文焉书之，阅一经焉书之，作一艺、仿一帖焉书之，每晨兴而为之标日焉，庶使一日无功，则愧则警，则汗涔涔下也。”余曰：“善。”

这种奋志求知、严格约束自己的精神是十分可贵的。蒲松龄的渊博知识，是从苦读中来，他炉火纯青的写作技巧，也是从青少年时代千锤百炼中获得的。这些专心攻读的美好岁月，都是他创作成功的必备条件。

(四) 兄弟分居

顺治十四年（1657年），蒲松龄十八岁，与刘氏结婚。大约八年后，即康熙四年（1665年），兄弟分居。此后，蒲松龄岁岁游学，直到七十岁撤帐归来，四五十年间，家政全靠刘氏维持，毕生操劳，历尽辛苦。没有刘氏这个贤内助，蒲松龄的家庭和事业都很难预料。所以蒲松龄非常感激妻子。刘氏七十一岁逝世时，他悲痛欲绝，感到生无乐趣，回忆五十六年间的深情厚爱，酸心刺骨，老泪纵横。十五个月后，他也与世长辞了。

刘氏的父亲刘国鼎，是淄川秀才。他有四个女儿，刘氏最幼。顺治十二年（1655年），她十三岁时，讹传朝廷要选民女入宫。一时，群情汹汹，家有少女，纷纷送至夫家。刘国鼎也把女儿送到董老夫人身边。后来谣言渐止，刘氏返回娘家。两年之后，刘氏十五岁，才正式过门。

刘氏从小受到读书人的家教，性格温良，为人谦和，沉默寡言，又勤快能干，孝敬老人，所以董氏特别喜欢她，人前人后，常常夸赞。但却引起了妯娌们的嫉妒，怀疑婆母偏心，到处说婆母和刘氏的坏话，特别是大嫂韩氏，又泼悍，又狡猾，经常吵闹，蒲槃实在看不下去，决定为儿子分家。

在旧式家庭里，分家是一场无情的斗争。你抢我夺，强者总占便宜。蒲松龄的兄嫂都分得了宽敞的住室、厨房和全套家具，唯独他家，只得二十亩田，三斗荞麦，五斗小米。还要搬出旧宅，住进村子西头三间场屋。这三间场屋，十分简陋，墙土剥落，门窗不全。屋外荆棘丛生，虫蛇横行，十分荒凉。没有院门，只得向堂兄借块门板装上。这时他们的长子蒲箬已经五岁，正值荒年，一家三口生活无着，蒲松龄只得把二十亩薄田请人代耕，自己出外教书，靠微薄的束脩养家。刘氏一个年轻的妇女，守着孩子，住在村外老屋，过着贫困孤寂的生活。蒲松龄在《述刘氏行实》中形容当时的情景说：

> 一庭中触雨潇潇，遇风喁喁，遭雷霆震震谡谡；狼夜入则埘鸡惊鸣，圈豕骇窜；儿不知愁，眠早熟，绩火荧荧，待曙而已。故常自减餐，留饼饵，媚邻媪，卧以上床，浼作侣。

刘氏生四子一女，家累很重，靠蒲松龄舌耕的微薄收入，要维持温饱，把孩子抚育成人，着实不易，全靠刘氏量入为出，惨淡经营，才逐渐摆脱困境。

刘氏理家，井井有条。那时田赋很重，稍有拖欠，蠹吏狠差，便上门号呼催逼。刘氏总是预为准备，“粜谷卖丝，以办太平之税”（《答王瑞亭书》）从未因拖欠而遭官怒。她勤苦节俭，穿带补丁的衣服，吃馇粥，没有客人不见荤腥。白天劳作，晚间还要纺线，垂老苦臂痛，仍然摇纺车不停。儿女一个个长大，又要为他们操办婚嫁，“一子娶一妇，必授一室”，直到儿子们独立谋生，家中才稍有积蓄。蒲松龄在《悼内》诗中有十分切实的写照：

自嫁黔娄艰备遭，家贫儿女任啼号。
浣衣更惜来生福，丰岁时将野菜挑。
怜我衰髦留脆饵，哀君多病苦勤劳。
幸逢诸妇能相继，井臼无须手自操。

最难得的是刘氏的安贫知足，不慕荣利。为博一第，蒲松龄考到五十多岁，刘氏劝他说，不要再考了，倘若命里应该富贵，早该位至台阁了。平民百姓自有乐趣，何必临民做官呢。蒲松龄与她开玩笑，问她不想做夫人吗，她回答说：“我没有什么长处，就知道自足而已。”刘氏的为人、品德在蒲松龄的著作中留下明显的印记，她的确是一位值得纪念的贤妻良母。

（五）南游作幕

蒲松龄是土生土长的作家，足迹所及，仅限于淄川临近的地区。康熙九年（1670年），他三十一岁时，应宝应县令孙蕙的邀请，去作幕宾，是他一生中唯一的远游，头尾虽然只有一年，却对他的思想和创作很有影响，并留下大量诗文作品，是一段不寻常的阅历。

孙蕙，字树百，号笠山，顺治十八年（1661年）中进士，康熙八年（1669年）授扬州府宝应县知县。孙蕙比蒲松龄大八岁，是同邑科举中人。在未入仕途之前，孙蕙曾与本县的一些文士有诗文之会，对蒲松龄是了解的。他到宝应的第二年，便邀请蒲松龄作师爷，一则初到地方做官，人地生疏，需要有帮手，蒲松龄文笔极好，甚可信赖；再则，蒲松龄家境贫寒，到衙门办事，可以多些收入，也是对朋友的救助。

蒲松龄素性耿介，他接受邀请，固然有谋生的因素，但也出于对孙蕙的敬重。他有一首诗，题目是《树百问：“余可仿古时何人？”作此答之》：“重门洞豁见中藏，意气轩轩更发扬。他日勋名上麟阁，风规雅似郭汾阳。”推崇孙蕙胸襟磊落，意气昂扬，有如郭子仪。

康熙九年（1670年）秋九月，蒲松龄策马南行，途经淄川与莱芜交界的青石关。这里峰峦壁立，山路险要，是南行游人的唯一通道。他惊叹大自然的雄奇险峻，作《青石关》以寄兴。迤逦来到沂州（今临沂），因为下起大雨，他住进旅社。有一个读书人名叫刘子敬的，也在旅社歇息。刘子敬对蒲松龄讲述了桑生与鬼狐的爱情故事，并取出王子章作的《桑生传》给蒲松龄赏阅。蒲松龄兴致甚浓，后来经他动笔改作，易名《莲香》，成为脍炙人口的佳构。来到苏北平原，他被水乡的旖旎风光所陶醉，在《途中》一诗中概括了他初到淮南的新鲜印象：

青草白沙最可怜，始知南北各风烟。
途中寂寞姑言鬼，舟上招摇意欲仙。
马踏残云争晚渡，乌衔落日下晴川。
一声欸乃江村暮，秋色平湖绿接天。

从王家营（今淮阴市）渡过黄河，不远即达目的地。十月初三日，他便入衙办公，开始了他的幕僚生活。

孙蕙任职的宝应县，地处苏北淮河下游，濒临大运河。这里地势低洼，常患水灾。康熙七年（1668年），沥青沟决口；八年（1669年），高邮县清水潭再次决口，村落庐舍，皆成水泽。孙蕙面对满目疮痍的凄惨情景，心急如焚，到任伊始，便奋力救灾，革除苛捐杂税，勒石永禁。但是，要为百姓做点好事，谈何容易。蒲松龄初到，就碰上了修浚运河的一段公案。

这年冬天，河道都御史罗多下令宝应县征集七千民工开通严重淤塞的运河，限四十日竣工。孙蕙念及百姓已困顿不堪，不忍驱遣，只征集了一千民工，工程进度自然缓慢。罗多十分恼怒，声言要行弹劾。淮阳道副使张万春劝孙蕙贿赂求免，孙蕙不肯。谁知消息传开，百姓自动聚集，多至两万人，六昼夜即完工，使罗多惊叹不已。蒲松龄有《闻孙树百以河工忤大僚》七律，盛赞孙蕙的护民举动，有句道：“故人憔悴折腰苦，世路风波强项难。吾辈只应焚笔砚，莫将此骨葬江干！”

康熙十年（1671年）春天，孙蕙代署高邮州，携蒲松龄赴任。高邮当水陆要冲，过往的官员车船络绎不绝。“索夫马者一日而数十次，折夫马者一日而数十金。”（《二月念四日，上布政司书》）他们假托公务，敲诈勒索，稍不如意，便唾面呵斥，扬鞭打人，弄得鸡犬不宁，地方官叫苦不迭。蒲松龄有一首《大人行》描写一位钦差大臣过境时那种逞威肆虐的行径。这是一位皇帝的亲信，过境时鸣锣张盖，侍从如云，以至陆路堵塞，河道遮断。家丁殴打驿站小吏，大闹县府公堂，视县令如奴婢，唾面诟骂。他们强索车马费用，比定额高出十倍。勒索的财物要用千只船万匹马来驮运。地方上如遭到一场“兵燹”，抢掠洗劫一空。诗作饱含着愤怒和忧虑，是对显贵的尖锐揭露。《聊斋》中那些抨击贪官污吏的文字，与他在这里的亲眼所见当然会有关系。

蒲松龄与孙蕙志同道合，引为知己。孙蕙诸事与他商量，他也竭诚协助孙蕙办好公务。来往公文函件，多由蒲松龄代笔，他煞费苦心，总是做得合式得体，为政务增色。孙蕙是个有良心的循吏，愿意拯民众于水火。蒲松龄也想协助地方做点好事，在他拟定的一些布告中，同情人民的心声常常下意识地流露出来，如康熙十年四月五日，他拟定的《劝民息讼以警刁风》的告示，在讲到打官司对人民的损害时，告示说：

公门之中，魍魉魑魅，智者难除。每一票出，未与被告见面，先要原告尽情，不则呵骂责难，无所不至，其中苦状，备难殚述。到得一口气伸，而自己之人品家私，已萧然殆尽矣。

这口吻，与其说是劝人民不要到官府告状，毋宁说是控诉司法者对兴讼人的戕害，从代官府训诫，变成为人民申诉了。

蒲松龄虽然和孙蕙宾主相得，无拘无束，赋诗饮酒，肝胆相照，又常结伴同行，登高远眺，泛舟邵伯，或赏月，或听曲，似乎悠闲适意，实际上心境不能平静，忧愤和感伤时时溢于言表。他兴致勃勃来到宝应，看到的却是官场的龌龊，从政的艰难。县衙的政务，没有几件实事，交给他的主要差事是为那些达官贵人、乡宦绅衿贺诞辰。贺生子、贺中举，作祭文、作寿屏、作墓志、作婚启，都是些应酬文字，“无端代人歌哭”。他看到，即使像孙蕙这样比较关心人民疾苦的官员，生活也相当奢侈。孙蕙为庆祝四十寿辰，他大开筵宴，明烛高烧，兰香扑鼻，梨园歌伎，低唱曼舞，一派豪门公子的享乐作风。而载道流民近在咫尺，蒲松龄的家庭经济也很困窘，他的子女“嗷嗷待哺”。他虽然常把孙蕙与自己相提并论，说什么“我自蹉跎君偃蹇，两人踪迹可怜生”（《三月三日呈孙树百，时得大计邸钞》），但两人的遭逢却有天壤之别，寄人篱下的生涯如何能够长久。这种惆怅抑郁心情在《感愤》诗中表露得十分痛切：

漫向风尘试壮游，天涯浪迹一孤舟。

新闻总入狐鬼史，斗酒难消磊块愁。

尚有孙阳怜瘦骨，欲从玄石葬荒邱。

北邙芳草年年绿，碧血青磷恨不休。

这是康熙十年（1671年）正月十九日收到家书后所发的感慨。诗中说这次远游，如同一叶孤舟漫无目的地飘泊江湖，虽然有伯乐似的知己的关照，但郁积于胸中的愁思却不能消除。历史上壮志未酬、饮恨而终的亡灵比比皆是自己不如像玄石那样痛饮“千日酒”醉死了之。从诗句中我们可以窥知蒲松龄家庭的困境，同时也透露了他正在创作“狐鬼史”，也就是后来定名的《聊斋志异》。

抱着这样的心情，他当然不会长久待下去。以蒲松龄这样耿介正直的性格，恐怕也很难适应官场的屈节应付，在《漫兴》一诗中他说：

湖海气豪常迕世，黄昏梦醒自知非。

年年踪迹如萍梗，回首相看心事违。

他感到自己的豪放气度常与世情违悖，自己也明白这种作风的不合时宜。现在远游在外，与萍梗一样飘浮，老大无成，于志无补，正好康熙十一年壬子为乡试年，为前途考虑，于是在思乡的困扰中，便于康熙十年的秋日匆忙沿着南行的原道返回淄川了。他在觉斯、龠斯两个侄儿接风的家宴上，曾有诗句总结了这次远游的心情：“羁旅经年清兴减，消磨未尽祗雄心。”可见他对这次南行是颇为失望的，但为了跨入仕途，参加科举考试，他正跃跃欲试。

（六）教书生涯

蒲箬在《祭父文》中说蒲松龄“五十年以舌耕度日”，做了一辈子的教书先生。谋馆授徒，当然不是蒲松龄的初衷，而是生活逼出来的。他的人生目标是通过科举进入仕途，但连遭挫折，一时衣食无着，只得设帐求食，岁岁游学。蒲松龄在壮年时代执教的情况，经过一些学者的精心考证，大致已弄清楚。他二十六七岁时，中断了在李希梅家中借读的生活，先后在本县的沈德符（名凝祥）家和王永印（字八垓）家设帐。这些缙绅人家邀请年轻的蒲松龄“共灯火”，是因为仰慕他的文名，切磋学业，以求进取。

康熙十一年（1672年）蒲松龄乡试失利，于第二年（1673年）又到淄川城北二十余里的丰泉乡王家坐馆。王家是淄川的名门望族。这个家庭在明清交替前后的一百多年间，科甲相继，声势喧赫。明代天启、崇祯年间，王鳌永官至工部右侍郎。后来归顺清主朝，以原官招抚山东、河南，在青州被赵应元抗清义军所杀。其子王樛（音鸠）荫补銮仪卫，官至通政使司右通政。王樛的嗣子王敷政袭父职授通议大夫，升至内阁侍读学士。蒲松龄到王家坐馆，宾主相得，受到了礼遇。他与王家子弟结下了友谊，其中与王观正最为知己。观正字觐光，号如水，是王敷政的兄弟。他重道义，耽诗书，没有多少纨裤气，对钱财看得比较轻。他年方弱冠，对蒲松龄非常谦恭，也不曾中举，二人情投意合，互相慰藉。康熙十三年（1674年）七月，王观正去北京看望长兄王敷政，虽然是暂时的离别，却使蒲松龄怅然若失，非常痛苦，“侧身望燕关，涕泪零如注”（《怀王如水二十韵》），可见两人友情的深厚。二十多日以后，王观正突然归来，他喜出望外，赋诗曰：

故人千里去，别绪正彷徨。
秋色梧桐雨，晚烟薜荔墙。
旧游疑隔世，乍见似他乡。
何意丹霞落，揽衣喜欲狂！

康熙十九年（1680年）四月，蒲松龄的母亲病逝。这时蒲松龄家境贫困，又值灾年，无资营葬，兄弟束手无策。王观正并不富裕，为了朋友，他倾囊相助。拖了几年，蒲松龄无力还债。听说王如水因没法筹办女儿的嫁妆，受到家人的埋怨，蒲松龄非常难过，作诗一首，题曰：“薄有所蓄，将以偿所负，又为口腹耗去，深愧故人也。慨然有作，情见乎辞矣，寄王如水。”诗中形容王如水借钱给他，等于分出了王如水赖以活命的口粮，于心何忍！现在又值王家困难，自己无力还债，“清夜时一念，身如负刺芒”。与家人追述往事，“妻子俱沾裳”。王如水的友情，刻骨铭心，永世难忘。

从康熙十八年（1679年）蒲松龄来到毕府，到康熙四十八年（1719年）撤帐回家，整整三十年的岁月，他都是在西铺村度过的。

西铺村在淄川县城西约六十华里处。毕府也是淄川的世家名门。馆东毕际有的祖父名毕木，有八子，“二登甲，一登科，一明经，一食饩，余青衿”。登甲的二人，一为毕际有的父亲毕自严，一为其八叔毕自肃。毕自严字景曾，号白阳，明万历间进士，官至户部尚书，卒赠少保。他雅好诗文，有《石隐园遗集》。入清后，到了毕际有这一代，虽然不及祖上的显赫，但继承“白阳尚书”的遗响，也不乏进入仕途的官员。毕际有本为明末荫生，入清后于顺治二年（1645年）拔贡入监，考授山西稷山知县，升江南通州知州。康熙二年（1663年）罢归。

当时淄川的名门大族除毕家外，还有张、王、高、孙、韩五姓。毕家与这些大族多联络有亲，还与新城的显官王士祯家族有“三四世婚姻之好”。蒲松龄应邀为毕府西宾，使他有机会接触本邑的上层社会，这对他的生活、交往和创作，都有相当深刻的影响。毕际有，字载绩，号存吾，比蒲松龄大十七岁，是个自命风雅的人，“志欲读尽世间书”，“书如欲买不论金”，藏书丰富，喜欢以文会友，诗酒琴棋，兴致甚高，尤其喜种菊，是个富贵贤人。他与蒲松龄相处得相当融洽，对蒲松龄的文采尤为佩服。自己的书稿请蒲松龄批点、品鉴，一切贺吊往还，请蒲松龄代笔，亲朋来访，官吏拜谒，也请蒲松龄迎送、陪伴，蒲松龄成了毕家不可缺少的人物。

毕际有的儿子毕盛钜，字韦仲，也是蒲松龄的馆东。康熙三十二年(1693 年) 毕际有谢世后，毕府家政由他主持。《淄川毕氏世谱》说他“天性聪慧，读书善解”。他为人和蔼，比较厚道。康熙二十五年（1686 年）考得府拔贡，后选授黄县教谕，未就。他比蒲松龄略小几岁，蒲松龄教的主要是他的八个儿子。康熙三十六年（1697 年)，蒲松龄有《赠毕子韦仲》诗五首，诗中抒写了他们之间的深厚情谊。这时他到毕府已是十八个年头，十八年来，朝夕相处，如同家人。诗句说：“居斋信有家庭乐，同食久如毛里亲。”“高馆时逢卯酒醉，错将弟子作儿孙。”“他日移家冠盖里，拟将残息傍门人。”这时蒲松龄年近花甲，虽然东西奔波，感到辛劳，但念及知交深情，终于不肯言别，甚至有移家依傍门人的念头。正是因为有这样的感情基础，所以蒲松龄在毕府一住三十年，直到七十岁才撤帐东归。康熙五十三年（1714 年)，毕际有的夫人去世，七十五岁的蒲松龄亲自赴西铺吊唁，并撰写了《毕母王太君墓志铭》。

在毕府的三十年，对蒲松龄的生活与创作至关重要。首先，他的生活有了保障，靠比较优厚的馆金，可以养家糊口。家道贫寒，穷困潦倒，困扰了蒲松龄的大半生。到毕府之前，馆东不稳定，收入微薄，而又人丁旺盛，生活常感拮据，所谓“身瘦犹存骨，家贫仅立锥”。弄到一点钱，“如火燎毛，烘然一焠完之”（《金菊对芙蓉·甲寅辞灶作》)。碰到灾荒，更是忍饥挨饿，困苦不堪。康熙十二年（1673 年)，春夏大旱，他有《寄弟》诗一首，说自己一女三男，大小忍饥争食。靠自己的微薄束脩，如何能对付凶年！他的大哥衣不蔽体，二哥食不果腹，战战兢兢，真不知如何度过荒年。他形容说：

吾家家道之落寞，如登危山悬高索：手不敢移，足不敢跻，稍有不矜持，下陨无底壑！

这就是他壮年时期家庭经济的窘状。直到四十一岁母亲董氏去世，备办丧事，还是向王如水借的债。四十二岁那年（1681 年）他有一首《怜妹》诗，对于遭难的胞妹，只能听凭她坠入重渊，“兄弟皆沦落，相对一潸然!”此后的十多年，也还常有家徒四壁的忧叹。后来子女逐渐成人，各谋一馆，能自糊其口，情况逐渐好转。四十九岁时，修建三间茅屋，题名“绿屏斋”，当年养了两头牛。五十八岁时又建了“面壁居”，虽为斗室，也是儿孙课读的佳地，这时他家的土地已有四五十亩，在纪念“面壁居”落成的诗中，有“几时能买田百亩”的句子，可见他当时的愿望。但到他撤帐归家之时，也仅有“养老之田五十余亩”，只能维持稍微宽裕的生活，对于沉重的赋税，仍然感到是个负担。康熙四十九年（1710年），他在《为排邪言呈》中还说：“生石田遭旱，并无秋成，从来钱粮，无至冬不完纳者，今欠银四两，现蒙追呼，专待领银完纳。”蒲松龄一生从来不拖欠钱粮，这里说的是实话，由此可知他晚年的生活仍然是清贫的。

其次，长期在毕府作馆，蒲松龄的社会地位有所提高，除了受到地方官员的尊重外，还能够结交一些上层人物，著名的如王士禛、高珩、朱湘等。特别是他与王士禛的交往，更使他受到了殊遇。

王士禛，字贻上，号阮亭，又号渔洋山人。山东新城（今桓台）人，长于蒲松龄七岁，顺治进士，一直官运亨通，做到刑部尚书。他创“神韵”说，为一代文宗，著作甚富。毕际有的夫人为王士禛的从姑母，两家来往密切。康熙二十六年（1687年）蒲松龄与王士禛结识，共同的文学爱好把地位悬殊的两位文学家连结在一起，他们把酒论诗，一见如故。

王士禛非常赞赏蒲松龄的《聊斋志异》，他们结识的第二年王士禛写了《戏书蒲生〈聊斋志异〉卷后》，这首七绝说：

姑妄言之姑听之，豆棚瓜架雨如丝。
料应厌作人间语，爱听秋坟鬼唱时。

王士禛认为蒲松龄在豆棚瓜架之下细雨濛濛的凄冷气氛中讲说狐鬼的故事，是因为厌恶丑恶的现实世界，可以妄言妄听，不必深究。接到这位台阁重臣、诗坛泰斗的题诗，蒲松龄激动不已，有《偶感》记其时的心情：

潦倒年年愧不才，春风披拂冻云开。
穷途已尽行焉往？青眼忽逢涕欲来。
一字褒疑华衮赐，千秋业付后人猜。
此生所恨无知己，纵不成名未足哀。

王士禛的题诗，简直给蒲松龄来了绝路逢生的欣喜。他怀才不遇，科场困顿，精心结撰的小说又不为人们所理解，人生的道路已走入了死胡同。忽然一阵春风，吹散了严冬的乌云，传来了一代文宗的褒扬，真比赏赐华衮锦衣还要荣耀，他激动得热泪盈眶。只要有知音的赏赐，成名与否又有什么关系呢？我们知道，这时蒲松龄所期望的就是社会对《聊斋志异》的承认。王士禛虽然并不能或不愿理解这部作品的深刻含义，但经他这一宣传、品评，自然非同小可。蒲松龄深知这种赏识的分量，随后他依照题诗的原韵，答谢王士禛的题诗：

《志异》书成共笑之，布袍萧索鬓如丝。

十年颇得黄州意，冷雨寒灯夜话时。

诗中倾诉了自己创作的甘苦，并对“姑妄言之”作了委婉的解释，所谓“颇得黄州意”，是说自己像当年被贬官到黄州的苏轼那样，是借谈鬼说狐寄托悲愤。

王士禛是第一个品评《聊斋志异》的鉴赏家，在《喷水》《口技》《张诚》等三十余篇作品中，留下了他的笔迹。他还把《聊斋》中的一些篇目收入他的著作《池北偶谈》之中，如《妾击贼》《林四娘》《龁石》等。蒲松龄曾请王士禛为《聊斋志异》作序，王士禛虽然没有拒绝，但也未见动笔。康熙五十年（1711年），王士禛病逝，蒲松龄作挽诗数首，回忆起二人初次会面时的融洽热烈，不由得老泪纵横，为不能临穴祭奠而遗恨千秋。

第三，在毕府的三十年，还直接促进了《聊斋志异》的创作。毕府是官宦世家，住宅高大宽敞，并有园林之胜，环境非常幽雅。蒲松龄平日住在绰然堂，到了夏天，便移居东园的效樊堂，或者住进石隐园中的霞绮轩。这里花木繁盛，山光绕屋，爽气萧森，浸人肌骨，是避暑的佳境。蒲松龄教务清闲，有充足的时间读书和写作，不仅《聊斋志异》的很多篇章创作于此，他的俚曲、杂著等大部分著作都成书于毕府。丰富的藏书也为他提供了写作的资料。蒲松龄对这里的优美环境非常爱恋，有很深的感情，在他的诗集中留下了描写石隐园景物的许多吟咏。在《聊斋志异·绛妃》篇中，作者还为梦中的花神起草了讨封（风）氏的檄文。篇中说：“癸亥岁（康熙二十二年，1683年），余馆于毕刺史公之绰然堂。公家花木最盛，暇辄从公杖履，得恣游赏。”蒲松龄就是在这样的环境中构思出许多瑰玮奇丽的花妖狐魅的动人故事。

应该看到，毕际有及其子孙的开明态度也有助于《聊斋志异》的完成。蒲松龄作为教书先生，他的主要任务是为毕际有的一群子孙开蒙，讲四书、五经，写八股，学作诗文。但蒲松龄喜欢谈鬼说狐，搜奇记异，这并未引起馆东的反感，反而为蒲松龄提供了一些素材，甚至参与他的创作。《锥鸽》

篇前面说王汾滨言，后面说毕载绩先生记。《五羖大夫》也说毕载绩先生志。可见毕际有并不古板冬烘，实际上对蒲松龄的创作活动他是欣赏和赞助的，在他的影响下，这在毕府似乎已成为风气。如毕际有的侄辈毕怡庵、毕公权等，都参与了《聊斋》的写作。《狐梦》篇说："康熙二十一年腊月十九日，毕子（怡庵）与余抵足绰然堂，细述其异。余曰：'有狐若此，则聊斋之笔墨有光荣矣，遂志之。"《马介甫》篇后说："此事余不知究竟，后数行，乃毕公权撰成之。"看来，不幸中有幸。蒲松龄困顿场屋，穷愁潦倒，是他的不幸；但因此能在毕府居住三十年，给他提供了优越的创作条件，使他终于完成了他的传世之作，这又是他的大幸。

（七）思想与为人

蒲松龄生活在清王朝加强思想控制的时代，读的是圣贤书，受的是正统教育，走的是读书入仕的道路，他的思想体系，当然是儒家的正统思想。蒲松龄又深受释、道思想的影响，特别是佛教的影响极深。他对儒、释、道三家都推崇备至。他又以鬼神设教，劝善惩恶，谈神仙法术，谈生死轮回。但他立足于现实世界，他假托的鬼狐故事，无不渗透着儒家的伦理道德观念，所以就其思想实质，是以儒家思想为主，释道思想为辅的。

不过，他一生穷而在下，沦为乡村教师，经济地位接近农民，受到贫穷和赋税的困扰，基本上与农民共命运，因而他的思想，他的感情，他的忧喜，也与农民群众息息相通。在一定程度上他是被压迫人民的代言人。

首先，在政治上，他恨农民之所恨，爱农民之所爱，爱憎分明，感情倾向十分强烈。清王朝以异族入主中原，根基不牢，为稳定局势，统治者特别注意联络地方乡绅，帮助他们恢复家业，向农民反攻倒算。因而这些大官僚兼大地主，气焰十分嚣张，连地方官也受不了。长山令南某就说过："为令者他气犹好受，官家大腹奴之气难受。"他们横行乡里，鱼肉人民，又受到官府的保护，人民的冤苦，无处申诉。蒲松龄目睹这种现象，曾忿而写信给孙蕙，揭露他家人的作威作福，信中说："但祈先生微行里井而私访焉，倘有一人闻孙宅之名而不咋舌咬指者，弟即任狂妄之罪而不辞。"《聊斋志异》那些激烈抨击黑暗现实的篇章，有许多都是以揭露乡绅罪恶为其内容的，如《红玉》中退职回家的宋御史，《成仙》中的黄吏部，《崔猛》中的某巨绅之子，《向杲》中的庄公子，《窦氏》中的世家子南三复等等，他们都犯下了令人发指的罪行。

乡宦豪绅之外，直接危害人民的就是官府的爪牙——蠹役。清廷的制度，把官员的奖惩升迁与交纳钱粮的情况联系起来，顺治初年即下令：“今后经管钱粮各官，不论大小，凡有拖欠参罚，俱一体停其升转，必待钱粮完解无欠，方许题请开复升转。”因此，地方官不问百姓死活，抓人、打板子，拼命敲诈，强制百姓交纳钱粮，弄得十室九空。

与明代不同，清廷对于秀才，仅免除徭役，不免钱粮，蒲松龄的境遇与普通农民相差无几，稍有拖欠，租吏就会登门催征，大呼小叫，鸡犬不宁；更有甚者，他们妄造名目，抬高粮价，从中舞弊，以饱私囊，人民不堪其苦。

康熙四十九年（1711年），因舞弊被免职的漕粮经承康利贞，扬言得到王士禛的荐举，恢复原职，全县为之哗然。七十一岁的蒲松龄，挺身而出，亲赴济南，与康利贞展开面对面的斗争。他一面写信给退休尚书王士禛、进士谭再生，直言劝谏，要求他们不要支持这个贪污犯；一面向县令呈文，检举康利贞的劣迹。在《又投俞县公呈》中说：

……生于某月日，曾与利贞对众面质，逐款指其杂费之妄，伊亦遁辞智穷。至问其何故以市斗之价作斛价，则支吾自托，妄言罪不在已。不惟蠹民，抑亦欺官。生性古拙，不善刁讼，是非真假，敢与当堂对质。若目前偶创新科，则一岁之竭财有底，恐后此永成定例，则百年之贻害无穷。

这种为民请命的斗争精神，实在难能可贵，表现了一个正直知识分子的无私无畏。

长期生活在农村，与农民朝夕相处，同甘苦，共患难，蒲松龄体贴、同情他们，尽自己的一切努力，为乡亲父老服务。为了方便群众，他编写了有关民生的一系列通俗读物，以普及科学文化知识：供人识字辨音的有《日用俗字》，供人查检岁时节令的有《历字文》，指导种植养蚕的有《农桑经》，供人看病处方的有《药祟书》，记载男女所司家务的有《家政内编》和《家政外编》，介绍婚嫁礼仪的有《婚嫁全书》。此外，尚著有讲修身的《省身语录》，讲名分的《怀刑录》，等等，差不多把日常生活的重要领域都编了指南。这些通俗读物在谈到处世为人时，不可避免地提倡某些封建伦理道德，有庸俗落后的意识，但他的目的在于实用，并且设身处地，切实为百姓着想。他在《药祟书》序文中说：

疾病，人之所时有也。山村之中，不惟无处可以问医，并无钱可以市药。思集偏方，以备乡邻之急。志之不已，又取《本草纲目》缮写之。不取长方，不录贵药，检方后立遣村童，可以携取。

这段朴素的说明，今天读起来仍然感到亲切、动人，体会到他是穷苦百姓的贴心人。这种精神，一以贯之，在他的作品中随处都可以找到。现存的一千多首诗作中，有关天时、农事和灾异的占有相当大的比重。风、雨、旱、虫各种自然灾害，是他作品的重要主题。他的脉搏是与农民的脉搏一体跳动的。

康熙四十二年（1703年），淄川霪雨之后，继之以大旱，蜚虫害稼，是个荒年。第二年的正月二十五日夜，下了一场雪，蒲松龄有诗记之，盼望有个好年景，有句说："枕上忽闻雪乱飞，眼中已见麦掀舞。""老夫深望终余年，不见山城复用武"。

但是，天不作美，这一年旱情更重，诸灾并作，田无寸草，百姓流离失所，饿殍遍野。诗人的心完全关注在灾民身上，他一连写了《五月归自郡，见流民载道，问之，皆淄人也》《流民》《离乱》《忧荒》《纪灾》等三十多篇诗作，几乎没有心思旁顾。当时，官吏们为了自己的升迁，往往匿灾不报，根本不关心人民的死活，山东巡抚就是如此。作者在《历下》和《邸报》等诗中已径直揭露说：

"大人已报年初富，五月横尸满郡城！"（《历下》）

"年丰幸有中丞报，犹缓君王东顾忧。"（《邸报》）

灾情严重，官府不恤民情，蒲松龄忧心如焚，于是站出来向司政者呈文，连写了《记灾前篇》和《记灾后篇》两篇文字，饱含血泪，以切实细致的笔触记载了严重的灾情和灾民的痛苦，为民请命，企图打动司政者的心。《记灾前篇》有一段描写人肉人油市的情况说：

货人肉者，凌晨驱驴，载送诸市肆，价十分羊之一；或炼人膏而渍之，以杖荷坛，击铜板市上，价视乌麻之槽磨者；得入眢井（干枯的井），犹大葬也。不死者，露秽眠道侧，将亡忘羞，虽生亦忘情。或偕口俱出，死其一，行矣不顾，尸横路衢，无呜哭者。草间有弃儿，怜者收恤之。至是人亦贱，垂髫女才易斗粟。

目睹这种惨绝人寰的景象，一个有良心的作家，胸中的悲恻是可以想见的。他看到道路上的一具具横尸，"惨心惟策马，十里涕犹含"（《道殣》），但是，他感到自己是杞人忧天，无能为力，他只有"倾觞为大叫"，向老天爷呼唤："茫茫造此物，于我果何仇？"这就是所谓"康乾盛世"农民的遭遇！总之，"无秋同是虑饥寒"，我们借用蒲松龄赠别邱行素的话，来说明相似的经济地位把他和人民的命运拴结在一起了。

关于蒲松龄对鬼神迷信的态度，笔者认为，生活在那样宗教迷信盛行的时代，蒲松龄不但不能免俗，反而以鬼神仙道设教，他不可避免地陷入宗教迷信的泥坑而不能自拔。但是，蒲松龄毕竟是个学识渊博、洞悉世情的人，对于世上的种种骗局多有揭露，对僧侣道士也没有好感，所以在他清醒分析的时候，便显示出他的并不迷信的科学态度。如在《关帝庙碑记》中说："今夫至灵之谓神。谁神之，人神之也。何神之，以其不容于已于人者神之也。"换句话说，神是人封的，人之所以封神，是为了寄托大众的愿望不得已而做的。这句话与其说是肯定神，毋宁说是对神的否定。

《聊斋志异·神女》篇"异史氏曰"："女则神矣，博士（女仆名）能知之，是遵何术欤？乃知人之慧，固有灵于神者矣!"这就明白点出，人比神更为高明。

《聊斋志异·西僧》条，说一个西域僧人来中国朝佛的故事，他听说中国的泰山、华山、五台和落伽四座名山之上，遍地皆黄金，观音、文殊还活在世上。能到达东土，"则身便是佛，长生不死"。最后作者写道，听他讲的情况，就像中国人羡慕西域的情况一样。假如西游人与东渡者中途相遇，各自介绍本土的情况，是必相视失笑，不必再交互跋涉了。这则故事的寓意很清楚：世上并没有极乐世界，释家的宣传不过是个骗局。综观蒲松龄小说中热衷于现实人生的思想，这样的寓意绝不是偶然的。

蒲松龄非常注意自身的人格修养。早年，他应王永印的约请，撰写了《为人要则》十二条，针对世情和官宦子弟易犯的毛病，具体规定了处世准则，以作鉴戒。后来又编写了《省身语录》，现存序言一篇，序中说编写的目的是"用以自省，用以示后"，以继承祖先的盛德之名。这些"要则"和"格言""语录"，不可避免地充斥着封建伦理观念，这是时代和阶级的局限，应当辨析和批判，但其中也有应该继承的宝贵遗产，如主张为人诚实不欺、谦虚谨慎、急难扶危、不贪不淫等等，这些做人的准则，只要剔除其中包含的伦理说教，在今天仍不失为应当具备的个人修养。

蒲松龄重视气节，他主张诗人、作家要才德兼备、文行并优，他十分鄙薄那种有才无德的人。他读《唐人诗集》，发现宋之问的诗选入集中，深为遗憾。宋之问为初唐诗人，虽然诗作得好，但曾先后谄事权贵张易之和太平公主，多歌功颂德之作。蒲松龄开始很欣赏宋之问的作品，但一见作者大名，便感到恶心，恨不得拿剪刀把那些诗从选集中剪除。对元稹，由于他后期曾与打击过他的宦官妥协，并借助崔谭峻等人的援引，登上宰相的宝座，蒲松龄也十分轻蔑他的为人，说如果元禛能把自己的贪心稍加抑制，他的声名会更加辉煌。

蒲松龄要求别人这样，他自己也是身体力行。蒲箬《柳泉公行述》说他“天性伉直，引嫌不避怨，不阿贵显”，为人耿介。他厌见长官，三十年足迹不践公门。邑侯张石年仰慕他的文名，征召不出，只得亲临探访，不得已迫而后见。山东布政使喻成龙因慕诗名，令县宰敦请，蒲松龄竟“倦于奔波，高卧不起”。毕际有父子劝驾，乃肯一往。“傲骨端不受贫降”，他是坚持做人的准则的。在《循良政要》中，他建议临民者要重视察访，对“邑中有素不钻营，全无请托者，其人必端，其言可信，当虚心而请教之”。他就是这种端重可信之人。在朋友之间，“即平素交情如饴，而苟其情乖骨肉，势逼里党，辄面折而廷争之，甚至累幅直陈，不复恤受者之难堪”。蒲箬的这些话都句句落实，实有所指。例如他与“郢中”诗友王鹿瞻的一段公案，就很能说明他的性格。

王鹿瞻字旋视，也是个秀才，为郢中诗社同人。蒲松龄在宝应作幕时，王鹿瞻也在瓜州邱荆石那里做幕友。王鹿瞻的妻子高氏，是大乡宦刑部侍郎的女儿，为人泼悍，凌虐公爹。老人冻饿不堪，去投奔嫁在长山县的女儿，不料中途病倒。王鹿瞻闻知，在妻子的怂恿下，不加理睬。老人病死在客店，王鹿瞻仍然置之不顾。蒲松龄得知，立即写信给王鹿瞻说：“兄不能禁狮吼之逐翁，又不如孤犊之从母，以致云水茫茫，莫可问讯，此千人所共指！……请速备材木之资，戴星而往，扶榇来归，虽已不可以对衾影，尚冀可以掩耳目。不然，迟之又久，则骸骨无存，肉葬虎狼，魂迷乡井，兴思及此，俯仰何以为人?”但王鹿瞻拒不听从朋友的劝告，不去收尸，还是由他妹妹收葬了。蒲松龄非常气愤，《聊斋》中的《王介甫》篇就是为惩罚王鹿瞻及其悍妇之类而构思的小说。另外，他还编了俚曲《墙头记》，由“五人班”演出，轰动一时。王鹿瞻作贼心虚，认为是讽刺自己，先叫人来捣乱剧场，继而倚仗高家势力向县官告状，要求惩处蒲松龄。当时乡宦势力很大，知县不敢不办，又知蒲松龄无罪，只好出点路费，劝蒲松龄以游学为名，到崂山去游玩，以避风头。蒲松龄就是这样一个敢于仗义执言、不避嫌怨的人。

（八）创作生活

康熙十八年（1679 年）蒲松龄四十岁时曾为《聊斋志异》写了序言，序曰《聊斋自志》。这表明《聊斋志异》已具规模，可以装订成册了。蒲松龄在

“自志”中说：“才非干宝，雅爱搜神；情类黄州，喜人谈鬼。闻则命笔，遂以成编。久之，四方同人，又以邮筒相寄，因而物以好聚，所积益夥。”由此我们知道，他酷嗜搜神记异，进行小说创作，由来已久，散居四方的友人都知道他的这种爱好，并热心向他提供可资写作的素材。

蒲松龄何时开始创作《聊斋志异》，经过许多学者的研究考证，大体上已经理出了头绪。

康熙三年（1664 年），蒲松龄的密友张笃庆有一首《和留仙韵》，诗云：

司空博物本风流，涪水神刀不可求。
君向黄初闻正始，我从邺下识应侯。
一时结客白莲社，终夜悲歌碧海头。
几点寒烟回首处，不知清梦落齐州。

第一句借晋代张华比喻蒲松龄。司空是张华的官衔，“博物”是指他的著作《博物志》。这是一本笔记小说，所记都是异境奇物和琐闻杂事。以张华喻蒲松龄，即指他喜欢撰写荒诞不经的故事。张笃庆认为，写这种故事，好比涪水神刀，虚无缥缈，不可追求。在诗法上，张笃庆自谓师承聚集在邺下的应玚等建安七子，与他的作风不同，蒲松龄则爱写玄言诗、游仙诗之类黄初、正始的诗歌。总之，年轻的蒲松龄的志趣在搜奇猎异方面。这时他二十四五岁，可能已开始了《聊斋志异》的写作。

与此同时，他对俚曲时调也产生了浓厚的兴趣。据马瑞芳《蒲松龄评传》转引日本前野直彬的《蒲松龄传》（日文版）和日本庆应义塾大学所藏聊斋小曲目录，康熙五年（1666 年）秋天，二十七岁的蒲松龄即以一个少妇的语气写了一首《夜雨思夫曲》。第二年四月，他在淄川王村做教师，创作了《新婚宴曲》。类似这样的小曲，据统计，蒲松龄创作了近百首，多数是他青年时期的作品。俚曲与小说虽然是两种文学体裁，但它们都来自民间，其描摹人情世态的精神乃至手法却是互通的。

康熙九年（1670 年），蒲松龄应孙蕙之邀去宝应做幕友，在南游行旅中有《途中》一诗，有句云：“途中寂寞姑言鬼，舟上招摇意欲仙。”同时，在沂州的旅店里又结识了秀才刘子敬，刘子敬向他提供了《桑生传》，蒲松龄怀着极大的兴趣，重新构思，把《桑生传》改写为《莲香》，成为引人注目的优秀作品之一。这篇早期作品表明，这时他的写作技巧已臻成熟。

在孙蕙幕中，于繁忙的公务应酬的间隙，他的注意力放在搜寻创作素材和编写故事上，这在上文引用的诗篇《感愤》中有明确记载，所谓“新闻总入狐鬼史"，实指《聊斋志异》的写作。《聊斋志异》中一些以江淮地区为背景的题材，也可能是这一时期所搜集的。如以扬州为背景的《嫦娥》，以镇江和仪征为背景的《王桂庵》，以金陵为背景的《金陵女子》以及籍贯在金陵的《侠女》等。《金陵女子》记金陵狐女赐与其夫沂水赵某的药方，文中说："沂水尚有能知其方者。"并举一例，似为阻雨沂水时所闻。《巧娘》篇末云："高邮翁紫霞，客于广而闻之。地名遗脱，亦未知所终矣。"这则故事很可能是蒲松龄住在高邮时听当地人讲的。

如果说上面所引仅为蛛丝马迹的话，那么孙蕙的话便是蒲松龄耽于小说创作的有力证据。

康熙十一年（1672年），蒲松龄参加乡试落榜，孙蕙写信对他安慰并劝谏说："兄台绝顶聪明，稍一敛才攻苦，自是第一流人物，不知肯以鄙言作瑱否耶?"瑱，即善玉，此处当指善言。孙蕙认为，蒲松龄所以屡试不中，是没有把精力集中在八股文上。他所说的"敛才"，是指不要过分醉心于小说创作，分散了自己的精力。

小说从唐代以来，就被认为是才子之笔，它是综合艺术、史才、诗笔和议论，缺一样都不行，最能显示一个人的才气、学识和文采，所以唐代士子常以小说呈请当道赏阅，称作"温卷"，希望得到游扬荐拔。孙蕙希望蒲松龄"敛才"，是出于对他的关怀，是忠告。从中我们可以窥知他的这种兴趣在同仁中有十分深刻的印象。

然而，"小说和戏曲，中国向来是看作邪宗的"（鲁迅《且介亭杂文二集》）。当时一般文人的偏见，总认为写这样不登大雅之堂的东西，消遣可以，作为正经事，就未免迂腐了。而在实际上也是与前程不利的，又要考科举，又不在八股文上下功夫，整天醉心于小说创作，那不但耗费了时间和精力，而且在行文习惯上也不利于八股文章。我们看蒲松龄院试时的文章，已经显示出善于描摹世态的专长，因为碰上了施闰章这个爱才的文学家，所以他能侥幸，此后便一蹶不振了。

他的朋友都看出了他这个在作文上的致命弱点，所以屡次劝戒，希望他回头。康熙二十六年（1687年），张笃庆有诗《寄留仙、希梅诸人》，有句说："此后还期俱努力，聊斋且莫竞谈空。"这时蒲松龄仍在西铺坐馆，还不忘进取，届届参加考试，张笃庆和李希梅也还是一领青衿，说这种共勉的话，是可以理解的。朋友们一谈到前程，就会想到蒲松龄的小说创作是走入歧途。直到康熙三十三年（1694年），蒲松龄已经五十五岁，对科举已不抱什么希望，张笃庆赠诗说：“谈空误入《夷坚志》，说鬼常参猛虎行。”对他因写小说而断送了科举前程深为惋惜。

但是，蒲松龄却与世俗的认识不同。他当然明白写小说对八股考试无益，但志气坚定，坚持把小说写下去，而且当作正事，当作不朽之事业，如痴如狂，直到成功。这当然不是偶然的，与时代气氛、个人气质以及家庭教育等等都有密切关系。

蒲松龄从小随父读书，除了必读的几本启蒙课本之外，读书很杂，涉猎广博，兴趣并非倾注在死板的经书和八股文上面，而对那些形象生动、文字优美的著作兴趣浓厚，他爱读《史记》中的“游侠列传”，爱读《列子》《庄子》，认为“千古之奇文，至庄列止矣”（《庄列选略小引》）。

蒲松龄对通俗文艺更有特殊的喜爱，当时广泛流行的《三国》《水浒》《西游》《金瓶梅》《西厢记》以及“三言”“两拍”等小说、戏曲他都非常熟悉，这些作品中的人物故事和语言经常被蒲松龄所引用。他青年时代所作的时调、艳曲有些就是从《金瓶梅》中学得来的。重视民间创作，吸收民间文学的营养，本是进步文人的优良传统，明代中叶以后，向民间学习，使作品贴近现实生活，已成为进步文人的自觉要求。

关于蒲松龄的创作动机，蒲松龄自己多次表露过。他在《聊斋自志》中说：“集腋为裘，妄续幽冥之录；浮白载笔，仅成孤愤之书；寄托如此，亦足悲矣！嗟乎！惊霜寒雀，抱树无温；吊月秋虫，偎阑自热。知我者其在青林黑塞间乎!”这就是说，这部积少成多的志怪之书，意在寄托心志，抒发胸中的愤懑。“孤愤”是《韩非子》中的篇名，司马迁《太史公自序》说韩非《孤愤》篇是发愤之作，因“意有所郁结，不得通其道也，故述往事，思来者”。蒲松龄对自己凄凉孤寂，得不到世间温暖的境遇感到愤慨，因而说只有到梦魂中去寻求知己了。当时或稍后读过《聊斋》的人，大多数都能体味作者的用意，其中以余集的序言说得最为透辟。

乾隆三十年（1765年），莱阳赵起杲刊刻《聊斋志异》，仁和余集为此书作序，序中说：

按县志称先生少负异才，以气节自矜，落落不偶，卒困于经生以终。平生奇气，无所渲泄，悉寄之于书。故所载多涉俶诡荒忽不经之事，至于惊世骇俗，而卒不顾。嗟夫！世固有服声被色，俨然人类；叩其所藏，有鬼蜮之不足比，而豺虎之难与方者。下堂见虿（音 chài，蝎类有毒动物），出门触蠭，纷纷沓沓，莫可穷诘。惜无禹鼎铸其情状，镯镂决其阴霾，不得已而涉想于杳冥荒怪之域，以为异类有情，或者尚堪晤对；鬼谋虽远，庶其警彼贪淫。呜呼！先生之志荒，而先生之心苦矣！

这段话把蒲松龄的创作动机概括得相当全面。他是借助荒诞无稽的鬼狐故事，来渲泄胸中的“奇气”，也就是抒发其忧愤幽思之情怀。因为世情黑暗，公道不彰，权势者恶如豺虎，奸诈者心如鬼蜮，所以要借助鬼狐史铸下他们的劣迹，揭露他们的隐秘，以“抒劝善惩恶之心”（蒲箬《祭父文》）。可见蒲松龄的创作目的是十分明确的，他是抱着“纵不成名未足哀”的态度坚持走自己的道路。为此他辛苦经营，长年累月，“独是子夜荧荧，灯昏欲蕊，萧斋瑟瑟，案冷疑冰”（《聊斋自志》），从青年到老年，用了四十多年的时间，完成了这一部煌煌巨著。同时他又是十分自信的，“千古文章赖我曹”（《九日赠九如昆仲》）。他确实完成了那一时代的文学巨著，今天可以令蒲松龄欣慰的是，他的知己已经遍布天下，再不要向那“青林黑塞”的冥冥之中去寻索了。

蒲松龄一生著作甚富，除了《聊斋志异》外，根据记载，确知为其著述的，有俚曲十五种：《墙头记》《姑妇曲》《慈悲曲》《翻魇殃》《寒森曲》《琴瑟乐曲》《蓬莱宴》《俊夜叉》《穷汉词》《丑俊巴》《快曲》《禳妒咒》《富贵神仙》《磨难曲》《增补幸云曲》等。其中有一些是根据《聊斋》故事改编的，如《姑妇曲》据《珊瑚》，《慈悲曲》据《张诚》，《翻魇殃》据《仇大娘》，《寒森曲》据《商三官》，《禳妒咒》据《江城》，《富贵神仙》和《磨难曲》据《张鸿渐》等。

戏三出：《考词九转货郎儿》《钟妹庆寿》《闹馆》。杂著有十六种之多。张元撰《柳泉蒲先生墓表》列举五种，刻于碑阴：即《省身语录》《怀刑录》《历字文》《日用俗字》《农桑经》。后来王洪谋撰《柳泉居士引略》又增补了两种，即《家政内编》《家政外编》。之外，据蒲氏自为序跋的尚有八种。加上代孙蕙所拟文稿二册，题《鹤轩笔札》共九种。总计为十六种。

蒲松龄的诗词文作品，经过路大荒的收集整理，都被收入《蒲松龄集》之中，计文十三卷，诗六卷、词一卷。继路大荒编定《蒲松龄集》之后，陆续发现的聊斋诗文杂著篇章，盛伟的《聊斋佚文辑注》，基本上网罗了今见聊斋佚著，为了解研究蒲氏，提供了方便。至于章回小说《醒世姻缘传》是否为蒲氏作品，学者多有考证，至今没有一致的看法，只好存疑。

蒲松龄的代表作是《聊斋志异》，它是蒲氏一生心血的汇萃，但由于无力梓行，生前只以抄本形式流传，直到乾隆三十一年（1766年），蒲氏去世五十年之后，才由莱阳赵起杲首次刊刻，是称青柯亭本或赵本。原为十六卷，收文四百三十一篇。新中国成立后张友鹤根据手稿本等加以校订，增补至四百九十一篇，分为十二卷，并将前人的评点、注释搜求汇集于每篇相应文字的后面，是为“会校会注会评本”，简称“三会本”，是目前收录最全、资料最为丰富的通行版本。1989年人民文学出版社出版了朱其铠主编的《新注全本聊斋志异》，这个本子以半部《聊斋志异》手稿本为底本，手稿以外的篇目以铸雪斋抄本为底本，再参考其他本子，加以校勘注释，共收文四百九十四篇，附录四篇，是最新出版的收录篇数最多的校注本。

二 《聊斋志异》的题材来源

蒲松龄在《聊斋自志》中说：“才非干宝，雅爱搜神；情类黄州，喜人谈鬼。闻则命笔，遂以成篇，久之，四方同人，又以邮筒相寄，因而物以好聚，所积益夥。”蒲立德在《聊斋志异跋》中也说，“而于耳目所睹记，里巷所流传，同人之籍录，又随笔撰次而为此书。”这些出自作者和乃孙之手的文字，真实地记录了《聊斋》题材的来源。蒲松龄喜欢鬼狐故事，他继承我国古代采风的传统，学习干宝广泛征求神异故事的方法，自觉地、执著地向民间搜集奇事异闻和神话传说。关于他搜集民间故事的情况，常被人引用的有邹弢《三借庐笔谈》的记载：

相传先生居乡里，落拓无偶，性尤怪僻。为村中童子师，食贫自给，不求于人。作此书时，每临辰，携一大磁罂，中贮苦茗，具淡巴菰（烟草）一包，置行人大道旁，下陈芦衬，坐于上，烟茗置身畔。见行道者过，必强执与语，搜奇说异，随人所知。渴则饮以茗，或奉以烟，必令畅谈乃已。偶闻一事，归而粉饰之。如是二十余寒暑，此书方告蒇，故笔法超绝。

易宗夔《新世说》也说他“峨冠博带，日游于田野间，遇乡人则扯之谈鬼为乐”。这些都是走了样的民间传闻。蒲松龄十九岁做秀才，不久为口腹所累，东西奔波，他的身份，他的处境，都不允许他摆摊设席，强人谈论。不过，这些记载却也道出了他搜求民间传闻的痴意狂态。

《聊斋》中有一百多篇交代了故事的来源。从这些交代中我们得知他访求的范围相当广泛。首先是向他的家族或亲戚征集，如《聊斋》开篇《考城隍》是他的姐夫讲的，《捉狐》是他的姻亲孙清服讲的，《捉鬼射狐》和《蹇偿债》是从他的另一位姻亲李友三那里听来的，如此等等。其次有更多的故事则是从那些素不相识人口中讲述的，如《祝翁》得之于毕载绩的佣妇，《木雕美人》得之于某商人，《衢州三怪》得之于一个士兵等等。有一些故事虽然没有记载具体的讲述者，但却留下了故事在民间流传的痕迹，如《王六郎》写溺鬼王六郎因有仁人之心被上帝选为招远县邬镇土地的故事，小说的末尾说："或言：即章丘石坑村。未知孰是。"可知关于地点的说法不一。又如《金陵女子》写到沂水居民赵某从狐女取得治病偏方的情节，文中写道："沂水尚有能知其方者。以蒜臼接茅檐雨水，洗瘊赘，其方之一也，良效。"

在有姓名可查的搜求对象中，以士大夫阶层的人物最多，粗略统计有五六十篇之数。这和他生活的圈子有关系。这些人中有的是当时政界或文坛上的知名之士，如王士禛、施愚山、高念东等；有的则属于邑绅、乡宦，如毕际有（载绩）、唐梦赉诸人；更多的是一大批中下层读书人，多是些失志秀才、贡生之类，间或有个把举人，如袁宣四、丘行素、王子巽、刘宗玉等等。他们或当面口述，或书写邮寄，不过多数为转述，他们自己也是从民间搜集得来的。如《巧娘》说："高邮翁紫霞，客于广而闻之。地名遗脱，亦未知其所终矣。"《罗祖》说："沂水刘宗玉向予言之最详。"类似情况很多，如《新郎》《江城》《胡四姐》等皆是。虽然"聊斋爱作此等笔摇动人"（冯镇峦语，见《胡四姐》），不可过分凿实，但也非全属捏造，仍然可作他搜求创作素材的依据。

在搜集民间传闻时，蒲松龄常被故事中人物的悲欢离合的遭逢所打动，含着激动的泪水而挥毫属文。这在"异史氏"的议论中多有表白，如《折狱》中对费祎祉的赞扬，《胭脂》中对施愚山的崇敬。《张诚》篇中作者写道："余听此事至终，涕凡数堕……不知后世亦有善涕如某者乎？"可见他的动情。蒲松龄这种真挚态度，吸引了众多的支持者，正如后人所讲的："初尝效东坡强人妄言，其后不必用强，甚有构空造作奇闻以来取悦者矣。"这就是蒲氏所说的"物以好聚"的意思。

一般地说，蒲松龄只是把搜集来的故事作为创作的素材，并不只作简单的记录。后人评论他的创作过程时说："晚归篝灯，组织所闻，或合数人之话言为一事，或合数事之曲折为一传，但冀首尾完具，以悦视听。其文非一朝所猝办，其事亦非一日所网罗，历二十年，稿三数易，始得此高不盈寸之著作。"（《清稗类钞》）蒲氏在《聊斋自志》中写道："集腋为裘，妄续幽明之录，浮白载笔，仅成孤愤之书。"说的是全书的创制，若就单篇而言，又何尝不是猎狐取白，"集腋为裘"。就是说，作者完全意识到自己在创作，因而能够自觉而大胆地运用典型化方法来处理题材，从而创作出全新的艺术作品。

《聊斋志异》中的大量故事的原型出自前人或当时人的书面材料，据朱一玄先生统计，有本事可考者有一百三十九篇之多。蒲松龄涉猎广博，所据材料十分纷繁，但他不是照搬硬套，不过是借用某些有启发性或故事性的躯壳，引发改作，点铁成金，创作出全新的艺术生命。下举《姊妹易嫁》和《林四娘》两篇为例。

《姊妹易嫁》是根据明代宰辅山东掖县人毛纪（字文简）夫人的故事而撰写的。毛纪夫人官氏，因其姊嫌毛纪有文无貌，临嫁而悔，官氏承父母意，代姊嫁与毛纪。后来毛纪官至大学士（宰辅），官氏姊自恨，出家为女道士。这个故事到蒲松龄手里，把一个本来是嫌夫貌丑而抗婚的官家小姐，变换成为嫌贫爱富而赖婚的张家姑娘，赋予故事以批判势利观念的社会主题。从这一主题出发，作者从根本上变动了本来所据的史料。例如，据志书所载，毛纪的父亲毛敏，是个举人，曾任浙江府学教授。毛家自元以来，已为东莱名阀，而作者却写他出身雇农，为人“牧牛”，并于大雨中溺死旷野。这样，毛纪就由贵公子变成了出身微贱、寄人篱下的孤儿，因此为富室小姐瞧不起，对父母允婚十分不满，“怨惭之意，形于言色。有人或道及，辄掩其耳。”这个情节的变动，有力地揭露了势利鬼灵魂的丑恶。为加强对张氏的惩罚，蒲氏还增添了她晚年曾向毛纪乞讨的情节，而史载毛纪退居林下时，曾与身为道士的官氏姊有交往，而且相互敬重，当然不可能发生乞讨的事。

《林四娘》中的主人公林四娘，历史上确有其人。她是明末青州衡王府中的宫女。当时的诗人如陈维崧、王渔洋、林西仲辈，以及后来的曹雪芹都有叙及。不过，与《聊斋》中的《林四娘》相比，他们之间的差异很大。林西仲的《林四娘记》中的主人公是以一个以殉身来表白贞节的烈魂，且并非“衡府宫人”。王渔洋在《池北偶谈》里所记的林四娘，虽然故事基本情节与《聊斋》相近，但对某些关键性情节的处理却大相径庭。试举两条：一是关于贞操观念的。王渔洋摆出一副道学面孔，让林四娘的鬼魂和男主人公陈宝钥的交往仅限于友谊，而蒲氏却将林四娘描写成大胆主动寻求爱情的女性，从而使这一形象具有突破片面贞操观念的意义。二是关于民族气节的。蒲松龄竭力渲染林四娘的亡国之痛，洋溢着深沉的爱国情感，这是王作所不敢涉及的。在那首七律中带有关键性的词句上，蒲、王二人竟是那样的截然相异。蒲作的那些诗句，如“谁将故国问青天”，“闲看殿宇封乔木，泣望君王化杜鹃”，“高歌梨园歌代哭，请君独听亦潸然”，等等，在王作中则被抹去了。

当然，这些诗可能压根儿就不曾存在，蒲氏的“记述”不过是代作而已，这正好表明了他的倾向性。

有一些篇章，蒲松龄虽受前人作品的启发，甚至在故事结构上也大致仿效前作，但一经他的手笔，便花样翻新，改变或深化了作品的主旨。比如《续黄粱》之于《枕中记》，《莲花公主》之于《南柯太守传》，《织成》之于《柳毅》，《蕙芳》之于《吴堪》，等等。这些作品，继承了前人作品的构制格式，更重要的是发扬了他们的优良传统，例如他们反映现实、批判现实的精神，想象虚构的创作手法，以及显示才华的语言技巧等等。我们考察蒲松龄运用书面材料进行再创造，主要还是应从他所取的态度方面去考虑，以汲取有益的经验。

考察《聊斋》题材的来源，我们不能胶柱鼓瑟，一一寻绎出各篇作品的原型或出处，实际上，他是在前人创作，包括文言、白话小说以及史传文学等优秀作品的启迪下，依据自己对生活的观察体验，别出心裁，倾注自己的灼热情感和美学理想，熔铸成一个个动人的故事和人物形象。它扎根于现实，是时代精神的艺术升华。但仅就创作过程来说，它是凭空结撰，是把自己的感受变换为创作冲动，又把这种冲动诉诸形象。这样的作品，与那些依傍民间传说或历史故事为题材的作品不同，它们往往没有现成的故事间架或人物原型，而只是依据作者的主观意识提出某种命题，作出一种艺术的假定，然后设计出能体现作者意图的人物和情节，以达到预期的艺术效果。值得注意的是，一些脍炙人口的艺术精品，恰恰是作者凭空结撰的结晶，我们可以举出一大串篇目，如《叶生》《婴宁》《小翠》《小谢》《辛十四娘》《红玉》《黄英》《公孙九娘》《晚霞》《阿宝》《席方平》《梦狼》《向杲》《罗刹海市》等等。这些作品的情节大都曲折而离奇，支配这种离奇情节的，与其说是小说人物的品格，毋宁说是作者的愿望。

且看《青梅》篇的构思。蒲松龄在《青梅》篇后说：“天生佳丽，固将以报名贤；而世俗之王公，乃留以赠纨袴。此造物之所必争也。而离离奇奇，致作合者费无限经营，化工亦良苦矣。”这里作者和盘托出《青梅》构思的用意。很明显，文中所说的“造物”者、“化工”云云，即为作者的托名。文中所说的以“佳丽”报“名贤”的命意，即为作者的美学理想。为了把理想化为艺术作品的现实，作者“费无限经营”，创作了曲折离奇的故事情节和楚楚动人的青梅形象。

三 《聊斋志异》对时代的反映

蒲松龄生活在一个大动乱的时代，从明末到康熙二十年（1681年），中经以李自成、张献忠为首的农民大起义，吴三桂勾结满洲贵族攫取农民起义的胜利果实，清兵对汉族人民反抗斗争的血腥镇压以及吴三桂、尚之信、耿精忠等的“三藩之乱”，波及全国的战乱，持续了半个世纪，阶级矛盾和民族矛盾异常尖锐。《聊斋志异》就是在这样的大背景下创作的。

蒲松龄对反映动乱现实相当自觉。易宗夔在《新世说》中说他“目击清初乱离时事，思欲假借狐鬼，纂成一书，以抒孤愤而谂识者”。冯镇峦也说：“此书多叙山左右及淄川县事，纪见闻也。时亦及于他省。时代则详近世，略及明代。先生意在作文，镜花水月，虽不必泥于实事，然时代人物，不尽凿空。”（《读聊斋杂说》）这些评介都指出了《聊斋志异》反映时代的特色。

当时统治阶级的重大政策措施，风起云涌的人民反抗斗争，连绵不绝的天灾人祸，凡是关系到人民命运的大事，在《聊斋志异》中都有程度不同的反映。有的描写虽然是片断零碎的，但透过这些片断的珍贵材料，却透露了当时社会的真实。至于那些完整描写动乱背景下人物命运的篇章，它们所反映的某种时代特色，就更具有典型意义了。

明代自万历以后，统治阶级更加腐朽。他们在商品经济的刺激下，贪欲愈来愈大。他们凭借封建特权，肆意兼并土地，使广大农民纷纷破产，沦为佃户或奴仆。国家的赋税也越来越重，正赋之外，历年加派，有“辽饷”“剿饷”“练饷”种种名目。三饷超过正赋三倍以上，把庞大的军事负担转嫁给人民群众。他们还把城市的工商业者看作重要的剥削对象，以开矿收税为名，大肆掠夺财富。仅万历二十九年（1601年）一年之间，就搜刮了白银九十余万两，黄金一千五百余两以及大批珠宝，致使“贫富尽倾，农商交困”（《请罢矿税疏》）。刚刚出现的资本主义萌芽受到了严重摧残。

地主阶级的残酷经济掠夺和封建国家的黑暗统治，大大激化了阶级矛盾，城乡人民纷纷揭竿而起，直至酿成以张献忠、李自成为首的农民大起义，明王朝已是危机四伏，倾覆之势已成定局。

与此同时，生息繁衍在东北地区的女真族却逐步强大起来，他们与明政权的矛盾日趋尖锐。万历四十四年（1616年），努尔哈赤建立了“大金”（史称“后金”）政权。万历四十六年（1618年）“后金”向明朝公开宣战，从此，女真贵族与明朝之间的对峙局面持续了二十七年之久。其间，清兵的铁骑多次击溃明军的堵截，窜入明朝腹地，并袭扰山东，进行大规模的屠杀和掠夺，使广大汉族人民备遭蹂躏。如崇祯十一年（1638年）秋天，清兵在皇太极的指挥下，兵分两路，越过长城，会师通州，绕过北京直抵涿州，然后分兵八路沿着太行山与运河之间长驱并进。次年正月，破济南，俘明德王朱由枢，官民死者无数。当时云南道御史郭景昌巡按山东，“瘗济南城中积尸十三万余”（《明崇祯实录》卷十二）。这次清兵侵扰，克城五十八座，俘获人口四十六万。这是蒲松龄出生前一年的事。四年以后，崇祯十五年（1642年）十月，皇太极、阿巴泰等领兵从界领口、黄崖口分两路进入山东兖州，历时半载，克城十八座，俘获人口三十七万。

对于这样的浩劫，山东人民当然会留下惨痛的记忆，蒲松龄根据民间传闻，在《鬼隶》《韩方》《林氏》《辽阳军》等篇章中，以变相的故事，记载了民间的传闻。

《鬼隶》说，济南的两个役吏，因公务外出，岁暮回衙交差。归途碰见两个鬼隶，说是向东岳神祇递送公文的，并透露公文的内容说，济南府将遭大难，杀人的数目近百万，时间为正月初头。果然，“未几，北兵大至，屠济南，扛尸百万”。

《韩方》写明末济南北面的县分大闹邪疫，户户皆然。孝子韩方为父祈福，土地神告诉他，东岳大帝（泰山神）正择优录用冤鬼，济南城被北兵杀害的“枉死之鬼”，成群结队去东岳应选，沿途索贿祟人，若向岳帝上诉，冤鬼就会收敛。这则故事，反映清兵屠杀之惨，也写出了人民冤塞不解的伤痛。这是写清兵侵扰使人民群体受难的故事，手法有些曲折。

《林氏》和《张诚》等则记在清兵杀掠中一个家庭所蒙受的灾难，手法则直截了当。《林氏》中的主人公林氏被清兵掠去，不愿受辱而自刎，弃在道旁，被丈夫救回，保住了性命。《张诚》说清兵打到山东，把张某的孕妇掳去，为满洲都统占有，半年后生子，都统死，子袭父职，官金陵，于巧合中得与张某团聚。有一些篇章，或写镇边将领，或写边庭事件，都有案可稽。如《王司马》写山东新城王象乾，从明代万历中经天启到崇祯年间，四度镇边，总督宣大、蓟辽军务，力主款抚，边境以安。字里行间赞赏王象乾设疑布篱，威慑满洲兵的智谋。《辽阳军》通过一个被救伤兵的故事，记载了辽阳失守的历史事件。故事说山东沂水的某人，充军辽阳，城陷，被乱兵所杀，被鬼隶所救，送回沂水。沂水县令疑某为逃兵予以逮捕，后证实辽阳确于某月日沦陷，才把他释放。

清朝建国后，清兵在镇压反抗群众的战事中，继续进行野蛮的屠杀和疯狂的掠夺。《鬼哭》《公孙九娘》《乱离二则》《张氏妇》等都有明确的描写。

《鬼哭》记清兵镇压谢迁起义的惨状。谢迁为山东高苑（今属高青县）人，顺治三年（1646年）冬率众起义，四年（1647年）六月，据淄川县。旋遭官兵围剿，血战两月，最后失败。《鬼哭》记官兵破城而入，实行斩尽杀绝政策，尸骨填满庭院，“血至充门而流”，鬼哭连声，大呼“我死得苦!”《公孙九娘》记山东栖霞人于七抗清失败后，清政府对起义地区人民进行血腥屠杀，栖霞、莱阳两县受害最烈，作品写道：“一日，俘数百人，尽戮于演武场中。碧血满地，白骨撑天。上官慈悲，捐给棺木，济城工肆，材木一空。”故事写被屠杀的少女公孙九娘的鬼魂与莱阳生相恋的故事，九娘请托莱阳生把她的尸骨迁回故里，因忘问坟墓的标志，莱阳生于“千坟累累”的墓地竟无从完成九娘的嘱托，留下了千古遗恨，情调悲怆，反映蒲松龄对无辜受难者的深切同情。

《乱离二则》写了两个奇巧的故事，第二则写顺治五年（1648年）姜瓖叛清被镇压后人民的遭遇。姜瓖原为明河北宣化镇总兵，后降清，为大同总兵，叛清后第二年被部下杀死，但其他各处继续坚持斗争，直到顺治十二年（1655年）才被平息。清兵在山西、陕西一带，前后八九个年月，烧杀掳掠，甚为惨毒。蒲松龄记载说：“时大兵凯旋，俘获妇口无算，插标市上，如卖牛马。”原籍陕西的某公，在京任职，与家人音讯隔阻，因老仆丧偶，赴人市买妇，买来的妇人却是某公的母亲。又去市上，买回的竟然是某公的妻子，于是某公母子夫妻得以团聚。这样的巧合，说明清兵俘获甚众。据谈迁《北游录》的记载，当时北京的顺承门大街设有“人市”，“旗下妇欲售者众焉”，可见蒲氏所写言之有据。直到康熙年间，清兵对汉人的淫掠仍不收敛。

《张氏妇》篇，写平定“三藩”时期的故事。清代初年，晋封明降将耿仲明为靖南王尚可喜为平南王，吴三桂为平西王，后来逐渐养成割据势力。康熙十二年（1673年）下令撤藩，三藩先后反清，朝廷派兵征讨，战事持续了八年之久。兖州为战事的支点之一，清廷调重兵把守，以策应前线，所以文中有“南征之士，养马兖郡”的话。故事是写受害妇女惩罚无耻大兵的事迹。故事开头说：

凡大兵所至，其害甚于盗贼：盖盗贼人犹得而仇之，兵则人民不敢仇也。

其少异于盗者，特不敢轻于杀人耳。甲寅岁，三番作反，南征之士，养马兖郡，鸡犬庐舍一空，妇女皆被淫污。时遭霪雨，田中潴水（积水）为湖，民无所匿，遂乘桴入高粱丛中。兵知之，裸体乘马，入水搜淫，鲜有遗脱。

只有张氏妇不服，巧设计谋，接连杀掉三个行暴的蒙古兵。作者赞叹道："巧计六出，不失身于悍兵，贤哉妇乎，慧而能贞！"

蒲松龄就是这样直接揭露和控诉清兵的罪行，这是非常大胆的反抗行为，可知他是不避斧钺的。

值得注意的是那些描写人间纠葛的离奇故事，有不少是以战乱为背景展开情节的。著名的除了上面提到的《张诚》等篇外，还有《菱角》《曾友于》《仇大娘》等。这里介绍《仇大娘》篇，以见一斑。

这是一篇紧扣时代特点而构制的故事，人物、事件和情节都以现实生活为依据，加上作者的愿望，用偶然巧合的手法，反映了那个时代兵祸连绵、豪绅横行、地痞无赖滋事扰民，而且国法严厉的实况。

故事说山西人仇仲，大乱中被寇俘去。两个儿子仇福和仇禄都还年幼，由继母邵氏抚养。庄稼受灾歉收，又遭豪强欺凌，一家衣食不保。仇仲的叔父逼着邵氏改嫁。由于邻人魏名对邵氏的中伤，叔父的阴谋没有得逞，邵氏也因冤恨患了四肢麻痹症。邵氏速为仇福成亲，娶姜氏女。魏名勾引仇福滥赌，输尽家产，以姜氏抵债。姜家告状，福惧，逃去。邵氏病至垂危，不得已接来远嫁的仇大娘主持家务。大娘生性刚猛，控告赌徒，收回田产。魏名又设计将仇禄赚骗到范公子的私人庭院。时范公子为女择婿，仇禄的来游应了女儿的梦兆，于是招仇禄为婿。魏名引旗下逃人诬禄为窝主，仇禄被流放关外。途中，他遇见沦为乞丐的仇福，助他返回原籍。仇禄到达流放地，在将军帐下为奴，与将军帐下的一位老仆人叙起家世，始知老仆即为仇仲，父子相认。在将军的干预下，冤狱得以昭雪，仇家复业。魏名又向仇宅放火，焚毁殆尽，仇家重建房舍，挖出大宗藏金，从此仇家大富，以千金赎回仇仲，仇福改过，迎回姜氏，福禄满堂。而奸诈的魏名却是穷愁潦倒，以致沦为乞儿。

蒲松龄在"异史氏曰"中点出他要说明的道理：人的命运是上苍决定的，狡诈者存心害人是徒然的。从客观上讲，作品反映了福祸相依的辩证关系。作品塑造了仇大娘的刚烈形象。她的抗争精神和坦荡胸襟都令人敬佩。不过这里叫我们注目的是故事情节所反映的时代特征。尽管作者巧作设计，有许多幻想成分，但其构思却处处紧扣现实生活的实际。

首先，仇仲的经历在汉人中有相当的代表性。从明末到清初，清兵俘获的汉人以百万计，这些人为他们所役使，成为维持清朝国力的重要支柱。仇仲后来赎身复业，也是一部分汉人投靠清王朝所得到的实利。

其次，魏名这个奸诈的捣乱人物，是社会邪恶势力和败坏风气的化身，当时吏治腐败，贿赂公行，地痞流氓有恃无恐，挟私诬陷，乘机诈骗。他们利用严厉的国法，与官府勾结，置人于死地。顺治初年，为惩治奴隶逃亡，制定“逃人律”，规定“凡逃人及窝逃之人，两邻、十家长、百家长，俱照逃人定例治罪”（《清世祖实录》卷十五）。

康熙六年（1667 年）御史田六善奏折中反映了令人恐怖的政治气氛：“近见奸民捏词诈害，在南方者不曰‘通海，则曰‘逆书’；在北方不曰‘于七贼党’则曰‘逃人’，谓非此不足以上耸天听，下怖小民。”（同上）

张贞《上高念东先生论地方利弊书》也说：“睚眦小怨，辄兴风波，萑符窃发，即诬为间谍之人；东人禁严（指《逃人律》），强名以逋逃之主”，“蚩蚩之民……多若屠羊在肆，亦隐忍而不敢言。”

这种状况在《聊斋》中常有描写。《于中丞》中就写到，对于当时“功令严，上下讳盗”，“即被盗贼劫杀，亦隐忍而不敢言”的情况，朝廷深知其严重危害，所以屡下禁令，企图有所纠正。如顺治十三年（1656 年）六月颁谕曰：“满洲家人（指奴隶）皆征战所得，故立严法以儆逋逃。比年株连无已，朕心恻焉。念此仆隶，亦皆人子，苟以恩结，宁不知感?若任情困辱，虽严何益?嗣后宜体朕意。”十六年（1659 年）有“申定诬告之罪”，有“定光棍招摇吓骗挟诈官民以强盗拟罪”等禁令。到康熙朝，也一再重申上述禁令。由此可知，《仇大娘》中写的情况完全符合实情，具有很高的认识价值。

四 《聊斋志异》的复仇主题

《聊斋志异》中那些有思想价值的作品，引人注目的首先是那些暴露黑暗现实、惩治贪暴的篇章。这是封建社会进步文学的传统主题，但蒲松龄创作这一类作品，有自己的发展，他每每怀着深切的同情心，与作品中的受害人物同仇敌忾，对迫害者加以严惩，报仇雪恨。在他的笔下，血债必须偿还，无辜受害者终有出头之日，为富不仁者绝无好下场。他的立足点不仅仅在于揭露，还着眼于抗争，因此我们把这类作品，称之为以复仇为主题的作品。

上文提到，蒲松龄的时代是一个大动乱的时代，人民饱受战乱之苦，伴随着连绵兵祸的同时，是官府的腐败和社会现实的黑暗。清朝基本上继承了腐败的明朝官制，加上满洲贵族自身的落后性，对人民的掠夺有增无已。为了巩固满汉地主阶级的政权，他们扶持地主阶级，重新建立已被农民起义军冲垮的特权，向农民进行反攻倒算。这样，新贵与旧族相结合，形成豪强阶层，兼并抢掠，仗势欺人，使无权势者备受欺压凌辱，加上法令严酷，动辄犯法触刑，弄得百姓席不安枕，惶惶不可终日。这是一个是非不分、黑白颠倒的势力世界，稍有一点良心的人都无法忍受这种屈辱而苟且偷生。

史载顺治十五年（1658 年）四月直隶、河南、山东总督张悬锡自刎，留有遗疏，其略曰："待罪臣张悬锡谨奏：臣自莅任以来，矢心愿作忠良，喜怒不拂民欲，是非必告穹苍，意欲平治天下。谁知直道难行，清白招众之忌，赣直举国如狂，是以满腔愁郁，因而仪节乖张，自知此身必死，何如引咎而亡……"张悬锡是封疆大吏，由于上下交贿，在苛索挟逼下，他感到无法存活，只得自尽。至于一般百姓，其冤塞苦状可想而知。

上文所引张贞《上高念东先生论地方利弊书》，说小民"多若屠羊在肆，噤不能发一声"，是实际情况。但是，有压迫就有反抗。"天命复不救，复仇古所贵"（元杨载《胡氏刺虎图》），复仇的主题自古有之。大自民族国家，小到身家个人，都因含冤负屈而发生不同性质、不同范围的复仇事件。从神话传说、史传文学到戏剧小说，有大量作品描写这类复仇故事，蒲松龄继承古代作品的优良传统，结合时代赋予他的精神特质，使复仇主题大为扩展，具有鲜明的人民性和时代精神。

在《聊斋志异》中，复仇思想几乎涉及到他所描写的一切领域，但其主要指向是贪官污吏和土豪劣绅。常被列举的有《王者》《续黄粱》《梦狼》《席方平》《潞令》《梅女》《红玉》《商三官》《博兴女》等。

《王者》写湖南巡抚某公，派州佐押解饷银六十万赴京，途中被劫。某公责令州佐侦破，被一盲人引入深山，宫殿中有一穿戴汉人官服的王者，令州佐携巨函回复。巡抚发函，内装其爱妾头发，附一书云："汝自起家守令，位极人臣。贿赂贪婪，不可悉数。前银六十万，业已验收在库，当自发贪囊，补充旧额。解官无罪，不得加谴责。前取姬发，略示微警。如复不遵教令，旦晚取汝首领。姬发附还，以作明信。""拆视未竟，面如灰土"，不数日即病死。"王者"象征着与清廷对抗的正义力量，寄托了人民惩罚贪官污吏的愿望。

《续黄粱》中的曾孝廉，本是个心地卑污的市井无赖，刚中进士，即作飞黄腾达之想。他梦中作了宰相，便依恃皇帝的信任，滥用职权，贪赃枉法，卖官鬻爵，提拔亲信，排斥异己，强占民女，荼毒百姓，真是无恶不作。这一形象是对封建官员丑恶本质的集中概括，有很高的典型性。文章的下半篇写他受到罪有应得的惩处，作者调动了人间和冥府所有的刑罚手段，叫他入狱，砍头，上刀山，下油锅，吞铜汁；叫他下世为乞儿，为媵妾，真是无所不用其极，渲泄了人民群众对作威作福者的极度痛恨。文中所谓盗贼的冤民群众，砍了他的头，给予关键性的一击，其象征意义相当深刻。

在《梦狼》中，与《续黄粱》相同，也是借助“诸寇”之手，实际上是借助为民众发泄冤愤的武装力量，砍掉了县令白甲的头颅。

《梦狼》写白翁梦游其次子白甲的县衙，“见堂上、堂下、坐者、卧者，皆狼也。又视墀中，白骨如山。”白甲为父备餐，“忽一巨狼，衔死人入”，翁问：“此胡为者?”甲曰：“聊充庖厨。”白翁派长子去探视白甲，“见其蠹役满堂，纳贿关说者，中夜不绝”，梦境与现实两相对照，深刻揭露了封建官府的吃人本质。

《梅女》中的典史为了三百钱的贿赂，便诬人为奸，逼死人命。《潞令》中的潞国英，“贪暴不仁，催科尤酷”，到任百日，杖杀五十八人。“天下之官虎而吏狼者，比比也。”(《梦狼》)

《聊斋》中的各级官吏，多贪酷成性，作者也一一给予应得的惩治。值得重视的是蒲松龄还揭示了产生这种腐败现象的根源。在《梦狼》中作者借白甲的口说：“黜陟之权，在上台不在百姓。上台喜，便是好官；爱百姓，何术能令上台喜?”所以他们千方百计搜刮民财，向上司行贿。在《促织》中，作者更借成名一家为了一头蟋蟀而经历的悲欢离合，说明皇帝的荒淫昏庸是造成民害的因由，所谓“天子一跬步，皆关民命，不可忽也”，把批判的矛头直指最高统治者。

《聊斋》中有相当篇幅着重揭露乡绅的罪恶，他们依杖财势，与官府勾结，作威作福，气焰十分嚣张。《红玉》中罢官乡居的宋御史，公然抢走书生冯相如的妻子，殴打冯家父子，致使冯父吐血而死。冯生“抱子兴讼”，没有一处官府为他伸冤，幸有“虬髯”丈夫，刺杀御史父子三人，并一媪一婢。《商三官》中的商士禹被豪强打死，两个儿子告状，没有结果，十六岁的女儿商三官，改扮成艺童，乘机手刃仇人。《窦氏》中的世家子弟南三复诱骗了农女窦氏，生下孩子竟然拒不承认。窦女抱儿奔南，南任其“依户悲啼”，终使母子俱僵。窦氏的冤魂，严惩了这个以贵倨凌人的负心汉。

从上举故事中可以看出，有冤必伸，有仇必报，是伴随着揭露而突出表现的思想，虽然有的寄托于清官循吏，如《新郑讼》《太原狱》，有的采取天谴阴报的幻想形式，但主要是鼓励那些受害者不要屈服，不要忍气吞声，而是要挺起脊梁，以贯长虹之正气，压倒邪气，进行殊死的斗争。为此蒲松龄塑造了一大批刚烈复仇的人物形象。除了商三官、窦氏外，常为人称颂的还有侠女（《侠女》）、庚娘（《庚娘》）、王鼎（《伍秋月》）、郎玉柱（《书痴》）等。《向杲》中的主人公，化虎杀仇，又借仇人之矢而得复生，虽扬言杀仇者即为我，但因事诞而无据，使官府无法立案。这则故事反映了蒲松龄对复仇者的激励和爱护，很有特色。

《聊斋》中描写抗争精神的名篇中以《席方平》最为突出。席方平为父伸冤，潜入冥府，四次告状，决不屈服。他先告狱吏，城隍不予受理；再告城隍，郡司批回重审；第三次告到冥司，冥王对他施行酷刑，逼他息讼，但他毫无畏惧，回答斩丁截铁，声言："大冤未伸，寸心不死，若言不讼，是欺王也。必讼！"第四次告到二郎神，冤案才得了结。作者借助二郎神的判词，淋漓尽致地描写了当时的黑暗现实，有些段落久为人们传颂，下面摘引极有概括性的几句，以见其入木三分之笔力：

羊某：富而不仁，狡而多诈。金光盖地，因使阎摩殿上，尽是阴霾；铜臭熏天，遂使枉死城中，全无日月。余腥犹能役鬼，大力直可通神。

这不仅是对羊某的判词，也是对剥削阶级为富不仁者的深刻揭露。有钱能买鬼推磨，在那贿赂公行的封建末世，官府不过是有钱人对平民专政的工具，因此造成冤狱四起，人民冤塞于胸，怨气冲天。这就是蒲松龄复仇思想的社会根源。

五 《聊斋志异》对科举弊端的揭露

《聊斋志异》突出的内容之一是对科举弊端的揭露和批判。它艺术地再现了清初科举制度的黑暗腐朽，并深刻地揭示了一代知识分子所受的折磨与打击，描写了他们难以愈合的心灵伤痕。

科举考试制度发展到明清时代已经弊端百出，当时的有识之士都看得清楚，黄宗羲指出："取士之弊，至今日科举而极。"（《明夷待访录》）为了经费收入，朝廷又实行捐官制度，"正途"之外，有钱人可以纳银买官，更把仕途搞得十分混乱而又肮脏，"学而优则仕"的古训早已变成一纸空文，而一般读书人又别无他途可走，正如章学诚所说：“孔孟生于今日，欲罢不能矣。”

蒲松龄经过深入的观察和切身的体会，深知科场和官场的种种弊端，但却不能像后来的吴敬梓那样，及早抽身超脱，免受它的羁绊，而是孜孜以求，直考到五十多岁（一说六十多岁）才肯罢休，因为他是个中人，有切肤之痛，所以描写起来也特别痛心，往往声泪俱下。他是站在受害群体的立场上，来控诉科举戕害士子、毁人前程的罪恶的。

尽管科举制度对考生有种种条例进行严厉管束，而且标榜以文行优劣为取舍标准，但实际上录取与否完全没有准头，结果造成妍媸颠倒，“黜佳才而进凡庸”的局面，致使“陋劣幸进，英雄失志”。这是令人不平的。蒲松龄在《司文郎》和《贾奉雉》等作品中揭露了这种现象。

《司文郎》写王平子与余杭生同赴顺天府乡试，请一盲僧品评二人的文章。盲僧本是前朝名家，今虽为游魂，却能以鼻代目，对那烧成灰的文字，一嗅便知优劣。先嗅王生的作品，认为他师法大家准定中举；再嗅余杭生的文章，一贴近鼻孔，就感到作呕，但到发榜时，余杭生高中，王生反而落榜。

《贾奉雉》写名冠一时的贾奉雉，每次考试总归名落孙山，一次有道人略施小术，强制他搜集落卷中那些语意浮泛、格调低下、不可告人的文句连缀成篇，出乎意料，竟被录取为经魁。贾奉雉事后重读中式的考卷，“一读一汗”，读毕，汗水浸湿了两层衣衫，他感到惶愧，无颜面世，于是逃遁山林。他说：“若心无愧耻，富贵不难致也。”蒲松龄就是这样挖苦那些中式的考生和阅卷的试官。

造成这种黑白颠倒衡文不公的原因，作品中一一作了剖析。一个是帘官贪财，看钱不看文；一个是帘官瞎眼，看不出高低好坏。《于去恶》中把那试官比作“乐正师旷”和“司库和峤”。乐正和司库都是古官名，前者司乐，是个盲人；后者管钱，是个钱癖。士子要想被录取，要向试官行贿，备足财礼，才有希望。《神女》中的米生，入郡谋复衣巾，受到神女的资助，告戒他：“今日学使署中，非白手可以出入者。”《饿鬼》中的县学训导，做学官数年，一味要钱，只要送钱，他就像鱼鹰那样吓吓嬉笑；不然，眼帘一垂，板起面孔。他感兴趣的就是处罚学生，以勒取钱物。《考弊司》中写学官“虚肚鬼王”，对无钱送礼的秀才，就要割取他们大腿上的肌肉，真是惨毒之至。蒲松龄在激忿之余也对试官衡文不公的原因作些冷静分析，《于去恶》篇中写道：“得志诸公，目不睹坟、典，不过少年持敲门砖，猎取功名，门既开，则弃去；再司簿书十数年，即文学士，胸中尚有字邪？”所以他在小说中设计对帘官进行考试，“能文者以内帘用（参与阅卷），不通者不得与焉”，以求补救弊端，可是连阴间也只是虚有计划，阳间更不必论说，反映作者对科场的失望。

科举考试的黑暗现实使多少有才学的士子蒙受冤屈，断送了终生。《三生》写被帘官黜落的兴于唐，冤魂在阴司告状，一定要挖掉帘官的双眼，剖开他的心脏。一不如意，他便“悲鸣号恸”，千万个冤魂“万声鸣和”。接连三世，冤结不解，可见怨毒之深。《考弊司》中对于“虚肚鬼王”，也是让阎罗抽他的筋，敲掉他的牙。这种愤慨情绪，在《叶生》和《素秋》等篇中表现得尤为沉痛。

《叶生》是揭露黑暗科举的名篇，也是蒲松龄怀才不遇、借以抒发悲愤的代表作。故事以寓言形式，写叶生的生死遭际。故事分三段，情节有三大转折。先说淮阳叶生，文章词赋，冠绝当时，受到县令关东丁乘鹤的游扬、关照，希望博得一第，但榜发落第，感到愧对知己，遂病。丁乘鹤免官回原籍，邀叶生为西席，整装等待叶生康复。不久，叶生忽至，同回关东。第二段写叶生悉心指导丁子，使他中举人中进士，自己也得门人帮助，中了举人。第三段写叶生衣锦还乡，见家门萧条，其妻骇怪退避，始知自己病故已久，中举者乃其魂灵也。小说写得满纸呜咽，怆楚悲痛。在丁乘鹤之子高中后，叶生的一段话是本文的主旨：“是殆有命，借福泽为文章吐气，愿亦足矣。使天下人知半生沦落，非战之罪矣。且士得一人知己，可无憾，何必抛却白纻（指秀才服式），乃谓之利市哉!”

小说中人物的话，实际上吐露了作者的心声，作者的人品、才学、文章，不为当世所容、所识，而被轻视、埋没，因而怨忿在心，死不瞑目。同时，蒲松龄的遭逢也是当时千万士子命运的缩影，所以又具有广泛的代表性，因而能引起人们的共鸣。

《素秋》中蠹鱼（蛀书虫）幻化的书生俞忱，十九岁入科场，博得邑、郡、道三个第一，其文为倾慕者争录传诵，但终于被黜，遂愤懑而死。这一事件，虽然仅为这篇小说的一个铺垫性插曲，但它的悲剧内容与《叶生》相似。以蠹鱼化名俞士忱，以寓意攻读儒学之士，其含义也十分明白。

科举制度以名利为诱饵，对读书人的毒害十分严重。考取了举人、进士，便平步青云，荣华富贵随之而至；名落孙山，就会穷愁潦倒，淹蹇终生，因此功名观念深入骨髓，以致弄得神魂颠倒，失却常态。上举《续黄粱》中的曾孝廉就是醉心功名，幻想爬上高位后而作威作福的典型形象。

《王子安》写东昌名士王子安，临近发榜，期望甚切，痛饮后白日作梦，梦见自己中进士、点翰林，有长班侍候，于是自念不可不炫耀乡里，大呼小叫，终为狐仙戏弄，跌落于床下。作者在“异史氏曰”中，连用七个比喻，把秀才入场前后的心境与窘态，形容得惟妙惟肖，苦涩之中，充满了哀怜与慨叹。他写道：

异史氏曰：“秀才入闱，有七似焉：初入时，白足（光脚）提篮，似丐。唱名（点名）时，官呵隶骂，似囚。其归号舍也（考试住宿之处），孔孔伸头，房房露脚，似秋末之冷蜂。其出场也，神情惝倪（迷惘），天地异色，似出笼之病鸟。迨望报也，草木皆惊，梦想亦幻。时作一得志想，则顷刻而楼阁俱成；作一失志想，则瞬息而骸骨已朽。此际存坐难安，则似被絷之猱（猿猴）。忽然而飞骑传人，报条无我，此时神色猝变，嗒然若死，则似饵毒之蝇，弄之亦不觉也。初失志，心灰意败，大骂司衡无目，笔墨无灵，势必举案头物而尽炬之；炬之不已，而碎踏之；踏之不已，而投之浊流。从此披发入山，面向石壁，再有以‘且夫’、‘尝谓’之文进我者，定当操戈逐之。无何，日渐远，气渐平，技又渐痒；遂以破卵之鸠，只得衔木营巢，从新另抱矣（指孵卵）。如此情况，当局者痛哭欲死；而自旁观者视之，其可笑孰甚焉。

这是客观的描写，也是切身的感受，不是过来人是不易体味的。从此也可看出蒲松龄有清醒的一面，只有跳出名缰利锁的羁绊时，才能写出如此辛辣的文字。

科举以八股文取士培养了一批知识贫乏、能力低下的书呆子，《儒林外史》中的马二先生是尽人皆知的典型。《聊斋·书痴》中的郎玉柱更为出奇罕见，他把宋真宗的《劝学篇》视作金科玉律食而不化，确信“书中自有千锺粟”，“书中自有颜如玉”，连夫妇情爱也不知晓，完全是个无用的废物，说明一个脱离生活、脱离社会的蛀书虫，于人于己皆无好处，这是有启迪作用的。蒲松龄还对那些轻狂自大、浅薄无知的士子进行讽刺和揶揄，《仙人岛》《嘉平公子》都值得一读，对于斯文人物装腔作势的酸腐气，作者非常厌恶，《苗生》中甚至让那些鄙琐无趣的书生葬身于虎口。在《沂水秀才》中作者开列俗不可耐之诸事，其中就有秀才的庸俗作风数条，可知蒲松龄讨厌那些虚伪的人，主张保持人的自然本色。

六 《聊斋志异》的婚姻爱情主题

以婚姻爱情为描写内容的作品，在《聊斋志异》中占有相当大的比重，其中不少脍炙人口的名篇佳作，塑造了一个个痴情男女的动人形象。无论是花妖狐魅还是现实中人，都写得个性鲜明，栩栩如生，情节曲折跌宕，洋溢着浪漫色彩，永葆其艺术的魅力。

在这些以婚姻爱情为主题的作品里，蒲松龄倾注了极大的热情和爱心，刻画了主人公的高尚情操和坚强意志，寄托了自己的美好愿望和崇高理想，因而能够深深打动读者。

对爱情的执著专一和勇敢追求，是《聊斋》爱情故事的一大特点。在许多篇章里，为了纯真的爱情，它们的主人公常常是百折不挠，一往直前，置生死于度外，一定要达到自己的目标。《阿宝》《连城》《鸦头》《晚霞》《白秋练》《香玉》《王桂庵》《细侯》等都有精彩的描述。

《阿宝》中的男主人公孙子楚，爱上了富商的女儿阿宝，一片痴情，致使魂魄离体，随阿宝坐卧起居，被召回后，又化作鹦鹉，飞抵阿宝身边。婚后三年，孙病死，阿宝自经殉情，冥王念其夫妇情真意笃，送他们再生还阳。对孙子楚的“痴情”，作者大加赞扬。

《鸦头》中的鸦头，是沦为风尘的少女，她看上了诚实可靠的王文，果断地与他私奔，跳出火坑，虽经鸨母的千折万磨，矢志不二，显示她性格的倔强。可以说，世上简直没有什么力量可以使他们屈服。

马克思说：“情欲是人强烈追求自己对象的本质力量。”（《1844 年经济学—哲学手稿》）情欲的迸发，能像火一般的炽热而猛烈，而把现实置之于脑后。蒲松龄在不少篇章中描写了这种本质力量，把爱情的内驱力发挥得淋漓尽致。

《青娥》篇写少年霍桓瞥见容貌非凡的少女青娥，“祇觉爱之极，而不能言”，得道士所授神铲，便凿洞穴墙，直达青娥卧室，安卧其侧。他被指斥为贼，出涕曰：“我非贼，实以爱娘子故，愿以近芳泽耳。”

《鲁公女》中的书生张于旦，爱恋鲁公女，女暴卒，张不以人鬼阻隔，日夜祈祷，以图相聚。鲁公女托生于河北卢家，张于旦等待了十五年前去赴约，女见于旦相貌与年龄不合，悲啼忧愤而死。死后托梦于旦，招魂复活，再次结为伴侣。

像莎士比亚指出的那样，“爱情像神话里赫丘里斯一般，‘永远干着惊人的伟迹’”。蒲松龄极度夸张它一往无敌的冲击力量，所谓“精诚所至，金石为开”，“情之所至，鬼神可通”，只要情深意笃，可感天地，可泣鬼神，没有不能排除的障碍。更为重要的是，这种追求爱情幸福的抗争，它的对立面是封建礼教，是世俗偏见，有明确的反对束缚人性的进步思想。

蒲松龄所构思的爱情故事，总是把故事放在特定的社会背景下展开，在歌颂真诚爱情的同时，对破坏美好事物的邪恶势力进行谴责和鞭挞，并使主人公战而胜之。

《青凤》《长亭》等为批判封建家长包办婚姻、以儿女为私产而戕害人性的有力篇章；《阿纤》《王桂庵》等则谴责重门第出身而不重人品的阶级偏见；《晚霞》《聂小倩》《连琐》《鸦头》《细侯》等指斥社会恶势力摧残幸福爱情生活的罪恶，如此等等。

如果我们细心分析《聊斋》中的爱情婚姻故事，就会发现几乎所有的篇章都带有严肃的批判性，男女的情爱都要经过严峻的考验——有的是内在的，有的是外部环境造成的，恶劣的环境正是考验纯真爱情的试金石。作者往往把爱情的一方（多为女性）幻化为鬼狐，以便他们摆脱现实的羁绊，或者借助神佛的外力，以保障美满爱情的实现。即便如此，我们仍然可以看到为了爱情自由而进行的殊死斗争。

例如《晚霞》，讲的是龙宫中歌伎蒋阿端和晚霞的爱情故事。他们的身份是奴隶，没有人身自由，更不用说自由恋爱了。晚霞被吴江王留在宫中教舞，宫禁森严，二人百计不得会面。晚霞恐旦夕分娩，投江自尽，被救后隐姓埋名，来到镇江蒋阿端家。阿端知女死，亦殉情，经过拼命挣扎，两人在人间做了夫妻。某王欲夺晚霞，阿端面陈夫妇皆鬼，验之无影而信，仍令晚霞传技，晚霞毁容而后见之。这是在封建法制摧残下的奴隶婚姻，其悲剧气氛甚浓，但作者却竭力描写他们爱情的纯洁美好，衬托出封建统治势力的残暴无情。作者把他们在莲亩的幽会写得充满了诗情画意：他们以荷叶为帐，以莲瓣为席，高洁幽雅，欢爱异常，此情此景，可与《牡丹亭·惊梦》中护花神对柳梦梅和杜丽娘的护庇和怜爱相媲美，反映了蒲松龄对男女爱情的珍惜与颂扬，有明显的反封建意义。

有的作品从正面描写不拘礼法的女性，赞扬她们绝假纯真的性格。《婴宁》中的主人公婴宁生长在一个世外桃源式的山村野谷，只有大自然的陶冶，不受人世的污染。她不谙世情，不囿事理，我行我素，完全按照内心的要求而不是那个社会不合理的准则来支配自己。封建礼教规定：女子“笑不露齿”，“凡笑语，莫高声”。婴宁反其道而行之。她爱笑成性，走到哪里，欢快的笑声就飘到哪里，自由自在，无拘无束。初次与不相识的男子见面就“笑不可遏”，在婆母面前也“浓笑不顾”，甚至在举行婚礼时也丝毫不顾礼节，“笑极不可俯仰”。这样的笑声憨态，是对吃人礼教的否定。值得体味的是，婴宁来到险恶的人世，几经教训，“矢不复笑”，“虽故逗，亦终不笑”，严酷的现实扼杀了她的天性，把一个自在活泼的少女吞噬了，这是对封建社会的控诉，也显示了作者塑造婴宁形象的本意。蒲松龄对这一形象的怜爱心情溢于言表，情不自禁地写道：“我婴宁殆隐于笑者矣。”以笑隐身，在笑声中显示自然人性的可贵，其含义的丰富和深刻，令读者深思遐想。

《小翠》的女主人公小翠，以她“报恩”的特殊方式，演出一出出违背封建礼教的喜剧，显示了她对礼法的轻蔑，与《婴宁》有异曲同工之妙。

对妇女人格的尊重，夫妻间的互敬互爱，引为知己，是聊斋婚姻爱情故事的另一特色。在男方，能够得到多情女子的知心，便感慨万端，看作人生的最大安慰。

《瑞云》中的贺生，家仅中资，无钱赎买瞩意于己的名妓瑞云，后来瑞云面生墨痣，丑状类鬼，贺生“不以妍媸为念”，与瑞云结为夫妻。瑞云不敢以伉俪自居，贺生说：“人生所重者知己。卿盛时犹能知我，我岂以衰故忘卿哉!”这种知己思想，当然也寄托了人生不遇的感慨，但把它与爱情融合于一体，只要两性相知，置名位、财富、容貌于不顾，是对世俗偏见的冲击，值得肯定。

《连城》中的乔大年，才情受到连城的赏识并赠金助灯火。大年视连城为知己。连城病危，须男子胸肌一钱作药引，大年割肉献之。连城死，大年也一痛而绝。二人先在阴间结合，几经斗争，二人才得过上正常的夫妻生活。乔大年有一段非常警辟的议论：“‘士为知己者死’，不以色也。诚恐连城未必真知我，但得真知我，不谐何害?”这里把知心、知己推向更高层次，使它胜过夫妻两性的结合，这在男尊女卑、夫为妻纲的封建时代，是一种相当开明进步的意识。

另外，《黄英》《乔女》《细侯》等都把知己和共同的情趣作为男女恩爱的基础。有的作品还特别颂扬了爱情之外的男女间的真诚友谊，《娇娜》中孔雪笠与娇娜的友情，《宦娘》中温如春与宦娘的友情，《香玉》中黄生与绛雪的友情，都写得高尚纯洁，楚楚动人。作者在《娇娜》篇后说：“余于孔生，不羡其得艳妻，而羡其得腻友也。观其容可以忘饥，听其声可以解颐。得此良友，时一谈宴，则‘色授魂与’，尤胜于‘颠倒衣裳’矣。”这段话说得很实际，也颇微妙，从男子的意识出发，把对女友的审美心理表达得十分敞露，是他在男女友谊中的情感体味。

据他的诗作记载，他曾与孙蕙的爱妾顾青霞结下了友谊，有诗题为《听青霞吟诗》的五绝中写道：“曼声发娇吟，入耳沁心脾。”《又长句》注云：“青霞最爱‘斜抱云’之句”，可知他们常在一起唱曲吟诗，轻歌曼舞，关系相当亲近而和谐。今天男女平等，女性走向社会，男女之间的同志式关系早已确定。蒲松龄处在“男女授受不亲”的时代，他在小说中一再提倡和赞扬男女之间的正常交往和真诚友谊，这是冲破樊篱的大胆描写，反映了他世界观中的民主因素。

《聊斋》中的不少妇女形象，她们不仅美丽、多情，而且识见高明，具有自尊、自主精神。在婚姻爱情问题上，她们要求男方对自己信赖、尊重、专一。一旦断绝了恩义，绝不乞求怜悯，藕断丝连，富于果敢刚强的个性。《小翠》中的小翠，百般护卫翁公王太常一家，使他们躲过政敌的一桩桩陷害。但当她打碎一只玉瓶时，却遭到公婆的“交口呵骂”，小翠“盛气而出，追之已杳”。《葛巾》中的花神葛巾，窥知丈夫常大用在查访她的根底，并用旁敲侧击的方法以观其变，葛巾顿时变色，严词声明：“今见猜疑，何可复聚”，遂“举儿遥掷之”“儿堕地并没”。《张鸿渐》中的施舜华，《阿纤》中的阿纤，都是有主见的女性。

特别应提到的是《王桂庵》中的芸娘，这是一个自主、自重而又刚烈的女性，她出身于“仅能自给”的小户人家，对于追求她的世家子王桂庵，既为他的多情所系念，又采取极为谨慎的态度，在确有把握地了解到男方的真情后，才嫁给了他。在他们北上渡江途中，王桂庵以故作庄重的表情说家中固有妻在，芸娘审视再三，“色变，默移时，遽起，奔出；王蹑履追之，则已投江中矣。”作品写这不过是丈夫对新婚妻子开个玩笑，纯属误会，但芸娘却容不得命运的随意摆布，为考验王生的忠诚，她作了异于常人的痴情等待，而终于受骗，其悔恨悲忿之心可以想见，于是有投江自尽之举。这一悲剧性情节，反映了封建时代女子权益无保障，常常受骗上当，因而提高了警觉和防范，同时也反映了女子保持独立人格的反抗精神，因而芸娘的形象是很有光辉的。

蒲松龄在作品中常常赋予女子以超人的智慧，赞赏她们的才干，她们有见识，有胆略，成为家庭生活的主心骨。例如《张鸿渐》中的主妇方氏，当丈夫为同学伸冤，聚集士子，书写状纸时，她劝谏说："大凡秀才做事，可以共胜，而不可以共败：胜则人人贪天功，一败则纷纷瓦解，不能成聚。今势力世界，曲直难以理定，君又孤，脱有翻覆，急难者谁也!"这虽然是从小家庭利益出发的，但却也看透了时事，又能洞察知识分子的弱点，头脑非常冷静。

《商三官》中的商三官，父亲被豪绅打死，两个兄长告状，官府不予置理，谋留父尸，"张再讼之本"。三官曰："人被杀而不理，时事可知矣，天将为汝兄弟专生一阎罗包老耶?"基于这种清醒认识，所以她巧作装扮，乘机手刃仇人。

《白秋练》中的女主人公追求慕生，受到慕父的阻拦，百般乞求而不能随意，白秋练说："天下事，愈急则愈远，愈迎则愈距。当使意自转，反相求。"于是改变策略，窥其弱点，利用商人唯利是图的特性，终于使她如愿以偿。这些富有生活哲理的言谈，从妇女口中道出，这是作者对女性的肯定与尊重。

在《颜氏》篇中，作者还塑造了一个女扮男装，从容入试，屡试屡中，连任官职，在宦海中混迹十年的女子，而她的丈夫则虚有其表，以诸生终老。这鲜明的对比，表明女子不仅娴于妇道，如果让她们走向社会，有时会比男子高上一筹。这一认识，贯穿在《聊斋》的许多作品之中，上面提到的《仇大娘》《庚娘》《张氏妇》《乔女》《鸦头》《竹青》等，成为蒲松龄进步思想的鲜明标志。

蒲松龄小说中的婚姻爱情题材，多假托于鬼狐精灵世界，因为这样便于驰骋想象，放开眼界，寄托理想。《鲁公女》中有语曰："生有拘束，死无禁忌。"点明了作者的用意。然而，这些作品的立足点却是人间，有强烈的现实性。作品写的是仙境异域，但人物的意识、情趣和生活方式，却与人间无异，有的是十分平凡的家庭生活，并且作者常常赋予女主人公维护家门的超人能力，把美丽的婚姻爱情故事与人身安全和物质生活紧密联系起来，反映了动乱时代一般平民特别是小康人家希望安定的心理。

《张鸿渐》中写了两个女子，一个是张妻方氏，一个是狐女施舜华。故事放在反贪暴的严酷背景下展开，两个女子承担了两个方面的重负：美而贤的方氏，顶住官司，支撑门户，养育儿子，使家庭不致败落而延长世泽；狐女施舜华则以她的神力护卫、解救遭难的情人。两位女性的作用集中休现了不能自保的人们的幻想。

在《嫦娥》《香玉》《神女》等篇章中，成了主妇的这些花仙狐魅，都必须尽上经营家计的责任。还有些作品，如《细侯》《阿纤》《蕙芳》等，其中的女主人公，她们作为主妇，多能勤俭持家，精打细算，善于积蓄，使丈夫不受生活的牵累。她们胸怀高洁，不慕荣利，与势利世界划清界线。

《翩翩》中的仙女翩翩，与罗子浮结合，餐叶衣云，生儿育女，怡然自足。在儿子娶亲的喜宴上，她扣钗而歌日："我有佳儿，不羡贵官。我有佳妇，不羡绮纨。今夕聚首，皆当喜欢。为君行酒，劝君加餐。"

《细侯》写沦为娼妓的细侯，对心上人满生说："妾归君后，当长相守，勿复设帐为也。四十亩聊足自给，十亩可以种黍，织五匹绢，纳太平之税有余矣。闭户相对，君读妾织，暇则诗酒可遣，千户侯何足贵!"

这些朴实的歌词和对话，反映了平民百姓的生活理想，读起来令人酸鼻，是作者发自肺腑的语言。这与作者的生活经历密切相关，如上所述，蒲氏本人就是依靠妻子勤俭持家才得以温饱的，所以他对刘氏怀有敬佩和感激之情，在创作中不由自主地会流露出来。同时应该看到，《聊斋》爱情小说的成就，与时代思潮和通俗文艺的流传有密切关系。

明代中叶以后，随着城市商品经济的发展，市民意识逐渐抬头，个性解放思潮的狂飙，以纵欲主义为突破口，向封建礼教进行猛烈的冲击。他们诅咒被扭曲的人性，以"童心""真心"为标榜，要求还原人性的本来面目。李贽说："夫童心者，绝假纯真，最初一念之本也。若失却童心，便失却真心，失却真心，便失却真人。"（《焚书童心说》）所谓"真人"，即指那些"痴狂"者，"痴便是真心，不真不痴，不痴不真"（冯梦龙《挂枝儿》卷一》）。这些"痴狂"者，不顺世情，不合时宜，而又以痴情自守，逆流而上，不向流俗妥协。

这样的人性论，在《聊斋》中有深刻的痕迹。《阿宝》中的男主人公孙子楚，被名为"孙痴"，阿宝请去其痴，"生闻而诈辩，自谓不痴"。小说情节证明，世俗的所谓"痴"，实际上是对独醒者的误解，孙子楚不假修饰，不着伪装，一片天真，他的痴情，也即真情，才是人的本性，可以感天动地，赢得幸福爱情。蒲松龄在"异史氏曰"中说，"性痴则其志凝，故书痴者文必工，艺痴者技必良；世之落拓而无成者，皆自谓不痴者也。……以是知慧黠而过，乃是真痴，彼孙子何痴乎!"反对巧言令色，过分的聪明，主张以真情待人，执著专一，不左顾右盼，为情而死，为情而生，精诚所至，金石为开，这种时代呼声，是蒲松龄创造“情痴”“情种”的思想基础。

蒲松龄还从广泛流行的通俗作品和民间创作中汲取思想营养，晚明的市民意识和个性解放思潮在戏曲、小说和民间文艺中有非常鲜明的反映，戏曲如汤显祖的《牡丹亭》，小说如冯梦龙的《三言》和凌濛初的《两拍》，民歌如冯梦龙的《山歌》等，这些作品所表现的价值观以及男女主人公对爱情热烈、泼辣和大胆的追求，他们的行为方式，都对蒲松龄的创作有着深刻的影响。

我们知道，蒲松龄特别喜爱民间文艺，他用时调俚曲的形式创作了大量作品，其中《琴瑟乐》一曲，就是以两情欢爱为题材的，这使我们想起当时流行的民间情歌对蒲松龄创作的影响。现从冯梦龙编的《山歌》中摘录数首，以见民间青年男女，特别是女子对爱情的执着态度和无所畏惧的精神：

古人说话弗中听，那一个娇娘只许嫁一个人。若得武则天娘娘改子个大明律，世间啰敢捉奸情！（《山歌·捉奸》）

乞娘打子好心焦，写封情书寄在我郎标。有舍徒流、迁配、碎剐、凌迟，天大罪名阿奴自去认，教郎千万再来遭！（《山歌·甘认》）

七 《聊斋志异》的伦理道德思想

文学作品是反映社会人生的，它必然涉及人伦道德的评价。在古代小说中，由于它特别真切地描写人间纠葛，道德评价的自觉性就更为鲜明。劝善惩恶，福善祸淫，往往是这类作品的主要目的。就是说，作者撰写作品，除了娱人心性之外，从劝戒作用讲，总离不开对伦理道德思想的阐扬或批判。

蒲松龄写小说，是有感而发。他的时代，是一个世情如鬼、道德沦丧的时代。封建社会已进入末世，封建伦理的面纱已被揭去，呈现出它的既虚伪又冷酷的原形。面对江河日下的道德危机，一些有识之士为之痛心疾首，他们大声疾呼，企图挽回他们理想中的纯朴世风。作为一个正直的知识分子，蒲松龄对于人情世态有着强烈的敏感性，在他的作品中，对于人伦道德的描述，爱憎褒贬，十分鲜明，具有浓厚的感情色彩。作者动情，读者也受感染，因而给人的印象特别深刻。

《聊斋志异》所反映的伦理道德思想是相当复杂的，有时甚至显得有些混乱，自相矛盾。但是，无论作品怎样描写道家的旷达出世还是释家的生死轮回，总不会离开儒学的伦理道德观念，就是说，他对人伦关系和道德标准的评价，虽然是儒、释、道三家思想的混合，但他是以儒为体，以释、道为用的，儒学是作品思想的中轴和主线。只有抓住儒学思想这一核心，才能切中作品的实际。

儒学伦理道德思想是封建宗法社会在思想意识中的一种反映，从根本上说它是为封建经济和封建政治服务的。就其体系来讲，长期以来它对我国社会既起着凝聚、稳定的作用，又起着阻滞作用，应予认真的清理和批判。但是，作为道德思想，却应当加以具体分析。我们既要强调道德的阶级性和时代性，同时也不抹煞道德的承传性。道德是人们共同生活及其言行的准则和规范，往往通过社会舆论以及人们的自觉信奉和尊崇来维护，即使在阶级社会中，在对立的阶级之间，由于多数时间并非处于剧烈争斗的尖锐对抗状态，同时，统治阶级的思想又是占统治地位的思想，因此对立阶级之间的道德标准又有同一性的一面。统治阶级所提倡、尊崇的道德，其中也包含着非阶级的成分。儒家的伦理道德思想就是如此。

儒家某些伦理道德观的世俗性精华，那些反映社会最基本的秩序而有利于科学文化进步的东西，那些表达人民大众根本要求和愿望的思想观念，具有时代的超越性，是儒家伦理道德的珍品，是人类文明发展中凝聚的宝贵的精神财富。比如“仁者爱人”的本性论，“舍生取义”的义利观，“敬长慈幼”的人伦思想，“推己及人”的友爱精神等等，都是儒家思想在社会生活的道德层面上的闪光思想，蒲松龄在作品中大大发扬了这些思想，并且塑造出众多的艺术形象，使这些传统美德在这些形象身上闪闪发光，唤起人们心灵的震荡，是值得肯定的。

如上所述，在《聊斋》的所有作品中几乎都离不开有关道德的评价，很难说哪些作品与道德无关，无论是政治题材或爱情题材的小说都渗透着作者的伦理道德观念，特别是那些描写婚姻爱情的小说，正如我们在上一节说到的；实际上他已经挣脱了儒家思想的局限，有所突破，有所超越，成为时代的强音，更应该为人们所珍视。但是，那些内容，可以在另外的专题中论述，这里仅就那些突出表现某些道德思想的篇章，从一个侧面略加评介。

引人注目的首先是那些为阐扬“孝悌”而构制的作品，例如《张诚》《曾友于》《马介甫》《孝子》《陈锡九》《水灾》等等，或表扬，或批判，或二者兼有，其中既有儒家孝悌观念的可取部分，也有充斥封建色彩的愚孝愚忠，在阅读时要作具体分析。

先看《张诚》篇。这是以兄弟友爱为侧重点而描写的一个普通家庭悲欢离合的故事，表彰的是同父异母兄弟张诚与张讷（音 né）的手足之情。故事说张诚的生母牛氏，悍妒无比，虐待前妇所生子张讷，断其饮食，罚其劳役，动辄诟骂殴打，无所不至。张诚性孝友，偷食饵兄，助其劳作，一次上山砍柴时不幸被虎衔去。张讷出生入死，矢志寻弟，从河南访到金陵，终得巧遇，因此得与生母及长兄团聚。作者叙述这个故事时非常动情，以致“涕凡数堕”。他动情的原因是兄弟之间的患难相助，几遭不测，他们置生死、利害于度外，为兄为弟，万死不辞，这种建立在血缘关系上的友爱，实际上已超出了单纯伦理思想的范围，是舍己为人精神的表现，无论在什么社会，都应当加以发扬。

与《张诚》相对照，在《曾友于》中描写兄弟之间为争夺财产互相仇杀，闹得天翻地覆，更可看出张诚兄弟精神的可贵。

《马介甫》写“奇悍”的妇人尹氏，她是个人间少有的虐待狂，她鞭挞丈夫，气死小叔子，对鳏居的公公，视作奴隶，不以人齿，叫他“衣败絮”，“不使见客”，甚至打老人的耳光，拔老人的胡须，致使老翁无以为生。作者让道士马介甫略使小术，狠狠地惩治了她，同时也严厉批判了因“惧内”而不能尽人子之责的男子汉。尹氏这种变态的异化的人性，已超出任何时代社会道德所允许的范围，理应受到谴责，不管作品掺杂着其他什么陋见或谬说，其是非曲直和褒贬爱憎都是与人民的思想感情相通的。

《张诚》和《马介甫》两篇作品，从正反两个方面阐扬了“尊老慈幼”的道德思想，在今天仍有鉴戒作用。在西方极端个人主义思想的侵袭下，利己与无情行为在泛滥，不能履行子女对父母应尽的社会义务，有些人对父母不但不孝敬、不赡养，反而歧视、辱骂、殴打、虐待父母；社会上有些年轻人对老人不尊敬不扶助，甚至蛮横无理，欺辱老人，这是很不正常的现象，我们要提倡尊老爱幼的传统美德，批判那种不道德不文明的行为。

在《聊斋》中，蒲松龄在写到人的操守时，总是把诚实朴素作为品德的基本要素，特别是那些受到女子青睐的男性，其中有书生也有其他行业的人。他们的最大特点便是诚实朴素，由此派生出其他优良品质和思想作风，如磊落、慷慨、钟情等，《阿宝》中的孙子楚，《瑞云》中的贺生，《聂小倩》中的宁采臣，《鸦头》中的王文，《细侯》中的满生，等等。

《蕙芳》篇受《搜神记》“白水素女”故事的启发，写仙女下嫁给马二混的故事。马二混是个卖面的小商人，别无他长，只是诚笃朴讷，赢得了仙女的好感。作者在篇后评到美妇，虚情自表，指日为誓，骗取了云翠仙母亲的轻信。结婚后他日引无赖，饮博无度，竟欲卖妇为娼，因而受到云翠仙的严惩，最后系狱而死。

《武孝廉》中的石某，在谋职途中，肺痨病发，吐血不止，垂危之际，狐妇治愈了他的病，又帮助他赴都夤缘。他得官后，顿忘旧情，恩将仇报，对救命恩人，从避之、骗之而欲杀之，其狠毒薄情，像《霍小玉传》中的李十郎那样，为忘恩负义的典型。狐妇让他吐出喉中药，旧症复作而卒。

《阿霞》中的景星，欲结新欢阿霞，竟以诟厉虐待手段，逼迫结发之妻离婚，为阿霞所不齿，落得个薄幸丑名。蒲松龄感叹说："噫，人之无良，舍其旧而新是谋，卒之卵覆而鸟亦飞，天之所报亦惨矣!"

之外，在《佟客》《姚安》《劳山道士》《李司鉴》《雨钱》《种梨》《邑人》等篇中，通过一个个生动的寓言故事，或正或反，从各种角度阐发了诚笃朴讷的可贵，成为蒲松龄强调的重要为人准则，这是很有时代意义的。

我们知道，"诚"是儒家推崇的生命的品格，诚的概念最早起源于人际交往，特指人言之实在不欺。诚就是仁德的真实感情，有诚才有真仁真义，无诚只能是假仁假义。伪善是人类的劣根性，是损人害物的赘瘤。诚又和真、和直联系起来，李贽提出绝假纯真的童心说，提倡有真心做真人，反对假人假事假言假文，并把人的天然欲求作为正常的人性，正视正当的感情欲求，反对抹煞和遏制正当的欲望，因为那样反而容易造就伪君子，这在当时是有进步意义的。儒家的诚学，其哲学意义我们这里撇开不讲，只从它的道德意义出发，来审视蒲松龄如何在作品中所阐扬的这种诚的道德，从而对其思想价值作出正确的评价。

表彰见义勇为的义侠之士，赞赏助人为乐的牺牲精神，是《聊斋志异》的重要内容。《聊斋》双女故事中的人物形象，如《青梅》中的青梅，《宦娘》中的宦娘，《封三娘》中的封三娘，都具有牺牲自己、成全他人的品格。在一些作品中，当弱者受欺凌而无处伸雪时，作者往往安排一些侠士剑客来惩办坏人而为受害者除难解厄，在《红玉》中出现了虬髯客，在《聂小倩》中出现了燕赤霞，在《聂政》中出现了聂政等。而更多的篇章则是男女主人公自己的抗争精神，他们不怕牺牲，相互护卫，团结战斗直到取得胜利，《连锁》《连城》《鸦头》《小谢》等，都有这种精神的生动描写。写义侠行为的突出作品有《田七郎》《崔猛》等。

《田七郎》写猎人田七郎与富室武承休的友谊，因为二人出身悬殊，最后田七郎又以身为武报仇，所以论者多以为是阶级调和的体现。不过，细读故事原委，作者的用意主要是歌颂知恩必报、患难与共的朋友之谊。在武承休方面，他认定了田七郎是个可以共患难的朋友，所以不顾对方的拒绝、逃避和七郎母亲的严厉谴责，仍然以极大的热诚，千方百计要与七郎结为生死之交。这对一个士大夫来说，他消除了轻视下层人民的偏见，真心欣赏七郎的质朴、诚实，毫无保留地与七郎建立了友谊。在七郎遭到迫害时，他鼎力相救，因而七郎的母亲肯定武承休对儿子的大恩。故事把背景放在权豪与官府相互勾结欺压百姓的黑暗时代，田七郎刺杀的是邑令和恶霸，他的壮举含有惩治恶势力的严正性质，是任何有血性的人都引以为快的，因此，我们不能认为七郎为富室利用，成为他们的爪牙。作品中多处强调了田母对儿子的劝戒，要他警惕富人对自己的功利主义目的，并且当面指责武承休，说他不怀好意。这种描写是为了衬托武氏的执著、真诚，同时客观上体现了劳动人民朴素的阶级意识。蒲松龄对社会生活有深入的观察，对贫富悬殊的对立以及他们之间的隔阂有明确的认识，作品中描写的人物性格和故事情节，是现实主义的反映，有很高的认识价值。

《崔猛》描写的义侠之士崔猛，是《水浒传》中鲁达一类人物，他看到横行乡里的巨绅子某甲，强夺李申的妻子，还把李申吊在树上鞭打刺割，逼他写所谓“无悔状”，便“气涌如山，鞭马向前，意将用武”。被母亲阻止后，“不语亦不食，兀坐直视，岩有所嗔”，“至夜，和衣卧榻上，辗转达旦，次夜复然”，直到杀死某甲才“掩扉熟寝”。这是个抑强扶弱，不避怨嫌的典型。路见不平，拔刀相助是这类行侠仗义的人的天性，可惜他又把刚猛之气用到剿杀所谓“土寇”身上，又终非像鲁达那样走向反抗官府的起义道路，反映了蒲松龄的思想和阶级局限。

上述作品所描写的义侠之士，如果说还带有传统侠客的模式，那么《纫针》篇所表彰的夏氏，就纯粹属于平民百姓了。

《纫针》写商人的妻子夏氏，偶然听到一对落难母女的哭诉，便产生了强烈的同情心。她挺身而出，毅然以拯救纫针为已任。她不顾自己的经济条件和在家庭中的地位，瞒着丈夫，典质借贷，好不容易凑足了三十两赎金，不幸又被盗贼窃去，她感到无法交代，于是上吊自尽。为了不相干的喜爱的主人公，而杜撰出脱离生活的巧合，“用美丽的理想去代替那不足的真实”，读者是可以理解的。

谴责利己主义，赞扬推己及人的精神，引人注目的作品有《水莽草》《王六郎》等。

水莽草是一种毒草，如果误食而死，其鬼魂要想托生，必须以人代之。《水莽草》中的祝生，自己虽遭此害，却不但不取人以代己，反而屡次救拔那些中毒危殆的人。老母问他何不取人以自代，他说；“儿深恨此等辈，方将尽驱除之，何屑自代!”这种助人为乐和疾恶如仇的精神，是十分感人的。

《王六郎》中的水鬼王六郎，与祝生有同样的品质。他为溺鬼，本来可以由将被淹死的妇女取代自己，但是当他看到妇女所抱幼儿抛在岸上，“扬手掷足而啼”，顿生恻隐之心，决定救出溺水的母亲，让母子双双得生。作品写祝生和六郎都得上帝的奖赏，两人分别被封为“四渎牧龙君”和“土地神”，表示对他们“有功人世”的酬答。

传统道德非常注意为人的谦虚、谨慎，“满招损，谦受益”，这是生活的哲理，在文学作品中对那些妄自夸大、轻率浅薄的人常常进行讽喻劝戒，例如“刘东山”的故事，在明人宋懋澄的《九籥集》、凌濛初的《初刻拍案惊奇》以及张潮的《虞初新志》中都有生动的描写，蒲松龄继承了这一传统题材，在《老饕》《武技》《仙人岛》《郭生》等作品中，或通过武艺的比试，或描写文章的进退，都说明人外有人，山外有山，器满则溢，月盈则食的人生道理，这是很有教益的。

《聊斋》中的许多寓言小说，对世俗生活的各个方面，都有明确的是非褒贬态度，如《画皮》戒人贪色，《崂山道士》讽刺心术不正的人，《黑兽》哀叹百姓被宰割而不能醒悟，等等，都是著名的篇章。又如《赌符》一则，言赌博恶习，败德丧行，倾产亡身后说：“天下之倾家者，莫速于博；天下之败德者，亦莫甚于博……试问赌中谁最善？群指无袴之公。甚而枵腹难堪，遂栖身于暴客，搔头莫度，至仰给于香奁。呜呼！败德丧行，倾产亡身，孰非博之一途致之哉!”其劝善之心，警戒之词，在今天仍有现实教育意义。

八 《聊斋志异》的文体

《聊斋志异》是一部文言短篇小说集。全书近五百篇作品，从总体上说，它是我国古代小说的近代化。它总结了文言小说思想和艺术上的成就，并有很多创新和发展。“以传奇法，而以志怪”，鲁迅先生的这句话，确切地点明了它在体制上的特点。

传奇，指的是唐人小说，它以曲折的故事描写人的遭逢；志怪，指六朝志怪小说，它以简括的叙述记载鬼怪灵异的传闻。蒲松龄把这两种体制结合起来，形成自己的独有风格。从文体上看，大致可为三种情况：一种为短书，一种为传奇，一种为新创的类似今天的散文特写。这三种文体，大约各占三分之一，其中每一种文体都有佳构杰作。

六朝志怪多为短书，它文字简短，只记事实，很少描写。当时把奇闻异事看作新闻，而且不怀疑它的真实性，如干宝写《搜神记》，就为了“明神道之不诬”。这种形式，到了蒲松龄手里，固然也还是搜奇记异，但已不同于六朝志怪作者，其写作目的在于针砭现实，故事含有言外之意。记实不过是抒发慨叹的凭借和引子。

如《夏雪》记康熙四十六年（1707年）七月初六日苏州下了大雪，气候的反常使百姓非常惶恐，都去大王庙祈祷。大王忽然附人体而言曰：“如今称老爷者，皆增一大字；其以我神为小，消不得一大字也?”众人肃然起敬，齐呼“大老爷”，雪立止。

苏州六月大雪是记实，大王附人体是怪异，而最终落实在作品的慨叹议论上。作者说：“由此观之，神亦喜谄，宜乎治下部者得车多矣。”这句话用了一个典故，语出《庄子·列御寇》，意思说谄媚者品格愈低劣待遇就会愈优厚。这还不够，接着作者又以“异史氏”的议论讽刺谄媚小人，并列举具体事实揭露世风的堕落。

《聊斋》中的短书，不论是叙述怪诞的事物，还是记录某种民情风俗，多有寓意，洋溢着生活机趣。这些短小的篇章，夹杂在长文巨什之间，好似通幽曲径上的野花，异彩纷呈，令人留连不舍。冯镇峦说：“聊斋短篇，文字不似大篇出色，然其叙事简净，用笔明雅，譬诸游山者，才过一山，又问一山，当此之时，不无借径于小桥曲岸，浅水平沙。”（《读聊斋杂说》）这是鉴赏者很有心得的评语。

最能代表聊斋文体特色的是传奇一类，特别是其中的长文，洋洋洒洒，动辄数千言，思想蕴涵极为丰富。它们是《聊斋》的精华，其体制最接近近代小说。它们脱胎于唐代传奇，但与唐传奇相比，蒲松龄有意为小说的意识更加自觉，采用典型化手法的写作技巧更趋成熟，而且时代色彩浓厚，具有更为强烈的现实性。它们多以花妖狐魅这些超现实的题材来反映现实，具有浪漫主义特征。例如《续黄粱》，就是“黄粱梦”故事的续篇，这个故事最早见于《搜神记》佚文，刘宋时临川王刘义庆作《幽明录》，录下这个故事，即“焦湖庙祝”条。全文不到一百二十字。故事说：

焦湖庙祝有柏枕，三十余年，枕后一小坼孔。县民汤林行贾，经庙祈福，祝曰："君婚姻未？可就枕坼边。"令林入坼内。见朱门、琼宫、瑶台，胜于世。见赵太尉，为林婚。育子六人，四男二女。选林秘书郎，俄迁黄门郎。林在枕中，永无思归之怀，遂遭违忤之事。祝令林出外间，遂见向枕。谓枕内历年载，而实俄忽之间矣。

这则故事以释道观点宣扬人生若梦，反映福祸难测和仕途的险恶。到了唐代，沈既济借此题材写成《枕中记》，李公佐演为《南柯太守传》，已成为故事曲折、描写细腻的传奇小说，它们虽然也反映了唐代的现实，但其主旨仍然是看破红尘的释道思想。这一题材到了蒲松龄手里，其主题思想已大大深化，作品的锋芒已转移到对封建官场的尖锐批判，而且把笔力着重于惩办赃官的刻画，愤恨之情深入骨髓如写让曾孝廉吞金汁的细节：

王命会计生平卖爵鬻名，枉法霸产，所得金钱几何。即有鬖鬡人持筹握算，曰："三百二十一万。"王曰："彼既积来，还令饮去！"少间，取金钱堆阶上，如丘陵。渐如铁釜，熔以烈火。鬼使数辈，更以杓灌其口，流颐则皮肤臭裂，入喉则脏腑腾沸。生时患此物之少，是时患此物之多矣。

从《焦湖庙祝》经《枕中记》到《续黄粱》，在这一题材的演进中，我们可以清楚地看到我国文言小说发展的轨迹。

《聊斋》中有些篇章，或记一处奇景，或记一种技艺，或记一种民情，它们与志怪有些相似，但其功夫在对事物的描绘上，不一定有什么明显的寓意，这一类可看作散文特写，与小说体制略有区别。这是蒲松龄在古代散文和游记基础上的创造，显示出蒲松龄的学养和造诣，如《查牙山洞》《山市》《口技》《偷桃》《夜明》等。有些断狱的篇章，也属于散文特写，不过其中的情节较为曲折，与传奇体有些相近罢了。如《折狱》《诗谳》《新郑颂》诸篇是。

在篇章结构上，蒲松龄受史传文学的影响，除了少数作品对要讲的事物作一些疏解外，一般总是先交代主人公的姓名、身份、籍贯和性格特征，如《王桂庵》开头说："王樨，字桂庵，大名世家子。"《葛巾》说："常大用，洛人。癖好牡丹。"这些介绍，总是紧紧扣住小说的主题，与主题无关的文字，一句也不说。在作简单介绍之后，接着就以全部篇幅叙述人物的行动，描写他周围的环境，人物与人物之间的关系。这些描写，都以主人公为核心，笔头跟着主人公走，围绕着单一的主线，展开复杂离奇的情节描写，绝不旁枝别出，使头绪杂沓纷繁。

有时用一小道具穿插情节，使作品一气贯通，前后呼应，如《婴宁》中的花枝，《青娥》中的小铲，《织成》中的翠袜，《王者》中的姬发，《神女》中的珠花，《辛十四娘》中的扑满。而这些小道具都与情节的变化密切相关，有助于表现人物性格，关锁谨严，妙趣横生。

作者一般不采用古小说中"花开两朵，各表一枝"的叙事方法。为了使故事先后掩照，而又不留痕迹，有时文章开头就让几个人物露面，埋以伏笔，然后在情节进行中再让这些人物出场，描写他们的作用。草蛇灰线，伏脉千里，少有漏笔。为了解决较复杂场面和情节处理上的困难，蒲松龄经常借助于插叙和倒叙的方法，以"初""先是"标明时间的前后，序次井然，脉络分明，给人以清新、明了的感受。

有头有尾，故事完整，也是《聊斋》小说的重要特征。与西方小说截取生活片断的方法不同，聊斋文章再短，也是人物的生活史，不仅主人公的命运有明确的结局，篇中所有人物和纠葛必有交代。作者尤其注意小说的煞尾，总要写得气足神完，"回头一笑百媚生"，留下无穷无尽的韵味。《婴宁》《绿衣女》《荷花三娘子》都因煞尾的精彩，增添了作品的韵味，余音绕梁，三日不休，令人叹为观止。

《聊斋》作品的篇末多赘有"异史氏曰"，这是从史传文学的论赞而来，也是唐人小说结构形式的余绪。恩格斯说："倾向应当从场面和情节中自然而然地流露出来，而不应当特别把它指点出来。"从这一要求出发，"异史氏曰"似乎有蛇足之嫌，如果去掉篇末的赘语，并不影响小说的倾向。不过，从《聊斋》的特殊体制来看，这些议论已经成为小说正文不可分割的部分，往往起到画龙点睛的作用。它们的情况也是多方面的，有的是对故事的评鉴，有的是文后的感慨，有的则宕开一层，独立成文，不过是附在一则故事后面的另一篇文字，可以独立存在，不容割舍，许多精彩的言论都在"异史氏曰"中发表。从形式上，我们只能看作小说体制演进过程中的阶段性印记，不必用现代小说的概念去苛求深责，不然便会有胶柱鼓瑟之嫌了。

九 《聊斋志异》的艺术构思和形象刻画

一部《聊斋志异》，以写情写意为主要方法，而不是拘泥于生活的逼真描写。它主要是通过天马行空式的幻想进行大胆构思，使精神、感情和理想凝聚为鲜明的形象和奇特的情节，从而更充分、更深刻地反映现实生活。"出于幻域，顿入人间"，这是鲁迅先生对《聊斋》艺术构思的准确概括。这就是说，人物活动的舞台是虚幻的场景，而人物性格的立足点以及他们之间的纠葛却是真实的人间社会。这两方面的渗透和结合，构成了《聊斋》作品的最大特色。

以虚幻的形式表现意愿、抒写情怀，本来是浪漫主义的传统手法。记实小说的观念自唐人有意为小说以来已被打破。到了明代后期，随着市民意识的崛起，情与理的冲突日趋尖锐。所谓情，就是人之常情，包括男女爱情、生活的欲望以及人生目标的追求等等；所谓理，就是道学家所谓的“天理”，亦即维持封建社会的僵死的伦理道德。情与理的对立，就是个性解放意识和封建伦理道德的对立。一些触角敏锐的先觉者，接受时代思潮的鼓荡，在文学艺术创作上批判那种拘泥于史实的倾向，提倡“脱空杜撰”“随意构成”，以假为美，以幻为真，强调虚构美、理想美，以抒情写意，实现对现实的超越。

杰出的戏剧家汤显祖，就是把虚拟的梦幻作为从情到戏的中间环节，以抒写理想的代表人物。他说：“梦中之情，何必非真？天下岂少梦中之人耶!必因荐枕而成亲，待挂冠而为密者，皆形骸之论也。……”嗟夫！人世之事，非人世所可尽。自非通人，恒以理相格耳。第云理之所必无，安知情之所必有耶!”像杜丽娘这样因思梦中人而死，又因得梦中人而生的情节，虽然不符合日常生活的事理，但却完全符合杜丽娘那种“不知所起，一往而深”的至性、至情。因此，非此之幻则不足以表现彼之真，非此之虚则不足以表现彼之实，非此之无则不足以表现彼之有。如果拘泥于“人世之事”，就无以尽人世之情。“以想造情，以情造境……情真也，梦幻也。情真则无梦不真，梦幻则无情不幻。（张坚《梦中缘自叙》）这种强调情，强调幻设的创作自主性，是时代的要求，抒情的需要，作家们将现实化为梦境，将理想化为天国的时候，他们就获得了审美创造的高度自由，而使其真执而热烈的生活理想和审美情感凌驾于现实图景之上。“生天生地生鬼生神，极人物之万途，撰古今之千变。”（汤显祖《宜黄县戏神清源师庙记》）

蒲松龄继承了晚明文艺思潮的余绪，并且进一步发展了这种艺术思维方法，运用起来更加大胆，更加自觉，“情之所在，自然结成世界，幻出楼台。故情人之心事，九天十地，俱无不通”（吴棠桢评《空青石》传奇评语），玄思妙想，天外飞来。他借助于佛家的生死轮回，道家的修炼成仙，民间的泛神论观念，将人界、天界、地界以及人与人之间的种种隔阻统统打破，使幻域与人间相互转化、渗透、映衬，任意驰骋，左右逢源。运思是那样自由，笔墨是那样淋漓酣畅。

冯镇峦说："试观聊斋说鬼狐，即以人事之伦次，百物之性情说之。说得极圆，不出情理之外；说来极巧，恰在人人意愿之中。"（《读聊斋杂说》）这一段话颇能概括蒲松龄的构思特征。《聊斋》中那些离奇的故事，大都是从情理所必有而生成的，作者根据人情常理，采用象征、影射、隐喻等手法，虚构出人世间不可能存在的情节，来表现存在于人的意愿、情感中的真实。比如《向杲》所写人化虎杀仇的故事，这当然是荒诞的。但是，若就发泄受害者的郁忿、表达复仇情绪而言，却十分真实。

向杲的兄长被庄公子侮辱、欺凌，以致活活被打死，向杲诉讼无门，因而怀刃伺机杀仇。但是庄公子又雇来善射的保镖，戒备森严，使向杲无隙可乘，至此，道士授以布袍，使向杲化为猛虎，吃掉凶犯。随即猛虎被保镖射死，向杲还魂复生。篇后的"异史氏曰"："壮士志酬，必不生返，此千古所悼恨也。借人之杀以为生，仙人之术亦神哉！然天下事足发指者多矣。使怨者常为人，恨不令暂作虎!"这里把作者的意愿和构思故事的动机和盘托出了，杀仇和生还的两个情节，即从议论中的两个"恨"字设计而来。这样的故事看似荒诞不经，但确实是存在于人们心中的愿望。这样的情节，只能从思想情感的逻辑中来求索。《聊斋》故事的许多情节，我们只能作如是观。《博兴女》中天龙攫取豪首的情节，《田七郎》中尸骨手刃县令的情节，《商三官》中三官击杀淫棍的情节，《窦氏》中鬼魂惩治南三复的情节，如此等等，都是借助幻情，使情感升华变换为情节，以填补人世的不足，求得感情的慰藉。这里我们可以借用亚里斯多德的一句话来作结语："如果有人指责诗人所描写的事物不符合事实，也许他可以这样反驳：这些事物是按照他们应有的样子描写的。"

《聊斋》中的一些作品，特别是那些歌颂男女情爱的作品，他们的理想成分更为鲜明。我们甚至可以说，作者把他的主人公设计为异类，就是为了表达理想的便利。试想，如果作品中的某些角色不是花妖狐魅，没有超越常人的本领，他们的意愿便无从实现，《聊斋》中那些大快人心的喜剧只能以悲剧作结。

"生有拘束，死无禁忌"，《鲁公女》中张于旦对女主人公魂灵的这句祝词，透露了蒲松龄借用鬼狐灵异来构思故事的用意。比如，沦为烟花的鸦头，为脱离苦海，与王文一起逃走。"女以符系仆股并驴耳上，纵辔极驰，目不容启，耳后但闻风鸣；平明，至汉江口"，你看，跑得这样神速，不是狐身，

没有法术，怎么可能办到！（《鸦头》）

《张鸿渐》中的张鸿渐，是个文弱书生，他受政治迫害，仓促逃亡。由于狐仙施舜华的庇护，他得到温暖，又以瞬息千里的仙术，送他与妻儿相聚。被捕后，在递解途中，又遇施舜华的搭救，把他送到安全地带。在现实中，张鸿渐不可能逃出贪酷官府的魔爪，更不用说受到温情周到的照顾了。

《巩仙》写了一个“袖里乾坤”的故事，为尚秀才与歌伎惠哥的婚恋设计了一个“世外桃源”，二人相会时有联句云：“侯门似海久无踪，谁识萧郎今又逢。袖里乾坤真个大，离人思妇尽包容。”这四句话明白交代了作者幻设的寓意。但明伦说：“偏天下极难之事，必世外人成全之。”靠外力成全人事，正是蒲松龄构思设幻的动机。

如何把幻设与现实密切结合，使之浑然天成，不着痕迹，创造出臻于完美的艺术形象，并且给人以强烈的时代感和现实感，使内容与形式达到完美的统一，其主要方法，有以下各点：

第一，蒲松龄描写花妖狐魅，是以现实人生作为蓝本，“使花妖狐魅，多具人情”，竭力把异域人物人情化，现实化，民俗化，并且有针砭世情的明确寓意。即使那些最为虚无飘渺的神话人物，一来到世上，便与常人交往，他们“和易可亲，忘为异类”，只是在特有的场合，才“偶见鹘突，知复非人”。就是说，一方面“事或奇于断发之乡”，“怪有过于飞头之国”（《聊斋自志》），另一方面，“时代人物，不尽凿空”（冯镇峦语）。

《聊斋》中的花妖狐魅，不仅要与常人交往，而且置身于特定的环境之中，参与人世的矛盾纠葛，分享人生的酸甜苦辣。总之，他们过的只能是世人的生活。在动荡不定和政治黑暗的时代，人们希望安定，保住生命财产。特别是中小地主阶级，感到风雨飘摇，惶惶不可终日。《聊斋》中的不少作品，反映了他们的情绪，在幻想的故事中，表达了他们的需求。

《嫦娥》篇异史氏曰：“然室有仙人，幸能极我之乐，消我之灾，长我之生，而不我之死。”这里作者把他的寄托说得十分明白，也十分现实。因为这些异物有他们的特技专长，可以消灾免祸，更为人们所向往。

《小谢》中的男主人公陶生“获罪于邑贵介”，被关入牢狱，小谢和秋容，凭借她们的痴情和鬼身，奔走相救，使陶生获释。

《辛十四娘》的女主人公与冯生结婚后，一再叮嘱丈夫谨慎做人，冯生不听劝阻，终于被楚银台的公子诬陷入狱，判了死刑。辛十四娘打发侍女扮成流妓，于勾阑中告了御状，冤狱才得平反。诸如此类，都反映了险恶环境下人们的愿望，时代特色很浓。

《聊斋》中有一篇写神女的《云萝公主》，就思想内容说，这篇作品不算出色，但作为仙人对世俗生活的干预，却是这一类作品中具有代表性的一篇。

故事写河北卢龙人安大业，大概是个中产阶级的读书人，他生活的环境异常严峻，人民惩治贪官的复仇行动此伏彼起，官府执法严酷，地方上的恶势力乘机诬告陷害，屡次置安大业于死地。故事中的侠士袁大用，是人间正义力量的化身；安大用的邻人屠氏，是邪恶势力的代表。安大用夹在两种势力的对立斗争之中，要想自立自保，是十分困难的，而作者却让他的主人公渡过一个个难关，并能保住家产，泽及子孙。这一切，都是云萝公主所赐。他的房舍低湿狭窄，公主赐金修建；他被诬陷入狱，屠氏以重金赂监者，要在递解途中杀掉他，公主便遣神虎啮杀监者，救出安生；安生自首，公主又授以辩解之术，渡过了审判关；次子可弃性如豺狼，公主配以悍妇，以毒攻毒，终于使可弃改行为善。总之，所有人世难以做到的事体，都由云萝公主完成。有趣的是，在公主归宁的日子里，安生便“键户下帏，遂领乡荐”。公主归来，“生得意自诩，告以秋捷”，但是公主神色很不愉快，严肃地说：“乌用是傥来（无意得来的东西，指功名利禄）者为！无足荣辱，止折人寿数耳。三日不见，入俗幛又深一层矣。”于是安生不再进取。公主又善理家政，设南北两院，北院中无烟火，只有棋酒，夫妇自娱；南院中炊爨纺织，以作生计。南院婢仆作事勤惰，“女辄知之，每使生往谴责，无不具服”。所有这些描写，不仅反映了作者心目中的生活理想，而且把仙人的世俗作用安排得头头是道。

总之，《聊斋》中异类的出现，无不负载着协调人世生活的使命。这是落到实处的浪漫主义，显得那样贴近人生。即使像《狐谐》这样戏谑调侃的文字，也将人物的生活背景交代得一清二楚，一开头写道：“万福，字子祥，博兴人也。……乡中浇俗，多报富户役，长厚者至碎破其家。万适报充役，惧而逃，如济南，税居逆旅”，于是有狐女夜奔之。由此可见，人物与现实的联系多么密切，这是作品强烈现实感的重要原因。

这种强烈的现实感，还来自人物性格的刻画。蒲松龄笔下的人物形象，无论男女老少，都有鲜明的社会属性，花妖狐魅，也不能例外。蒲松龄虽然不可能有明确的阶级意识，但阶级和阶级斗争是客观存在，既要反映现实，就不能脱离生活原型。作者往往通过对人物身份的介绍，通过对人物心理、口声和行动方式的生动描写，自然而然地表现了人物的社会的和阶级的属性，具有典型意义。

王公生养的公主，她要下棋，“辄使婢伏坐下，以背受足；左足踏地，则更一婢右伏。又两小鬟夹侍之。”怀孕产子，叫婢女代为。孩子交给奶妈抚养。（《云萝公主》）

西湖公主不但耽于游戏玩耍，其方式也是贵族式的，比如她荡秋千，“驾肩者，捉臂者，褰裙者，持履者，挽扶而上”。（《西湖主》）

小户人家出身的女子，像《阿纤》中的阿纤，勤俭持家，“昼夜绩织无停晷”。《鸦头》中的鸦头，是市井烟花出身，便操市民的生计，“作披肩，刺荷囊，日获赢余，饮膳甚优”。

诸如此类，不胜枚举，使读者“忘为异类”，而把他们当作近邻，有着浓厚的亲切感和现实感。

第二，真实细节的刻画，把“谎言和真实的巧妙结合”（狄德罗《论戏剧诗》），是《聊斋》故事幻想与现实完美统一的有效途径。情节能够吸引读者，但只有细节才能感动读者。《聊斋》中有一篇小说题名《珠儿》，故事荒唐，内容似不足取，但其中一个细节在艺术手法上有启发作用，它说明只有生活细节才能令人动情的道理。

故事写常州民李化的女儿小惠病死多年，父母一直怀念她。老人打发能走无常的珠儿去阴间看望小惠。见面后，珠儿对小惠提起父母的悬念，她毫无反应，如睡眠中一般。为勾起她对生前的记忆，珠儿讲了一个生活细节，说：“姊在时，喜绣并蒂花，剪刀刺手爪，血涴绫子上，姊就刺作赤水云。今母犹挂床头壁，顾念不去心。姊忘之乎？”这一生活细节果然深深刻印在小惠的脑际，随即豁然动情，答应归省父母。

《荷花三娘子》中写一个睹物见情的细节，也是个很好的例证。故事中的宗湘若依照僧人去邪除妖的方术，设坛备符，等待狐女到来。多情的狐女怀揣金橘前来探视，方就榻前问讯，即被吸入坛中，家人急覆坛口，“宗见金橘散满地上，追念情好，怆然感动，遽命释之”。这是以金橘系情，打动人心。蒲松龄深谙此中三昧，在他的作品中，即使那些编造得最为离奇的情节，其中的细节刻画也极为真切可信，是眼前生活的写照，因而能勾动人们的情感之弦。

《聊斋》中一些传统题材，蒲松龄的创造与发展，与其说是情节的曲折丰富，毋宁说是细节的饱满而精深的刻画。如《向杲》中写人化虎杀仇的故事，源出于唐人李复言的《续玄怪录》“张逢”条，张逢化虎吃掉郑录事的故事，对于张逢化虎的环境描写，已经较为具体，文中写道："忽有一段细草，纵广百余步，碧蔼可爱。其旁有一小树，遂脱衣挂树，以杖倚之。投身草上，左右翻转，既而酣睡，若兽碾然。意足而起，其身已成虎也。"这里只讲过程，谈不上细节刻画。《向杲》则不然，他化虎出于冤愤中结，无处申诉，道士点化，以化虎为手段，雪恨报仇，使人物情感与情节密切配合，描写细致入微：

一日，方伏，雨暴作，上下沾濡，寒战颇苦。既而烈风四塞，冰雹继至，身忽然痛痒不能复觉。岭上旧有山神祠，强起奔赴。既入庙，则所识道士在内焉。……见杲衣服濡湿，乃以布袍授之，曰："姑易此。"杲易衣，忍冻蹲若犬，自视，则毛革顿生，身化为虎。

这里从"寒战颇苦"到"痛痒不能复觉"，死后魂灵奔赴山神祠，到道士授袍，最后化为虎，都从向杲的自我感受中生文，情节中包含着一连串细节刻画。后面叙述向杲的复生，从虎被射而毙，向杲恍若梦醒，直到回家后只能卧床，"蹇涩不能语"，身体虚弱，又做了一次不能说话的猛兽，所以说不出话来。文字虽然简短，但已把死而复生的情态描摹尽致了。这就在神奇中示以平常，这种平常的品格主要是靠细节来完成的。蒲松龄这种手法的例证很多，突出的如《雷曹》篇，写乐云鹤随雷神作云中之游的情景：

少时，乐倦甚，伏榻假寐。既醒，觉身摇摇然，不似榻上。开目，则在云气中，周身如絮。惊而起，晕如舟上。踏之，耎无地。仰视星斗，在眉目间。遂疑是梦。细视星嵌天上，如老莲实之在蓬也，大者如瓮，次如瓿，小如盎盂。以手撼之，大者坚不可动；小星动摇，似可摘而下者。遂摘其一，藏袖中。拨云下视，则银海苍茫，见城郭如豆……

于云空遨游，在蒲松龄的时代，只能在神话和梦境中出现，足见作者想象的神奇。但其描摹却非常真切，这些如莲实、如瓮、如瓿、如盎盂以及大星坚、小星动摇的描写，显得如此真实，如在目前，摸得着，看得见，都是人们可以体味的事物。后文有一段乐云鹤协助雷曹行雨的细节，文中说："因取一器授乐，令洒。时苦旱，乐接器排云，约望故乡，尽情倾注。"看似随手写来，却把人们顾念家乡的一点私心刻画得入情入理。

为加强幻化故事的真实感，蒲松龄精心提取生活中常见的事物，借以刻画人物的情态，构思新巧，韵味甚浓。比如《叶生》中叶妻"掷具骇走"的细节，为人们称道。叶生是个名冠当时的饱学秀才，因困于场屋，抑郁而亡。为证明"非战之罪"，他的阴魂随同知己，传艺授徒，学生高中，自己也考取举人，于是情舒气畅，衣锦还乡：

归见门户萧条，意甚悲恻。逡巡至庭中。妻携簸具以出，见生，掷具骇走。……逡巡入室，见灵柩俨然，扑地而灭。妻惊视之，衣冠履舄，如脱委焉。大恸，抱衣悲哭。

执簸具劳作，是贫寒家庭妇女的平常事，这个细节，暗示叶生家境的凄凉，但携具是为掷具而设的，掷具的大幅度动作表现叶妻的极端惊恐，也是情节陡转的惊人之笔，这一细节与下面“扑地而灭”的鬼魂的消失，把实与假、实与幻结合得天衣无缝。它告诉人们，幻设的喜庆故事，乃是人间悲剧的反射，因而震撼人的心弦。

有一些细节描写，在似与不似之间。事物是实有的人间真情，但经过作者的夸饰处理，已经艺术化、理想化，使生活与神话连结得更为紧密，过渡得更加自然。如《晚霞》中对“莲亩”的描写，荷花数十亩是人间常见的，莲叶和莲花更不稀奇，但莲花“皆生平地上”，而且叶大如席，花大如盖，落瓣堆梗下盈尺，便不同于凡尘了。这是龙宫仙池的特征，幽美而又神奇。这种把人间景物与仙境特征相融合的写法，非常微妙地沟通了现实与理想的隔阻，增添了作品的审美情趣。

细节描写是为刻画人物性格服务的，细节的真实必须符合人物性格特征，表现人物的内心世界。《婴宁》篇通过一连串的情节和细节描写，刻画了一个天真、活泼、娇憨而聪慧的少女形象，她不曾受到封建礼教的污染，世人的虚伪、造作与她无缘，她把真性情隐藏在笑声之中。文中写到她的养母要她随表兄回家，她离家时并无悲伤，显得那样自然、平静。这固然是为了保持婴宁性格的统一，因为还没有写到她因为现实的教训而变得严肃起来，但从其纯真性情方面讲，这一细节，却是很有讲究的。我们知道，女子出嫁，一般要放声哭泣，这已成为习俗。但是结婚是喜事，女儿的心情总归喜多于忧，蒲松龄作有《琴瑟乐》俚曲，淋漓尽致地描写了女子出嫁前后的欣喜心态。可以测知，蒲松龄写婴宁此时不着悲意，主要是从她没有世俗伪装的角度考虑的，并不是写她无情，她对抚养她十余年的老母感情深厚，后文的“抚哭哀痛”可证。这样的细节，看似不经意之笔，恰恰表现了作者刻画人物性格的功力。

第三，物性与人性的融合，也是蒲松龄把幻想与真实结合的重要手法。大家知道，《聊斋》是一部富有童话色彩的小说集，其中描写的生物世界非常广泛，与人类有关的外部世界差不多都涉及到了。在动物方面，有人类的近邻如乌鸦、鹦鹉、蜜蜂、大雁、鸽子、蟋蟀、老鼠等等；有人类的助手如犬、马、驴、骡、猫等等；有的是人们豢养的家畜家禽，如猪、鸡、鹅、鸭等等；有的是田间的益虫，如青蛙、蜘蛛；有的是人类的敌人，如虎、狼、蛇、蝎、牛瘟之类。在动物世界中，取材最多的是狐狸，因为狐狸善于变幻，便于构思奇异的故事，而且狐狸的故事流传很广，民间有“无狐不成村”的谚语。在植物世界中，蒲松龄描写的种类也相当繁多，有柳树、橘树、菊花、牡丹、荷花等，之外，书画、石玩，也能变化成精，通晓人意。总之，蒲松龄擅长把生活中常见的事物，通过巧妙的运思，编织成形象生动的童话故事，使作品充盈着诗情画意，形成蒲松龄特有的艺术风格。

在《聊斋》中，那些幻化为人的自然界的各类精灵，他们既具有人的性情作风，同时又保持着物性的某些特色。《黄英》《葛巾》《香玉》《阿纤》《白秋练》《花姑子》《八大王》《绿衣女》等，都是具有上述特色的名篇。

《黄英》写菊花精黄英与爱菊如命的马子才的婚姻故事，它是《聊斋》中最富有象征性的名篇之一。作者把菊花的自然属性与高人赏菊的雅兴以及艺菊商人的生财之道融于一体，借用爱菊嗜酒的陶渊明的旷达性格与审美情趣，塑造了菊精姐弟的艺术形象，同时融入时代精神，寄托自己的人生感慨，做翻案文章，为清贫者解嘲。妙在文中的每一细节，都是传统审美思绪的化身，又是菊花物性的写照，特别是陶生醉死化菊的细节，尤为精绝：

陶卧地，又化为菊。马见惯不惊，如法拔之，守其旁以观其变。久之，叶益憔悴。大惧，始告黄英。英闻骇曰：“杀吾弟矣！”奔视之，根株已枯。痛绝，掐其梗，埋盆中，携入闺中，日灌溉之……盆中花渐萌，九月既开，短干粉朵，嗅之有酒香，名之“醉陶”，浇以酒则茂。

陶生醉倒现出菊精原形，这是神话；菊种“醉陶”“浇以酒则茂”，这是异想天开。但是，这里的所有细节都是艺菊功夫的描摹，合菊性，合时令，不过加上艺术的提炼和夸张，使物性含有灵气而已。《葛巾》中当常大用怀疑葛巾与玉版为花妖时：

女蹙然变色，遽出，呼玉版抱儿至，谓生曰：“三年前，感君见思，遂呈身相报；今见猜疑，何可复聚！”因与玉版皆举儿遥掷之，儿堕地并没。生方惊顾，则二女俱渺矣。悔恨不已。后数日，堕儿处生牡丹二株，一夜径尺，当年而花，一紫一白，朵大如盘，较寻常之葛巾、玉版，瓣尤繁碎。

这掷儿成花的遐思妙想，既是具有自主自重女性的决绝举动，也是园艺工匠的良种移植，作者把二者结合起来，形成既离奇又接近常情的美妙境界。

《阿纤》写的是鼠精，她家中的摆设、生活方式以及习性等，无不符合老鼠的生态特征。但作为人的原型，作者又是以小户人家的生活模式来构想的，比如阿纤家里的设施是矮桌矮凳，既简陋，又矮小；她父亲的动作是“拔来报往”，既殷勤，又委琐；她家的专长是积蓄谷物，待客的饭菜是冷食等等，这些描述，读者若想分辨哪些是人性，哪些属于物性，是根本办不到的，因为经过作者的艺术处理，二者完全融合为一体了。

这种融合，在许多作品中都有充分的体现，如《八大王》中醉鬼和鳖鱼的统一，《雷曹》中落难雷神与飘泊豪杰的统一，《苗生》中虎性与侠士的统一，《绿衣女》中细腰蜂与少女的统一，他们的形象、性格、口声都兼有二者的特征，如雷曹“欣然而长，筋骨隆起”的长相，“陆无屋，水无舟，朝村而暮郭”的落寞生涯，既是雷神身份，又是人间豪杰的遭遇。《白秋练》中写生活在湖中的白秋练，动身迁往北方，“将归，女求载湖水；既归，每食必加少许，如用醯酱焉。”白秋练是鱼精，她的生活离不开水，这里写她每食必加湖水，是把鱼类的自然属性人文化了，它蕴涵着人们眷恋乡土之情和难以改变的生活习性。后文又写道：“归后二三年，翁南游，数月不归。湖水既罄，久待不至。女遂病，日夜喘急……奄然遂毙。后半月，慕翁至，生急如其教，浸一时许，渐苏，自是每思南旋。后翁死，生从其意，迁于楚。”“日夜喘急”，是鱼缺水？是人病笃？“浸一时许，渐苏”，是死而复生的神话，也是涸池鱼枯、注水复活的写照，因为这些细节建立在深厚的生活土壤之中，所以它们的真实性和生命力是旺盛的、常在的。

十　《聊斋志异》的情节结构和语言特色

情节的曲折变幻，波澜起伏，翻手为云，覆手为雨，五光十色，令人惊异，构成了《聊斋》艺术风格的最大特色。《聊斋》作品中的人物形象之所以如此生动感人，是与那些奇异、密集而且带有戏剧性的情节描写分不开的。一般说来，《聊斋》故事一开始作简单而扣紧人物性格的交代之后，接着便紧锣密鼓般地展开故事情节，使人物之间的矛盾冲突逐步走向激化。作者往往采取蓄势法和反振法，不让矛盾很快解决，而是左旋右转，腾挪迭宕，使事件的演化发展到顶点，山重水复，几成绝境，然后绝处逢生，柳暗花明。但是，蒲松龄不是那种以情节的奇特而愉悦读者的平庸作家，他对情节结构的精心安排，是为刻画人物性格和深化主题思想服务的。人物的精神世界，人物性格的生成和发展，都是在情节的展现中完成的。蒲松龄注意小说的故事性，固然继承了我国古小说的传统，同时他又有长足的发展，他把情节小说和性格小说密切统一起来。我们且举《胡四娘》和《王桂庵》中的情节描写，来看作者是怎样通过巧妙的设计，以充分展示人物性格的。

《胡四娘》篇中极写四娘因为嫁给贫士程孝思，受到兄嫂和姊妹的嘲笑、狎侮，连婢仆都十分放肆地揶揄她，主仆甚至共同设誓，“程郎如作贵官，当抉我眸子去!”这种屈辱的环境一再延续，程生只有拼命一搏，以求必售，谁知科场受挫，难于返里，只得隐姓易名，潜身“大人之门”作幕宾。幸得李兰台提携，中了进士。写到这里，作者安排了一个精彩的场面：

胡家三公子举办婚宴，亲眷毕集，惟独没有邀请四娘。这时，忽然接到程生给四娘的信函，打开一看，才知道程生得了官，于是相顾失色，急忙去请四娘。四娘一到，大家的注意力全部集中在她身上：“申贺者，捉坐者，寒暄者，喧杂满屋。耳有听，听四娘；目有视，视四娘；口有道，道四娘也：而四娘凝重如故。”

这些人的前倨后恭，一百八十度的转变，把一个势利社会的人情世态揭露得淋漓尽致，同时又以“凝重如故”四字，把主人公的端重和对这些势利眼的蔑视，刻画得入木三分。回顾前面的种种铺垫，更显出蒲松龄的笔力，但明伦评论说：“写银台之卓识，写孝思之力学，写四娘之端默，中间杂以旁人之非笑，诸子之鄙薄，仆婢之揶揄，神巫之风鉴，婢媪之嘲呼，桂儿之忿恚，纷纭杂遝，聒耳乱心；而若网在纲，如衣絜领，如阵步燕，然首尾相应，以叙笔为提笔，以闲笔为伏笔。人第赏其后半之工，殊不知其得力全在此等处。”这是很有见地的。

《王桂庵》中情节突变的手法奇特而高明。王桂庵与芸娘的爱情几经磨炼终于圆满结合。人物之间的性格差异似乎已经解决，谁知作者又安排了一个出人意料的事件，气氛陡变。故事写夫妻乘船北渡，在柔情蜜意中二人回顾恋爱的曲折历程。王桂庵轻描淡写地说：“卿固黠甚，然亦堕吾术矣!”芸娘不解，他说，“实告卿，我家中固有妻在，吴尚书女也。”芸娘不信，王桂庵“故庄其词而实之”。作品接着写道：“芸娘色变，默移时，遽起，奔出；王蹑履追之，则已投江中矣。王大呼，诸船惊闹，夜色昏濛，惟有满江星点而已。”这一情节，把芸娘多情而又刚烈的性格推向了顶点，使她的光辉形象得到了升华。同时，也把儇薄的“世家子”的弱点再一次作了惩罚性的暴露。这是一场误会，但又是双方性格差异的外化，因而投江的情节是人物性格冲突的必然，其力重过千钧。这种“用最小的面积惊人地集中了最大量的思想”（巴尔扎克《论艺术家》）的艺术概括力，真令人叹为观止。

但明伦在评鉴《西湖主》时说，蒲松龄“处处为惊魂骇魄之文”，“笔笔作流风回云之势”“不肯使一直笔”。冯镇峦在评论《连城》中的一个情节说：“文人之笔，无往不曲，直则少情，曲则有味。”蒲松龄深得此中妙诀，成为他为文的准则。他在《与诸侄书》中就明确指出作文不要“硬铺直写”，而要“避实击虚”，所谓“意乘间则巧，笔翻空则奇，局逆振则险”，只有这样，才能“理明辞达，神完气足”。他作小说充分实践了自己的主张，《聊斋》中的名篇大都以情节的委曲变幻见长。《西湖主》《葛巾》《连城》《促织》《胭脂》《仇大娘》等等，不胜枚举。

《西湖主》前半部叙述陈明允与西湖主的巧遇与结合。陈生的“题巾”，使故事情节急遽发展。前面已经交代，“犯驾当死”。陈生在公主贴身的汗巾上题诗，是对贵人的亵渎，是死无葬身之地的大罪，所以陈生只有延颈等死。谁知公主见巾并无怒容，反而派人赐食，因此婢女为他庆幸。但凶吉未卜，陈生翘首等待之际，婢女奔来，告诉他王妃已知此事，掷巾于地，大发雷霆，随即数人持索，汹汹入户。陈生陷入绝境。在这山穷水尽之时，忽开生面，一个婢女认出陈生，急去秉白王妃，王妃请入，陈生“战惕从之”。王妃设宴赔罪，并把公主嫁给陈生。原来陈生是搭救王妃的恩人。就在这跌宕起伏、大开大合的情节变幻中，作者巧妙地刻画了公主、陈生和王妃的性格，其中以公主为表现的重点，在她的一系列温情脉脉的表情中，反映出她的爱才、善良和对爱情的向往，少女的情态毕现，充满了人情味。可见这曲折离奇的情节，没有一处离开人物性格的刻画。

《葛巾》写常大用与花仙葛巾的幽会，通过下棋、撤梯、藏身等情节的描写，极尽曲折变化之能事，但却符合好事多磨的生活规律，合情合理，真实有据。在几番曲折之中，不仅表现了男女双方对爱情的热烈追求，同时也描写了玉版和老妪的形象，既为后文埋下了伏笔，又增强了故事内容的厚度。总之，情节的离奇，不是蒲松龄追求的目标，他的目的是揭示人的精神世界。情节是人物行动的结果，人物性格在情节的展现中也就矗立起来，其关键在于对人物性格的准确把握。否则，任何情节都将是苍白无力的，那些摸拟《聊斋》故事而缺乏生命力的作品，其根本弱点就在这里。

在《聊斋》的作品中，蒲松龄还经常运用偶然和巧合来设计故事情节，使一些情节显得格外离奇，出人意表，造成一种奇幻美。我们知道，必然性是通过偶然性来实现的，偶然性也必定依赖客观事物的必然规律。但是，《聊斋》中的那些神话题材，其中的巧合和偶然性情节，在生活中往往是不可能存在的，但它存在于情理之中，也即存在于人们的愿望和理想之中。这些情节只能用情感的逻辑来作解释。正因为它合乎情理，才使人赞赏、折服，我们仍以《王桂庵》中的情节作为例证。

故事说芸娘投江后，王桂庵忧痛交集，又害怕孟翁来探视女儿，于是改道河南投奔姐夫，年余始归。途中避雨农舍，巧遇芸娘和儿子寄生，夫妻得以团聚。这一情节可谓奇巧，但使人感到并非捏造的，除了故事的细节描写令人信服外，更为重要的是小说主题和人物性格的前后统一。试想，如果芸娘投江后不被救起，复生后不与王桂庵团聚，这故事势必形成杜十娘式的悲剧。但王桂庵不是李公子，这篇小说也不在谴责负心汉，它的主题是“有情人终成眷属”，王桂庵是钟情种子，这样的性格，在作者看来，当然应当享受美满婚姻的幸福。从这样的情理逻辑和性格逻辑出发，所以这一极端巧合的情节是可信的，自然会被读者所接受。

同样的情形，《张诚》中张诚从虎口逃生的情节，张讷寻弟于金陵巧遇的情节，《仇大娘》中仇福于旗下遇父的情节，《张鸿渐》中张鸿渐逃遁途中与新中举的儿子相逢的情节，都从情理中写来，它们嵌在故事的链条中都是非常贴切的。

如此玄妙离奇的故事，如此大开大合的情节，如果不注意情节之间的接隼与过渡，就会出现结构松散的毛病。蒲松龄非常注意作品的谋篇布局，情节的设计，细节的点缀，故事整体的匀称和脉络的连贯，无不臻于完美。但明伦评论《晚霞》中晚霞出场的描写时说：“此处从解姥口中说出晚霞，是逗下笔，是横插笔，却仍是双顶笔。知如此用笔，则为文无散漫之笔，无鹘突之笔，无落空疏忽之笔。”晚霞是这篇小说的主角，而作者却先从阿端说起，在解姥称赞阿端时脱口而出：“得此儿，不让晚霞矣!”

《姊妹易嫁》写张氏长女临嫁拒婚，其父急迫无策，“欲自死”之际，才让次女出场。《阿绣》中的假阿绣也是在刘子固绝望之时，“冀天下有似之者”，才应景而出。

《梅女》的人物出场穿插更妙，这篇作品批判的是贪鄙贼某典史，惩治的办法是让他死去的妻子名爱卿者落入青楼，以代偿其债。梅女在其恩人封云亭苦逼之下，无奈推荐爱卿以自代。典史为悼念亡妻，“闻封有灵鬼，欲以问冥世之缘，遂跨马造封”，于是鬼妓爱卿、妓院鸨母、被典史诬判致死的梅女，一齐出场，使典史当众出丑，怒斥、杖击、簪刺，神怒人怨，纷至沓来，使典史狼狈而逃，真如梅女所说："痛快，恶气出矣!"

这种笔法，看似漫不经意，实则煞费苦心。但明伦在评论《胡四娘》指出蒲松龄常"以叙笔为提笔，以闲笔为伏笔"。"落墨甚远，刻题甚近，初若与题无关，细味乃知俱从题之精髓抉摘比并出来。"如《曾友于》篇，篇首即介绍曾翁"初死未殓，两眶中泪出如渖"，预示着阋墙家难的悲剧。又如《陈云栖》开头即写相者预言男主人公真生"后当以女道士为妻"，以戏语提笔，为全篇故事之纲，草蛇灰线，伏脉千里，前后照应，线索清晰。

《聊斋》语言是文言书面语言与经过提炼的生活语言的结合，既华丽又朴素。它的特点是凝炼、简洁、工细，显得古雅清新而又深邃含蓄，富于幽默感。无论摹景写情，还是叙事对话，都能曲尽情态，形象生动，洋溢着诗情画意。

首先，它长于描摹景物，用墨不多，即能把环境气氛渲染满纸，为人物活动造成典型氛围。例如写冤魂凄凉，是"坟兆万接，迷目榛荒，鬼火狐鸣，骇人心目"，仅十六字，便把一个无辜受戮的公孙九娘的悲惨境遇形容尽致，气氛阴森恐怖，读之令人怆恻。写幽谷山村，是"乱山合沓，空翠爽肌，寂无人行，止有鸟道，遥望谷底，丛花乱树中，隐隐有小里落"。"北向一家，门前皆丝柳，墙内桃杏尤繁，间以修竹，野鸟格磔其中"。这就是天真无邪的婴宁生活的美妙环境，洁净无尘，超然物外。《雷曹》写星空，《席方平》写地府，《罗刹海市》写异域，《莲花公主》写蜂房，无不形象新奇，各肖其类，大大突破了当时流行的小说写景的陈腐套式。

其次，蒲松龄善于描摹人物的情态，他对各种身份的人物，都从他们的装束、姿态、表情和口声中呈现出来，文字极为简捷，而人物神形毕现。与当时盛行的才子佳人小说，在描写女性上拙劣因袭的手法相比，也是一大突破。如写娇娜是"娇波流慧，细柳生姿"，公孙九娘是"笑弯秋月，羞晕朝霞"，侠女是"艳如桃李，而冷若霜雪"，黄英是"丰姿洒落"，"谈言骚雅"，青梅是"能以目听，以眉语"，绿衣女是"腰细殆不盈掬，声细如蝇，不可辨认，宛转滑烈，动耳摇心"，阿纤是"寡言少怒，或与语，但有微笑"。她们的动作也因人而异，既有闺中少女的特点，又有不同场合的区别，如阿喜在母亲征求她是否愿意嫁给贫介的张生时，文中写道："女俯首久之，顾壁而答曰……"云云，冯镇峦说，"'顾壁'二字传神"，确如是。(《青梅》)

《封三娘》中写封三娘初次与女友的母亲相见，"夫人顾谓三娘：'伴吾儿，极所忻慰，何昧之？’封羞晕满颊，默然拈带而已。”而活泼聪慧的青梅，一上场就对陌生的程生“掠发微笑”，另是一番情致。（《青梅》）

《莲香》中以绣履穿插李氏与桑生的爱情生活，当莲香要李氏以一点香唾接口而为桑生服药时，“李晕生颐颊，俯首转侧而视其履”。这“俯首”以下八字，把一个羞愧满怀的少女的动作表情形容得淋漓尽致了。

蒲松龄描写人物肖像，略点几笔，即能抓住人物特征。写狞鬼是“面翠色，齿巉巉如锯”（《画皮》）；写虚肚鬼王，是“卷发鲐背”（《考弊司》）；写阴曹判官，是“绿面赤须”（《陆判》）；写罗刹，是“双耳皆背生，鼻三孔，睫毛覆目如帘”；写丑女是“胸背皆驼，项缩如龟”（《毛狐》）；写黄肿妇人，是“腰粗欲仰”（《抽肠》）。特别那些对人形化的异类的描写，像上一节所举的例子那样，更见其自然天成般的笔力。

《神女》中有一段婢女博士形容神女之美的话说：“妾视娘子，非人间人也；其眉目间有神气。昨簪花时，得近视，其美丽出于肌里，非若凡以黑白位置中见长耳。”这些话我们可以看作蒲氏刻画人物性格的一种形象性的比喻。意思是说，写人写神，要把功夫花在眉目间的“神气”上面，要深入“肌里”，而不是仅仅描摹面目间的黑白位置。这就是《聊斋》人物出形入神的秘密。蒲松龄叙述平常的故事，点缀一般的细节，他的语言功夫都花在凸现人物的内心世界之上，因而力透纸背。且看《梅女》中的细节描写：

女曰：“妾生平戏技，惟谙打马。但两人寥落，夜深又苦无局。今长夜莫遣，聊与君为交线之戏。”封从之。促膝戟指，翻变良久，封迷乱不知所从；女辄口道而颐指之，愈出愈幻，不穷于术。封笑曰：“此闺房之绝技也。”女曰：“此妾自悟，但有双线，即可成文，人自不察之耳。”更阑颇怠，强使就寝，曰：“我阴人不寐，请自休。妾少解按摩之术，愿尽技能，以侑清梦。”封从其请。女迭掌为之轻按，自顶及踵皆遍；手所经，骨若醉。既而握指细擂，如以团絮相触状，体畅舒不可言：擂至腰，口目皆慵；至股，则沉沉睡去矣。

这一节写得极活，极细，极真，活脱脱一个聪慧、善良、温柔的少女形象跃然纸上，所以写戏技还是写人。读者不会忘记，就是这个可亲可爱的女子，被典史诬陷而死，作者写她对生活的热爱，写她好似含苞未放的花朵，更衬托着摧残者的可恶、可恨。

《聊斋》中的人物对话，继承了传奇、话本小说摹写人物口声的优点，又对当时的民间口语加以选择、提炼，与叙述语言比较，更为贴近生活，有很强的表现力。什么人说什么话，无不紧扣人物的身份、职业、年龄、性情和语言环境，充满了人情味和生活气息。如《聂小倩》写妇女之间扯舌头、拉家常：

妇曰：“小倩何久不来?”媪云：“殆好至矣。”妇曰：“将无向姥姥有怨言否?”曰：“不闻，但意似蹙蹙。”妇曰：“婢子不宜好相识!”言未已，有一十七八女子来，仿佛艳绝。媪笑曰：“背地不言人，我两个正谈道，小妖婢悄来无迹响。幸不訾着短处。”又曰：“小娘子端好是画中人，遮莫老身是男子，也被摄魂去。”女曰：“姥姥不相誉，更阿谁道好?”

这是宁采臣于昏暗中听到的对话，用不着觌面，即可据口声揣摩她们的性情、身份。《邵女》中写贾媪为邵女说媒，“一纵一擒，一挑一剔”（冯镇峦语），妙语连珠，写尽了媒婆的舌端，被但明伦誉为“舌底生莲，辞令最妙品”。拿这些对话与《水浒传》《金瓶梅》的对话相比，没有一点儿逊色。再看《阎王》中叔嫂之间的两段对白：

嫂怒曰：“小郎若个好男儿；又房中娘子贤似孟姑姑，任郎君东家眠，西家宿，不敢一作声。自当是小郎大好乾纲，到不得代哥子降伏老媪!”李微哂曰：“嫂勿怒。若言其情，恐欲哭不暇矣。”曰：“便不曾盗得王母箩中线，又未与玉皇香案吏一眨眼，中怀坦坦，何处可用哭者!”

几句话活画出一个暗中做亏心事而又舌转如簧的悍妇的丑恶嘴脸。其他如《翩翩》写闺中女友间的对话，《菱角》中菱角“追而遥告”胡大成的对话，《席方平》中席方平对冥王的激情抗拒之辞，都是极其生动而又有个性的对话。这些对话，既合文言法度，又不避口语韵味，风格“蕴藉诙谐，一着纸而解人颐”，达到了炉火纯青的高度。

《聊斋》作为文言小说，虽无诘屈聱牙之弊，而具雅俗共赏之长，但它与一般读者终归有语言的隔阂。蒲松龄博闻强记，常借用历史典故和诗词作品来创造意境。冯镇峦说，“读古书不多，不知聊斋之妙”（《读聊斋杂说》），如果我们不了解所用典故的涵义，不熟悉所引诗词的内容，便不能准确、透辟地体味作品的意蕴。一般说，古代文化修养愈高的人，对作品的理解力愈强，反之，只能一知半解，或者只能大致读懂而已。今天，如果广大读者借助于注释，反复细读，深入体味，努力克服语言障碍，一定会获取更多的审美享受。

十一 《聊斋志异》的深远影响

《聊斋志异》以它美妙的故事和精湛的艺术成就，受到人们的普遍喜爱，影响深远。早在蒲松龄写作的时候，已为人们注意。康熙十八年（1679年），聊斋故事初具规模，刚刚编缀成册，淄川人曾任刑部侍郎的高珩就为之作序，希望“读书之士，览此奇文”“能知作者之意”。隔了三年，即康熙二十一年（1682年），也是淄川人曾任翰林院检讨的唐梦赉也写了序。他盛赞蒲松龄的才华，说他于举业之暇，“凡所见闻，辄为笔记，大要多为鬼狐怪异之事。向得其一卷，辄为同人取去；今再得其一卷阅之。凡为余所习知者，十之三四。”可见他对蒲氏写作的关注。

蒲松龄到毕府坐馆不久，结识了当时的诗坛泰斗，官至刑部尚书的王士禛。王士禛对《聊斋》故事的兴趣很浓，他要蒲松龄每写成一篇，就寄给他看。在一些作品后面，他写了评语，现在保存的有三十余条，其中有的见解还是颇为精警透辟的。如《连城》篇他的评语说：“不意《牡丹亭》后复有此人。”《商三官》评语说：“庞娥、谢小娥，得此鼎足矣。”王士禛这时也在写笔记小说《池北偶谈》，其中有的题材就是从《聊斋》中移植过来的。他还为《聊斋》题辞，对此蒲松龄非常感激，并依韵作诗酬答，成为文学史上的一段佳话。王士禛是第一个赏识《聊斋志异》的人，由于他地位高、名气大，他的赏识对这部书的传播起到了积极推动作用。

清人笔记中多说王士禛曾打算出价一千两银子，买下《聊斋》的著作权，言之凿凿，但这是误传，实际上要买《聊斋》的不是他，而是喻成龙。蒲松龄的长孙蒲立德在乾隆初年写给知县唐秉彝的呈文中说：“在昔喻廉宪购以（指《聊斋志异》）千金，未敢庭献”，由此可知“千金买《聊斋》”的传言是有根据的。喻成龙于康熙三十年任山东按察使，曾邀请蒲松龄到济南藩台衙门作客，蒲松龄起初不肯去，经毕际有父子一再劝驾，才肯一往。喻成龙对蒲松龄“优礼有加”，使他很受感动，曾有诗记其行。喻成龙要以千金买《聊斋》的事，一直没作宣扬，直到数十年之后，才由蒲立德向县令讲出实情。

值得特别提起的是蒲松龄引为知音的朱缃。朱缃字子青，别号橡村居士，是山东济南的豪门大家子弟。他家世显赫，伯父、父亲以及兄弟辈都是高官，只有他无心功名，连个秀才也不是。但他有真才实学，诗尤其写得好，刻有诗集数种，受到王士禛的称赞。他比蒲松龄小三十岁，两人的年龄、地位相差很远，但因《聊斋志异》的缘故，二人成了“忘年之交”。

朱缃对《聊斋志异》非常倾倒，他过录了全部已完成的作品，现存的铸雪斋抄本，就是张希杰（斋名铸雪斋）借朱缃家的抄本转抄的。朱缃一面向蒲松龄提供写作素材，如《老龙船户》《外国人》等，一面也仿《聊斋》而作《耳录》，有几则被蒲松龄收在《聊斋志异》同类故事的后面，使我们尚可窥知《耳录》内容的一斑。可惜朱缃三十八岁时死了，他与蒲松龄只有十年的交往，为失去这位知音，蒲松龄十分悲痛，声泪俱下地写了挽诗。

蒲松龄生前无力梓行他的著作，《聊斋志异》只以抄本形式流传。经过人们的辗转传抄，竟至“流播海内，几于家有其书”。乾隆三十一年（1766年），蒲松龄去世半个世纪以后，才有赵起杲的刻本行世。

赵起杲是山东莱阳人，他在浙江睦州知州（一说为州判）任上，发起刊刻《聊斋志异》，书未刻完，他就死了，由他的弟弟赵皋亭和友人鲍廷博继续完成。这就是《聊斋志异》的第一个刻本，称青柯亭本。此本梓行后，《聊斋志异》流传更为广泛，以后的许多本子都是根据这个本子翻刻的。同时也出现了一批注释者和评点者，功夫较深的注释者有吕湛恩、何垠等人，评点者除王士禛外，有王金范、冯镇峦、何守奇、但明伦、段秈、胡泉、冯喜庚等。其中冯、但、何三家较为深入。但明伦在诸家评点中内容最为丰富，发挥详备，品味也多精到之处，代表了一代文学见解。

冯镇峦除了散见于各篇的品评外，还作有《读聊斋杂说》一文，对约五百篇作品作了综合论述和阅读提示，为读者提供了阅读的方便，有一定的参考价值。

如上所述，蒲松龄在世的时候就有人模仿《聊斋》而创作笔记小说。青柯亭本刊刻之后，影响扩大，摹拟之风渐盛。乾隆年间，沈起凤的《谐铎》，和邦额的《夜谭随录》，庆兰的《萤窗异草》，袁枚的《新齐谐》。嘉庆光绪年间，管世灏的《影谈》，冯起凤的《昔柳摭谈》，宣鼎的《夜雨秋灯录》等，都深受《聊斋》的影响。之外，又有以“续”“后”“补”“新”“女”种种名目，用蒲氏书名而拟新作，其中以王韬所撰《后聊斋志异》，一名《淞隐漫录》较为可读。但这些拟作，多数只从形式上模仿，并不能继承蒲松龄的精神，作为“孤愤”之书，《聊斋志异》已成为文言小说的绝响。

乾隆末年，一代文宗纪昀对《聊斋志异》持有偏见。盛世彦在《姑忘听之跋》中转述他的话说：

小说既述见闻，既属叙事，不比剧场关目，随意装点……今燕昵之词，媟妕之态；细微曲折，摹绘如生。使出自言，似无此理；使出作者代言，则何从而闻见之？

这样的言论，代表了笔记小说创作上的保守派观点，他们反对利用这种体式描摹人情世态，企图把笔记的写作方法拉回到六朝志怪的老路。他的《阅微草堂笔记》就是实践自己的主张而与《聊斋志异》相抗衡的作品。纪昀官至礼部尚书，是《四库全书》的总纂官，学识渊博，影响很大，他把《聊斋志异》排斥在“四库”之外，但是他的笔记终于不能与用典型化方法创作的《聊斋》相比。那些追随他的人所作的笔记，如俞樾的《春在堂随笔》之类，也只能在史料上有些价值而已。

《聊斋志异》虽为文言小说，但却吸引了广大的群众，几乎家喻户晓，妇孺皆知。它的白话译本、评书、连环画，更为群众喜闻乐见。从清代起，《聊斋》故事就开始被改编为戏曲，现在全国各大剧种，如京剧、昆曲、川剧、滇剧、秦腔、河北梆子、评剧、越剧等都有《聊斋》剧目，仅川剧，就有聊斋戏六十余出。著名表演家梅兰芳、欧阳予倩等都演过根据《聊斋》故事改编的剧目。地方戏，特别是山东的地方戏，如柳子戏、吕戏、五音戏等，更把《聊斋》故事作为重要的取材来源。据统计，有一百余篇作品被改编，成为蔚为大观的聊斋故事系列。在影视界，改编《聊斋》故事甚为盛行，已有十多部影片和数十种电视片映出，成为时兴的题材。另外，歌剧、巴蕾舞也有聊斋剧目演出。

《聊斋志异》自青柯亭本出现，流传范围已扩大到国外。早在乾隆四十九年（1784 年）就传至日本，先后被选译为日文。现在日本学界研究《聊斋》的人越来越多，并有专著行世。除日本外，《聊斋》选篇的英文译本也比较早，美国人卫之畏（1812—1884 年）在 1848 年出版的《中国总论》里，已收他翻译的《种梨》和《骂鸭》两篇。此后英国人续有译作。《聊斋》的俄文译作《水莽草》最初发表在 1878 年出版的《国闻》上。除了日、英、俄以外，《聊斋》被译为外文的有朝、越、德、法、意、捷克、罗马尼亚、匈牙利、波兰、保加利亚、西班牙、荷兰、比利时、挪威、瑞典等语言。国内的少数民族语种译本，如满语、蒙语译本，更早于外文译本。这在古典小说中是很突出的。

《聊斋志异》走向世界的另一个标志是各国学界对它的重视。世界主要的百科全书对它都作了介绍。有的说它“情节离奇而引人入胜”（《大英百科全书》），有的说它“达到了中国古典散文的高峰”（《法国大百科全书》），有的说它“和《儒林外史》一样，都对后来的中国讽刺文学有极大的影响”，有的说《聊斋》的“许多故事都是对中国现实的批判”（德国《布罗克豪斯大百科全书》），有的说它“是中国志怪文学的杰作”（《日本大百科事典》）。这些评介一般是代表公认的看法，可以说明《聊斋志异》在世界文学中的地位已经确立。国外的《聊斋》翻译和研究者，更对蒲松龄及其作品推崇备至，或称蒲氏为艺术大师，《聊斋志异》像《天方夜谭》那样惹人喜爱（英·翟理斯《聊斋选》前言），或认为“所有中国文学作品之中，引喻之丰富，文笔之流畅，以《聊斋》为最”（崔仁旭朝译本前言），或认为在越南文坛上只有越南民族最珍贵的文学遗产，阮攸的《金云翘传》可以与《聊斋》媲美（阮克孝越译本前言）。总之，在世界读者的心目中，《聊斋志异》是一部有极高价值的艺术珍品。

蒲松龄一生寂寞，没有享受世间的荣耀，但他把心血花在创作上。由于他扎根民间，与民众同呼吸、共患难，深深地热爱他们，同时，他又思想锐敏，观察深微，对社会人生有深刻的理解，加上他学识渊博，见闻广泛，功底深厚，又能悉心吸收民间文学的营养，因而他的创作能有如此巨大的成就。他的名字，不仅可与古代小说大家罗贯中、施耐庵、吴承恩、曹雪芹、吴敬梓等人并列，而且与中国历史上任何文学伟人相比都无逊色。

康熙二十七年（1688年），蒲松龄四十九岁，有《偶感》一诗，诗中有“此生所慨无知己”之句，据袁世硕先生考证，当是蒲松龄受到王士禛的奖誉而抒发的感激、欣慰的心情。当时，在他感到穷途末路的时候，忽然得到王士禛的一字褒扬，就感动得泪水盈眶了。

今天，他的“千秋业”已得到后人的肯定、赞许，他的知己已遍及全世界，如果蒲松龄地下有灵，他将是如何的欣慰而又感慨啊！蒲松龄的事业是不朽的，人民将永远纪念他。

名家解读古典名著

话本与文言小说(下)

解读《子不语》

阎志坚 著

袁枚是清代著名的文学家，他从事诗文创作五十年，留下了大量的作品，小说《子不语》反映了他诙谐的个性和对世俗的嘲讽。本书在简要介绍袁枚的生活经历、思想性格及文学成就之后，着重解读了《子不语》的思想内容和艺术特色。

一　袁枚生平

清乾隆元年（1736年）的一个秋天，紫禁城内的保和殿举行博学鸿词科考试，参加者都是由各地巡抚推荐上来的知名学士，共二百余人。其中一人，年仅二十出头，身材颀长，相貌端庄，举止文雅。他是应试者中最年轻的一个，再加上他出众的才华，在考场上十分引人注目，他的名字因此而传遍千家万户，全国上下为之轰动，许多人都想一睹这位年轻才子的风采。他就是后来被人们誉为一代文学家、诗人的袁枚。

袁枚（1716—1797年），字子才，号简斋，因居于江宁（今南京）小仓山随园，故世称随园先生，晚年自号仓山居士、随园老人、仓山叟。浙江钱塘（今杭州）人。

在乾隆、嘉庆年间，袁枚以诗闻名天下，是当时的代表诗人之一，与赵翼（1727—1814年，清代史学家、文学家）、蒋士铨（1725—1785年，清代著名戏曲作家、文学家）并称三大家。他的文章以才气见长，也享有盛名。他论诗主张抒写性情，是“性灵说”的开创者，其诗论在我国文学批评史上占有重要地位。

袁枚一生著述丰厚，可称得上著作等身了。他的主要作品有：《小仓山房文集》三十五卷，《小仓山房外集》八卷；《小仓山房诗集》三十七卷，《补遗》二卷；《小仓山房尺牍》十卷，《随园诗话》十六卷，《随园诗话补遗》十卷；《随园随笔》二十八卷；《子不语》二十四卷，《续子不语》十卷。

（一）刻苦好学的青少年时期

康熙五十五年（1716年）三月初二（公历3月24日），袁枚出生于浙江钱塘（今杭州）一个家道中落的仕宦家庭。

袁枚的祖上也曾任过不小的官职，还有诗集刻行于世，只是到他祖父这一代，由于改朝换代，时世变迁，家境逐渐贫寒，祖父、父亲及叔父都曾依人作幕府，贫游四方，以其微薄的收入，供养家小。袁枚的母亲章氏，凭着自己一双勤劳的手来贴补家庭生活费用，有时甚至不得不卖掉自己的一些首饰和裙子，换取食物，养家糊口。尽管如此，面对嗷嗷待哺的子女们，她也不时地伤心叹息。

袁枚就是出生在这样一个贫寒的家庭，可他天资聪慧，“幼有异禀”

(《清史稿》卷四八五)，祖母和母亲对他都极为疼爱，然而，使袁枚受益最深的还是他的姑母。

姑母沈氏三十一岁守寡，孀居娘家，主动分担起抚养袁枚的义务，“寒则袭，痒则搔，朝靧而夕浴，皆惟姑之求。”(《小仓山房文集》卷五《亡姑沈君夫人墓志铭》)当发现年幼的袁枚富有强烈的求知欲时，这位略知诗书的姑母便挑选史书、笔记中一些通俗易懂的内容，娓娓动听地讲给他听，使袁枚在五六岁时就已知道汉、晋、唐、宋的国号和许多历史人物。这位慈爱的姑母不仅给袁枚以最早的文史启蒙教育，而且对他的思想也产生过深刻影响。

例如，对于“二十四孝”之一的郭巨埋儿故事，姑母曾作诗道：“孝子虚传郭巨名，承欢不辨重和轻。无端枉杀娇儿命，有食徒伤老母情……”(《随园诗话》卷十二)认为郭巨为母孝而埋儿的行为是不近人情的，并对这个一直被推崇为封建孝道典范的故事给予了否定。姑母这种反封建礼教的思想，给袁枚幼小的心灵打上深深的烙印，他十四岁时所写的《郭巨论》一文，正是姑母这一思想的进一步阐发。

康熙六十一年(1722年)，七岁的袁枚开始从师史玉瓒学习《论语》《大学》，接受正式教育。史先生对学生要求非常严格。天真活泼的袁枚，常常惧怕因背书不熟而遭老师的责怪，有时因难耐严格的管束竟盼望能有客人来拜访。九岁时，偶尔从老师的朋友那儿得到一部《古诗选》，这是一部收集了从《古诗十九首》到盛唐间大量作品的诗集。对此书，袁枚如获至宝，爱不释手，常常吟诵，并偷偷地模仿着作诗。袁枚学诗也正是从这时开始的。也就是在这一年，他开始阅读艰深难懂的《离骚》，并爱上了词赋，后来他回忆道：“九岁读《离骚》，嗜古有余慕。学为四子文，聪明逐陈腐。犹复篝残火，偷习词与赋。”(《小仓山房诗集补遗》卷一)足见他当时对词赋的喜好和对八股文的厌恶了。

古代优秀诗作的熏陶不仅激发了他诗词写作的热情，也为他日后的文学创作打下坚实的基础。这一年，他随人游览杭州吴山时，学着作了五律诗一首，这该是袁枚最早的诗作了，直到他成年后重游吴山时，触景生情，回忆起当年诗中“眼前两三级，足下万千家”的诗句，仍“觉童语终是真语”，感叹不已。

幼年的袁枚，深深地为书籍所迷恋，嗜书如命，但因家境不佳，无钱买书，每每路过书市，他都驻足流连，特别是看到十分喜爱的书不能拥为已有，不免怅然若失，只得怏怏而归，有时好书竟在梦中买回。家境的贫寒使他只能借书来读，有时别人因他年小不愿借书给他，或者收取银两作为押金，让他饱尝了借书的艰辛。然而，借书之不易更增强了他对书籍的珍爱。对于借书来读，袁枚还有一番独到的见解：

“书非借不能读也。子不闻藏书者乎？《七略》《四库》，天子之书，然天子读书者有几？汗牛塞屋，富贵家之书，然富贵人读书者有几？其他祖父积子孙弃者，无论焉。非独书为然，天下物皆然。非夫人之物，而强假焉，必虑人逼取，而惴惴焉，摩玩之不已，曰：今日存，明日去，吾不得而见之矣。若业为吾所有，必高束焉，庋藏焉，曰：姑俟异日观云尔。”（《小仓山房文集》卷二十二《黄生借书说》）

的确，当时的袁枚，凡有好书，每见必求，每得必读，吟诵于口，烂熟于心；对于一些优秀之作，除精心阅读外，“必加摘录，分门别类，以补健忘。”（《清稗类抄·文学》）功夫不负有心人，刻苦的学习，使袁枚十二岁时便成为秀才，与老师吏玉瓒一起步入县学。后来，他在诗中描述当时的情状：

忆昔袁丝年十二，簪笔学趋童子试。
门前已送好音来，阶下还骑竹马戏。
……
一番正试两番覆，道路争观人簇簇。
喧传泮水出芹芽，艳说蒙童充棫朴。
……
并行敢逐先生后，倚宠仍眠大母怀。
诸姑伯姊欣欣到，替我梳头向我笑。
看着青衿试短长，劝拖锦带休颠倒。

（《小仓山房诗集》卷三十二《重赴泮宫诗》。棫朴：旧时用以比喻统治者用人有方，人才众多。）

可见当时的袁枚，虽已成为一乡瞩目的秀才，但仍是一个天真烂漫、稚气犹存的孩童。无比兴奋之情，溢于言表。

雍正十二年（1734年），袁枚十九岁，入杭州敷文书院学习，受业于杨绳武先生。这位杨先生知识渊博，注重实学，对袁枚的思想和才华很是赏识，袁枚将自己写的《郭巨论》和《高帝论》拿去求教，杨绳武读罢赞叹道：“文如项羽用兵，所过无不残灭。汝未弱冠，英勇乃尔。”（方濬师《随园先生年谱》）

一次，当时浙江一位名叫帅兰皋的督学，想考考袁枚的古文基础怎样，便问他："国马'‘公马'，作何解释？"这是两个较冷僻的典故，很少有人知晓。袁枚如实回答："二者出自《国语》，至于作何解释，我实在不知。"督学惊喜道："像你这般年纪，知道二马的出处就足矣，何必再解释呢？"接着他又问："除'国马'‘公马'外，还有'父马'，你知道吗？"袁枚回答："出自《史记·平准书》。"督学问："你能对吗？"袁枚脱口而出："可对以'母牛'，出自《易经·说卦传》。"不仅对仗工稳妥帖，而且还有出处。

袁枚古文功底的深厚、才思的敏捷，使得督学惊喜异常，立即给予他很高的奖赏。老师的称赞，督学的奖赏，使袁枚受到极大鼓舞，因而更加发愤读书写作。从此，袁枚对于诗文写作的喜爱之情与日俱增，而对内容空泛，形式呆板的八股文则日益厌恶，虽然为应考有时不得已而为之，"而心终不以为然"（《小仓山房文集》卷三十一《与俌之秀才第二书》），因而，在他成为秀才后，竟连续数年都未考中举人。

也许是偶然的巧合，当乾隆身着龙袍登上皇帝宝座的这一年，即公元1736年，袁枚的生活发生了戏剧性的变化。

这年春天，二十一岁的袁枚从友人处借得一些银钱作路费，前往广西巡抚金鉷幕府探望在那里做幕客的叔父。起初，叔父也未曾料到这次探望会给袁枚的生活带来什么转机。因而，当他看到两手空空的侄子时，很不高兴地说："你真不该来。"可第二天他还是将袁枚引见给金鉷。此时的袁枚已成长为风度翩翩、仪表堂堂的青年了，金鉷一眼就发现站在他面前的这个年轻人，虽还有些稚嫩，言谈举止却一点也不俗气，很想试试他的文才，便让他当场作一篇题为《铜鼓赋》的文章。袁枚欣然从命，一挥而就，且写得才气横溢，文笔瑰丽。铜鼓为古代南方少数民族的一种乐器，鼓身有花纹缠绕。雍正八年（1730年），广西乡民发现两只铜鼓，一只被送往朝廷，一只留置于金鉷的院署，袁枚的《铜鼓赋》就是以这两只铜鼓为题材，通过对铜鼓的声、形、色的描绘，称颂了金鉷的政绩。金鉷读罢，十分惊讶，大加赞赏（此赋后被金鉷编入《广西通志·艺文类》）。

金鉷非常赏识袁枚的才干，便留他住了下来，而且金鉷每次接待地方官吏时，除谈公事外，必谈及袁枚的某诗某句，如何如何精彩，津津乐道，袁枚听了，自然很是兴奋。所以，每逢金鉷见客，袁枚总要躲到屏风后听他们的谈话内容。

这年，正赶上朝廷举行博学鸿词科考试，这是皇帝专为网罗天下有名望的文人学士而设立的考试科目，各地巡抚均可奏疏推荐应试人。金鉷便专门奏疏保举了年仅二十一岁的袁枚。推荐书中这样写着："廪生袁枚裁二十一岁，奇才应运，卓识冠时，臣所特荐，止此一人。""臣朝夕观其为人，性情恬淡，举止安详，国家应运生才，必为大成之器。"在当时，一个巡抚如此褒奖一个年轻的秀才，恐怕也是绝无仅有的了。袁枚对此感激至深，晚年忆起金鉷，仍称他为"六十年来生平第一知己"（《随园老人遗嘱》）。

这次入京应试的，共有二百余人，袁枚虽未被录取，却因为在应试者中年纪最小，以及金鉷的力保举荐，"语多溢美"，而一时名满天下。很多人都想一睹这位青年才子的风采。这一年可以说是袁枚时来运转的一年，也是他一生中重要的转折点。

入京应试，不仅使袁枚大开眼界，长了见识，而且也使得他结识了许多朋友。考试落选后，袁枚客居北京友人家中，并经这位朋友的介绍，做了一达官贵人家中的家庭教师。为了求取功名，应付考试，他"不得不降心俯首"，暂时放弃了对诗文创作的喜好，潜心钻研他所讨厌的八股时文，这在袁枚看来，就如同交上了个俗不可耐的朋友，虽不喜欢，却还得强打精神赔笑脸。经过一番努力，他终于如愿以偿。

乾隆三年（1738年），在他二十三岁时，考中了举人，第二年他又一鼓作气考取进士，被选为庶吉士，入翰林院继续学习深造。短短几年间，袁枚由一个区区穷秀才，变为堂堂庶吉士，如此巨大变化，连袁枚自己都惊诧不已："信当喜极翻愁误，物到难求得尚疑；一日姓名京兆举，十年涕泪桂花知。泥金挂壁春来早，贺客遮门月去迟；想见故园灯火夕，老亲望眼正穿时。"（《小仓山房诗集》卷一《举京兆》）疑是梦也罢，疑是误也罢，事实终归是事实。最终，连袁枚自己也得承认，这一时期，是他一生中最为得意的时候，称得上年轻得志，一帆风顺了。

袁枚的青少年时代是在刻苦学习、孜孜求索中度过的。的确，他拥有天赋和机遇，但他的成长，从根本上讲，还是受益于良好的家庭环境和他本人的勤奋努力。这一时期，特别是当他步入青年时代，尽管功名利禄诱使他在仕途上奔跑，可文学创作的才华已在他身上初露锋芒，一条漫长且宽阔的文学之路已在他眼前展现。也正是从这时起，他有意无意地，已将一只脚跨入金碧辉煌的文学殿堂，开始了一生中最初的诗文创作，写下了他诗文集中起始的篇章。

（二）短暂的仕途生涯

乾隆四年（1739年），袁枚告假还乡，与王氏完婚。这次回家对袁枚来说，多年的梦想变为现实，可算是衣锦荣归了，身居翰林，洞房花烛，喜上加喜，实在是令他喜不自禁。他在《到家》一诗中写道：

远望蓬门树彩竿，举家相见问平安。
同欣阆苑荣归早，尚说长安得信难。
壁上泥金经雨淡，窗前梅柳带春寒。
娇痴小妹怜兄贵，教把官袍着与看。

（阆苑：传说中神仙居住地。此处比喻翰林院。）

不仅他自己兴奋，全家人欣喜，连亲戚朋友也都备感荣耀。

第二年，他又返回京城，为了应付新的考试，开始攻读满文。按照清朝制度，庶吉士入庶常馆后，要分别学习满族文字和汉族文字，三年期满，通过考试，决定留散。散馆后，才根据成绩的优劣委任职务。学满文对于曾深受八股文之苦的袁枚来说，无形中又凭添了许多烦恼，真是苦不堪言。苦苦煎熬了三年，在乾隆七年（1742年）的满文考试中，袁枚还是名列下等。如此一来，翰林院难以栖身，很快就被改发到江南（今江苏一带）任知县。刚刚踏上仕途的袁枚又受到沉重的一击，顿时感到无限懊恼："当年足下看云生，三叠琴心道已成。误写上清蝌蚪字，下篇《真诰》不分明。"（《小仓山房涛集》卷十五《游仙诗》）

的确，青云直上、如入仙境的袁枚，却被一纸蝌蚪文搞得焦头烂额，他的心情也随之一落千丈。当初入翰林时，颇有些"仰天大笑出门去，我辈岂是蓬蒿人"的味道，此时却不免要发出"三年春梦五堂空，珂马萧萧落叶中"的喟叹了；当时那种"他日凌霄那几枝"的气概和抱负不复存在，随之而来的是"生本粗才甘外吏"的气馁与自卑。

对于袁枚的改官外用，不仅袁枚自己牢骚满腹，就连当时在京的许多文人学士都深表惋惜，认为凭袁枚的年轻博学，足可以担任皇帝的文学侍从，可如今改用外吏，实属大材小用了。但又有什么办法呢，清统治者的"伯乐"们，对于不悉满文的"千里马"是没有兴趣的，更何况，当时的翰林院还尚无补考制度。同年五月，袁枚终于依依不舍地告别了京城和学友，踏上征程，前往江南的溧水就任他的知县去了。

刚到溧水任职的袁枚，感到人地两生，很不习惯，但因为他"敏而能断”，颇有政绩，很快就博得当地百姓的好感。上任不久，袁枚想接父亲来溧水，以尽孝心。袁枚的父亲当时正客居桂林，担心袁枚年轻才薄，难以胜任知县之职，便隐姓埋名，身着布衣草冠，装扮成过路老者，悄悄来到溧水，遍访乡野，了解百姓对袁枚的看法，听到的却都是“我们的少年袁知县，真是大好官”的赞誉，原本心怀疑虑的父亲顿时深感欣慰，于是，他没有通知袁枚，便直闯进袁枚的住所。袁枚看到父亲的突然出现，内心十分惊慌，以为因有失远迎，定遭怪罪，没想到父亲异常高兴，极言儿子的廉吏风范。

袁枚在任期间，有一位名叫李名世的外县秀才，偶尔到溧水听袁枚判案，深为感动，特意迁居溧水，每日专听袁枚办案，回家后便向众人宣传，百姓无不称道。正因为如此，当袁枚离开溧水时，百姓含着泪为他送行，并且将绣有众人姓名的“万民衣”披在袁枚身上，以表达对他的一片真情。袁枚在他的一首诗里这样描绘当时送行的情景：

任延才学种甘棠，不料民情如许长。
一路壶浆擎父老，万家儿女绣衣裳。
早知花县此间乐，何必玉堂天上望。
更喜双亲同出境，白头含笑说儿强。

(《随园诗话补遗》卷十。甘堂：棠梨树，此处用以比喻对地方官吏的颂词。)

如此壮观的场面，在封建社会是不多见的。

袁枚离开溧水，改任江浦知县，并一直干到年底。第二年，他又被调任沭阳知县。袁枚刚到这里时，正逢沭阳连续数年遭受自然灾害，旱涝交加，蝗虫肆虐，粮田荒芜，民不聊生。面对如此恶劣的境况，袁枚并没有消极等待，而是采取了一系列积极措施。

首先，他很快将灾情上报朝廷，请求并获准免征沭阳八年的农业税，并及时发放救济粮给灾民，以稳定民心；紧接着，他动员全县百姓捕捉蝗虫，组织人力修筑防洪堤坝，与自然灾害作斗争；与此同时，他还大力扶植蚕桑业，全力以赴地恢复和发展生产。在处理狱案方面，尽力做到及时公允。当时的沭阳百姓在他感召下，于严重的自然灾害面前，“宁死不为寇”(《苦灾行》)。

在沭阳任职期间，袁枚充分显示了他的才能，深得百姓的拥戴。正因为他的清正廉明，当他从沭阳移任江宁时，才会再次出现百姓齐相送，“五步一杯酒，十步一折柳；使君乘车行，吏民攀车走”(《小仓山房诗集》卷四

《沭阳移知江宁，别吏民于黄河岸上》）的感人场面。也正因为袁枚是当时百姓心目中父母官的偶像，他所种植的一株紫藤至今仍根深叶茂地生长在沭阳的土地上。

这期间，袁枚在认认真真当好知县这个七品芝麻官的同时，写下了他一生中最为辉煌的诗篇——《沭阳杂兴》《苦灾行》《征漕叹》《捕蝗曲》等。这些诗歌，都深刻地反映了现实生活，表达作者对民众疾苦的一片同情之心；这些诗歌，也正如他所亲手栽下的那株紫藤一样，深深地植根于百姓的土壤之中。

乾隆十年（1745 年），袁枚改任江宁（今属南京）知县。江宁是个大县，历来较难治理，可这正成为袁枚施展才干的场所。任职期间，他对府内的下属严格管束，融洽了官民之间的关系；对于本县的盗贼和恶少，将其丑行劣迹一一登记在册，并张榜公布其姓名，明令规定如有三年不再犯者，一律摈弃前嫌；对于百姓的讼案，他照例尽快处理，从不积压；同时，他还经常下乡巡察，了解民情，处理民间纠纷。一次，铜井村一医生诊死病人，他便连夜赶往，处理案件，夜间无住处，便在一寺庙中，睡败草绳床过夜。

他平时升堂判案，从不着官服，允许旁听，不滥用职权，因而他的声望更高了，“市人以所判事，作歌曲刻行于四方”（《清代七百名人传》），而他自己却十分谦虚，不愿别人为他传扬政绩，一生很是害怕别人谈论他的吏治，“闻之两颊红”。由此可见，他的确遵奉着“做官不为民做主，不如回家种白薯”的信条。

袁枚在办案的过程中还总结出一套经验，在他的《牍外余言》中有这样一段论述：“余为县令理讼，每判是非，有原告是者；有被告是者；有原被告俱不是者；有原被告俱是，而不是乃在中证者；有原被告、中证俱是，而不是乃在暗中唆使、卷内无名人者；有性本糊涂，误以非为是者；有初意本是，后乃激成，而为不是者。办案有愈详细而愈妙者，有愈草率而愈妙者。以详细为妙者，人所易知；以草率为妙者，人所难知。总在一片心情、圆通、领悟而已：一关天分，一由阅历。”这确是一席难得的循吏经验谈，非认真办案而不能得。

袁枚本想做个“好官”，可在当时的社会中，要做“好官”谈何容易。清朝的官场，下级参见上级，须先要在一定的距离内，小跑步上前，作小跪姿势，而且还不能带出声响，获准后才能起身就坐；参见的名帖上书写职衔的字迹要小，否则被视为不敬，真乃“官大一级压死人”。袁枚对此种参拜礼节深恶痛绝，也很不习惯，他曾在《谒长吏毕，归而作诗》中写道：“书衔笔惯字难小，学跪膝忙时有声”，但又不得不像对待八股文一样，委曲求全，一一学来，否则他恐怕连那七品芝麻官的位子也难以坐得住。

袁枚移任江宁不久，江宁将军岱林布的旗丁张升因敲诈勒索犯案。在当时，这些大人物手下的小喽啰也是碰不得的，袁枚毅然下令杖责张升，显然是刚正不阿之举，可谁又知晓，事后他却向岱林布写信忏悔请罪，全然一副卑躬屈膝的面孔。这正是袁枚想当好官却又怕丢官心态的写照。

的确，为百姓服务，他可以做到秉公执法、尽心尽力，可对达官权贵，他却一筹莫展、无可奈何，有时不得不“降心俯首”，对此袁枚深有感触：“苦吾身以为吾民，吾心甘焉耳；今之昧宵昏而犯霜露者，不过台参耳，迎送耳，为大官作奴耳。彼数百万待治之民，犹齁齁熟睡而不知也。”（《小仓山房文集》卷十六《答陶观察问乞病书》）正是这种愿为民当好知县却又怕得罪达官权贵的矛盾与痛苦，久久折磨着他。

袁枚的仕途是坎坷的。在他宰江宁时，与两江总督尹继善交往甚密，他们经常在一起谈古论今，作诗唱和，袁枚视他为自己的又一知己。尹继善也很赏识袁枚的才干，曾推举他做高邮州刺史，却未获批准。这件事也挫伤了袁枚的积极性，于是，乾隆十三年（1748年），袁枚借口患病，请假休养。三年后，迫于经济的压力和家人亲友的规劝，袁枚怀着矛盾的心情，抖擞起精神，再涉仕途，前往陕西就任知县。尽管他很想再试身手，干一番事业，可当时陕甘总督黄廷桂并不像尹继善那样惜才，因而他虽上书万言，以表心志，黄廷桂却全然不睬。

对于这个黄廷桂，袁枚以前也是领教过的。黄廷桂原本是行伍出身，历来瞧不起文人学士。一次，他不怀好意地问袁枚；“你名为‘子才’，是不是自命为才子?”袁枚回答：“当然。”黄廷桂接着道：“既然如此，我令你即刻作一篇文章，可以吗?”袁枚说：“可以。请出题。”黄廷桂高声道：“作《江赋》一篇，字数一万。”袁枚二话没说，提笔就写，而且很快就写完了。在文中，他有意生造了许多加有三点水的怪异字，想看黄廷桂作何反应。没想到这个武夫竟不知是戏弄，读后赞不绝口，连声道：“你真是名符其实的才子啊!”从这里不难看出，像黄廷桂这样的一介武夫，全然不睬袁枚的上书，确也合情合理。

然而，袁枚遇到这样一位无知迂钝的上司，也算是倒霉透顶，无异于冰水浇顶，刚刚复燃的希望之火顿时熄灭了，他的仕途之梦因此彻底化为泡影。

于是，他借故父亲去世，辞官归宁，从此告别仕途。这年袁枚三十七岁。

袁枚以短短几年知县的微职，结束了他的仕宦生涯。知县官职虽小，袁枚总还是兢兢业业、小心翼翼地去做的，但是，无论他怎样苦心孤诣、上下周旋，高官厚禄的大门却始终没有向他敞开。因而，几年的知县生活带给他的并不是欢乐和幸福，而是烦恼与痛苦。相反，几年来一直与他相依相伴，并带给他些许欢欣的是那枝创作之笔，这枝笔不断地给他展现着人生的另一佳境，袁枚自己似乎也已看到，只有在文学的天地里，他才能自由驰骋，有所作为。也许正是文学创作的魅力彻底战胜了功名利禄的诱惑，才使得他最终下决心弃官从文的吧。

我国现代一位著名作家曾说过这样的话：人的一生虽然很漫长，但要紧处仅有几步，特别是在年轻的时候。不管是有意无意，主动还是被迫，袁枚的弃官从文，可以说是他一生中所走出的最关键、最明智的几步，否则我们今天就不会、也不可能在这里来谈论他和他的作品了。

（三）悠闲自得的后半生

乾隆十七年（1752 年）底，袁枚彻底辞掉官职，从此寓居小仓山随园。

随园坐落于江宁（今南京）小仓山北，原本是雍正时江宁织造隋赫德的私人花园，当时人称“隋织造园”。袁枚病假期间用三百两银子买下该园，并加以修葺改造，改名为“随园”，对此袁枚曾作《随园记》一文。文中写道：

……茨墙剪阖，易檐改涂。随其高，为置江楼；随其下，为置溪亭，随其夹涧，为之桥；随其湍流，为之舟……皆随其丰杀繁瘠，就势取景，而莫之夭阏（也作夭遏）。摧折，遏止。者，故仍名曰‘随园’，同其音，易其义。

由此可见，袁枚精心修造的随园处处体现了一个“随”字，实际上，这也正是他当时内心世界的反映。此时他的人生态度已偏重在一个“随”字上了，即顺应自己的情感和愿望，不受约束地生活，真可谓“随心而欲”了。这恐怕也是他在仕途上屡屡受挫后的新认识了，他曾自称“以一官易此园”，似乎对这一交换很是满足，这只不过是一种不得已的、消极的满足罢了。此时的袁枚，已经认识到，正襟危坐地当官与自由自在地生活，二者显然不可兼得，以官易园，舍官而取园该是最好的选择了，这便是袁枚深爱随园的缘故。

经过修葺的随园，景色更为秀丽，后来有人这样描述随园景色：

颇饶亭榭，水木清华，仿西湖为堤井，为里外湖，为花港，为六桥，为南北峰。长廊复房，琉璃施窗，琴书尊罍，玉石之属，横陈几榻。梅百枝，竹万竿，桂十余丛。小仓山色在户牖间。”（《鹤征后录》卷八）

此时的随园的确是江南园林中的优秀之作，是融湖光山色、楼台亭阁于一体的人间佳境，难怪当时的文人墨客、公卿宦吏，都以能到随园一游而为自豪呢。

然而，初归随园时，袁枚的内心世界也还是很矛盾的。虽然他也曾发出过“三十休官人道早，五更出梦吾嫌迟”（《小仓山房诗集》卷五，《示送行吏民》）的议论，可一旦想起昔日翰林院的生活时，不免黯然伤神、难耐寂寞了：

“伤哉出山时，意气凌八表。
一自识行藏，不复耻温饱。
何图大鹏翼，化作小山草。
（《小仓山房诗集》卷十三，《偶然作》）

可见袁枚虽然表面上极言“随心而欲”的生活，可有时难免也为自己的才能不为世人所用，而惆怅、消沉的。

但是，这种内心深处的波折，终未使他改变初衷，袁枚在随园之中开始了他近五十年的文学生涯。一旦步入文学殿堂，对诗文创作又得心应手的袁枚，有时不免喜形于色。据传他曾自题“随园”对联一幅：

此地有崇山峻岭茂林修竹
是能读三坟五典八索九丘

有个名叫汪容甫的文人看到这幅对联后，登门求见，袁枚避而不见。汪容甫便对袁枚的仆人说：“转告你家主人，就说我要借他的“坟”“典”“索”“丘”四部书一读。”袁枚听了以后，很快撤换了这幅对联，因为他也深知自己夸了海口，这四部书早就失传了，更何况，是否真有其书，至今仍是个谜呢。

退居随园后，袁枚的生活虽然优哉游哉，自得其乐，可经济收入自然受到影响。特别是在他四十岁迁家入园以后，上有老母，下有妻妾子女，加上内外奴仆，其花费之大可想而知，生活迫使他只能卖文为生，实际上他的大半费用都是卖文所得。

他时常为一些达官显贵撰写碑铭传记，这类逢迎之作，如神道碑、墓志铭、墓表、行状行略、逸事等，在袁枚的文集中占有很大比重，写这类文章，尽管有时不得不说些违心的恭维奉承之词，但其收入实在可观。由于袁枚的文笔瑰丽，加上他以前在翰林院时的声望，他所写的碑铭传记，有时竟能得千金酬劳。袁枚的孙子袁祖志在他的《随园琐记》中记载："先大父……五十年中，卖文为活，竟有一篇墓志赠银万金者，以故可以扩充园圃结构。"可见其卖文的收入不但能养活一家老小，还能拿出一部分用于修园治圃。

然而，不可否认，袁枚在诗文创作方面的确取得了很大的成就。在官时，袁枚的创作之笔就从未停歇过，辞官后的悠闲生活使他更是如鱼得水，在写一些逢迎应酬之作外，他全身心地投入到诗文创作之中。优游园中，吟诗作文，是他隐退生活的主要内容。

由于他的辛勤耕耘，使他一时名声大振，他的诗文集"上自朝廷公卿，下至市井负贩，皆知贵重之。"（姚鼐《袁随园君墓志铭》）达官贵人争相购买袁枚的诗文，就连当时的相国福敬斋和希斋等都特别喜爱袁枚的诗，他们将《小仓山房诗集》带在身边，公务之余，早晚吟诵，有时还在一起议论品评。甚至连海外的琉球（今日本）也有人前来求购他的书。

传说有这样一个故事，福建富豪徐某很喜欢读袁枚的作品，一天深夜，一伙盗贼摸入他家中行窃，翻箱倒柜时发现桌上放着两部书，一是宋版的《文选》，一是袁枚的《仓山全集》，于是，其中一盗贼笑着说："看来这老头能收藏古书，又好读随园先生的诗文，可见并非市俗之人。"说完便招呼众盗贼停止行窃，只抱着这两部书悄然离去。足见袁枚在当时的名气之大、声望之高，已到了连盗贼都知其诗文贵重的程度。

声望越高，年龄越大，他的创作也愈加勤奋。他在七十岁时所作的《遣怀杂诗》（《小仓山房诗集》卷三十一）中写道：

一笑老如此，作何消遣之？
思量无别法，惟有多吟诗。
譬如将眠蚕，尚有未尽丝。
何不快倾吐，一使千秋知。

确有些"活到老，读到老，创作到老"的味道，若用"春蚕到死丝方尽"一句来形容，似也不过分。在他八十高龄时，作诗及其唱和已近万首，他在随园中特为此建造了一条长廊，将这些诗作贴在廊壁上，以供观赏，并称之为"诗城"，这件事一时传为诗坛佳话。袁枚对此也颇为自得，在他《诗城诗》中这样写道："十丈长廊万首诗，谁家斗富敢如斯？请看珠玉三千首，可胜珊瑚七尺枝。"

袁枚的诗文和声望，更使他结交了不少朋友，"四方士至江南，必造随园投诗文，几无虚日”。这时期袁枚的随园生活的确是充实、舒心的。在当时世人眼中，袁枚、赵翼及蒋士铨并称为三大家，而三人中又首推袁枚。

袁枚成名之后，并不孤芳自赏，很注重提携后学、帮助朋友。凡对晚辈学生的优点，哪怕只是一点，他也赞不绝口。当时有位名叫张问陶的学生曾拿着自己的诗作向袁枚求教，袁枚大加赞赏，并且幽默地说：“我之所以老而不死，正是因为还没有读到你的诗呢!”

袁枚还搜罗了大批门生弟子，他教学生，无论男女，不计贫富，只为培育诗才，这在封建社会是难能可贵的。他对登门拜访请教的人，都殷情款待，特别是对一些贫寒之士，除设宴招待外，还解囊相助。友人程晋芳曾向袁枚借过五千两银子，后因贫病交迫而死，袁枚听说后，当即焚毁了借钱的契约，并且拿出钱来资助程晋芳的家人。如此的大家风范，颇受世人的赞誉。

袁枚对大自然十分钟爱，晚年更是乐于旅游。六十岁以后，他除应酬朋友外，一年中几乎有半年时间出游，他的足迹遍及江南大地。乾隆四十七年(1782 年) 六十七岁的袁枚精神矍铄，走出随园，登临天台、雁荡，不仅作了《观大龙湫作歌》等诗，而且还绘制了《游雁宕图》，装裱为长轴，带回随园；第二年他又满怀豪情地游了黄山，写了《游黄山记》及《四月六日出门六月五日还山》等作品，盛赞黄山美景。六十九岁时出游岭南，二月游览庐山、小孤山等名胜，四月南下广州，九月赴桂林，游漓江，十月到湖南，登衡山。这次出游，从前一年春天起直到第二年正月，历时竟整整一年，这对一个年已古稀的老人来说，实属不易。可他在《新正十一日还山》一诗中写道：

自觉山人胆足夸，行年七十走天涯。
公然一万三千里，听水听风笑到家。

真不愧是：“老骥不知筋力减，闲云只觉往来轻。”(《小仓山房诗集》卷三十《花朝后三日作岭南之游留别随园六首》)

七十一岁时袁枚又远足福建武夷山，同样洒下一路的欢歌笑语。直至八十一岁，也就是他去世的前一年，还重游扬州、苏州。此时的袁枚，行动已极不方便，两只脚也不听使唤，只得靠别人抬着、背着走，尽管如此，他仍游兴未减、乐在其中，足见他对大自然的确一往情深，真有一种“一息尚存我，千山不让人”的精神。袁枚在他最后的岁月里，似乎彻底地摆脱了尘世的烦嚣，投身于大自然的怀抱，尽情饱览了祖国的大好河山，写下许许多多优美的风景诗作。当袁枚在人生的大舞台上谢幕之时，也正像他每次出游归来一样，可称得上满载而归了。

嘉庆二年（1797年），袁枚身患痢疾，久治不愈，病逝于随园之中。八十二岁的袁枚，从此长眠于小仓山脚下。

袁枚的后半生，“极山林之乐，享文章之名”，活得可谓超凡出俗、潇洒自在，可是，他也时有“自笑匡时好才调，被天强派作诗人”的感慨，这是他内心世界的真实写照。他总认为，自己的匡世之才被埋没，作诗为文是不得已而为之，也是命中注定。但事实上，正是他所无意于的文学创作，使他的聪明才智得以充分显示，带给他成功的荣耀。我们无法推断他是否能在仕途上干出一番轰轰烈烈的事业，而他在文学创作方面的成就，却是世人所公认的。尽管他的生命早已融入小仓山的泥土中，可他的名字却已载入我国文学史册；尽管在他生前死后，人们对他毁誉不一，可在中国文学史的星河中，他仍称得上是一颗光彩熠熠的亮星。

（四）袁枚的思想

袁枚生活在雍正、乾隆年间。当时的满清统治已基本上站稳脚跟，由于封建统治者采取了一些缓和民族矛盾、恢复经济的措施，社会经济得以重新发展，出现了所谓的“康乾盛世”。最突出的是商品经济有了较大发展，除在江南一带出现较大规模的纺织工业外，冶炼、造纸、制茶、瓷器等行业也在全国兴起。商品经济的发展带来了城市的繁荣，一些主要城市都成为商品贸易中心，市民阶层由此而壮大。所有这些都说明资本主义萌芽又在中国大地生长起来。

资本主义萌芽的生长，无异于给令人窒息的封建统治送来一股清风，催动了进步思想的活跃，动摇了封建王朝的根基，清统治者也为此而恐慌、不安。在当时，统治者为了挽救危机，摆脱困境，大力提倡程朱理学。康熙皇帝就曾亲自给大臣们讲解程朱理学全权代表朱熹的书，亲自主持编纂和重印理学著作，并下令向百姓宣读讲解。与此同时，统治者加强了以八股文取士的科举制度；大兴文字狱，企望以此来束缚知识分子的思想，巩固其封建统治。然而，进步的思想无法禁锢。当时的颜元、李塨、戴震等具有进步思想的知识分子，高举反对程朱理学的大旗，向传统的封建礼教发起攻击。袁枚的思想深受他们的影响，并站在他们一边。他曾写下“郑孔门前不掉头，程朱席上懒勾留”的诗句，体现了他反对理学的鲜明态度。

程朱理学鼓吹“天命之性”，他们把人性分为“天命之性”和“气质之性”，认为只有“天命之性”才是至善至美的，而人的“气质之性”应该改造成“天命之性”，这种谬论旨在宣扬“存天理，灭人欲”的伦理思想。在他们看来，“天理”是真正的人性，而“人欲”则是罪恶的溯源。实际上，他们所言“人欲”是指人们基本的物质生活要求以及追求美好生活的愿望，由此可见，程朱理学实质上是封建统治者愚弄和奴役百姓的工具。

袁枚对于“存天理，灭人欲”之说，予以猛烈抨击。他在《清说》一文中写道：

天下之所以丛丛然望治于圣人，圣人之所以殷殷然治天下者，何哉?无他，情欲而已矣。老者思安，少者思怀，人之情也；而老吾老以及人之老，幼吾幼以及人之幼者，圣人也。好货好色，人之欲也；而使之有积仓、有裹粮、无怨无旷者，圣人也。使众人无情欲，则人类久绝，而天下不必治；使圣人无情欲，则漠不相关，而亦不肯治天下。（《小仓山房文集》卷二十二）

在袁枚看来，人之情欲无论对统治者还是老百姓，都是至关重要的，它是人类社会赖以存在和发展的根本所在，谁能够满足芸芸众生的愿望，谁就是“圣人”；因而他认为，人之“情欲”，不但于社会无害，而且更有益于天下的治理。他否定了“天理”与“人欲”是存与亡的对立，大胆提出“人欲当处即是天理”的理论，针对“存天理，灭人欲”的伪善理论，袁枚诙谐地举例说，孔子也强调“食不厌精，脍不厌细”，说的都是怎样吃得更好，表达的何尝不是饮食之欲，难道说孔子也只是个饮食之人吗？他肯定地说：“喜、怒、哀、乐、爱、恶、欲，此七者圣人之所同也。”（《小仓山房文集》卷二十二《清说》）进而，他痛斥那些强调“天理”的统治者虚伪丑恶的面目：“伪名儒不如真名妓。”（《小仓山房尺牍》卷七《答杨笠湖》）所有这些观点，对宣传“天命之性”的程朱理学来说，无异于当头的棒喝。

宣扬程朱理学的统治者，把“人欲”斥之为“私欲”，而袁枚主张情欲的合理性，反对清教徒式的禁欲观，立足点也正在一个“私”字上。他认为，正是“私欲”才是合理的、正常的，“圣人不自讳其私”（《小仓山房文集》卷二十《公生明论》），而且他自己对待人生也重在“私欲”，公开承认自己好味、好色、好货（《所好轩记》），自称“解爱长卿色，亦营陶朱财”，追求一种随心所欲的生活，这无疑是一定程度上对封建礼教的一种挑战，体现着资本主义追求个性解放的色彩。这种思想的产生与形成，自然离不开当时资本主义萌芽因素的影响。在社会主义制度下的今天，我们对资产阶级的个人主义是嗤之以鼻的，可在封建专制的时代，袁枚的这种人生观具有一定的进步意义，是顺应时代发展潮流的。

袁枚正处在一个资本主义萌芽与封建礼教相冲突的时代，他的世界观、人生观必然打上这一特殊时代的烙印，更何况，袁枚本人是一个靠科举进身，而又接受了进步思想的知识分子，因此他内心深处也充满着矛盾斗争。袁枚对程朱理学深恶痛绝，却又不能从根本上与儒家之道彻底决裂，有时不得不借助孔子来与程朱理学抗争，他所谓的“乐自寻孔颜，学不拘汉宋”（《七十生日作》）、“问我归心向何处，三分周孔二分庄”（《山居绝句》）便是明证；袁枚十分鄙夷汉学考据，曾给予辛辣嘲讽，且自称“予于经学少信多疑”，可自己却又有如《随园随笔》一类的考据之作。

袁枚拒不信佛，常言“不佞佛”，认为“佛者九流之一家耳”，不足崇信，可对佛教中的“因果报应”“生死轮回”之说却津津乐道，宁信其有；袁枚自信身怀匡世之才，也想面对现实、改造社会，或进取于封建仕途，可他自身的另一面——好味好色、自我放纵，却又让他难以抗拒，于是便有仕途反复之举，尽管当他无奈退居随园以“宦后始知贫贱好”自慰，实际上这正是他内心矛盾终不可解的结果。

袁枚正是这样一个思想具有多面性、内心充满矛盾的历史人物，他的这一性格特征，也正是人们之所以对他褒贬掺杂、毁誉不一的重要因素。然而，应该肯定的是，他的思想的主导方面毕竟是具有积极意义的，也正是由这种思想生发出来的文学主张，以及在其指导下的诗文创作，确立了他在我国文学史上的地位，从而产生了较深远的影响。

（五）袁枚的文学主张

作为一代文学家、诗人的袁枚，最突出的成就在于他的文学主张，即他的诗论。袁枚的文学主张的核心就是“性灵说”，主要见诸于他所著的《随园诗话》。

诗话是我国古代具有民族特色的文论著作体。其特点是随意性强，往往融记事、采诗、议论为一体，寓议论于谈诗记事之中。其体例多为随笔式。明清时期，诗歌理论日见兴盛，各种著作层出不穷，都用以标榜自己的主张。评判他人的观点及诗作，其中影响最大的还数袁枚的《随园诗话》，这与他极力倡导“性灵说”的诗论是分不开的。

清乾隆时代以前，诗坛上就曾出现过王士禛的“神韵说”，鼓吹诗歌应以清丽华淡为本；乾隆年间，诗坛上又有沈德潜所标举的“格调说”，片面强调诗之格调，主张“温柔敦厚”的说教。所有这些诗歌理论在当时的诗坛上都产生过一定的影响，但其积极意义不大，特别是在日见衰落的清诗发展过程中，起到一些消极作用。袁枚的“性灵说”，正是在这种背景下应运而生的。袁枚从历代诗歌理论中吸取了有关吟咏情性、抒发性灵的观点，并以自己的亲身体会和深刻思考加以丰富和发展，在诗歌理论中独树一帜，这无疑给清代沉闷的诗坛带来一股清新之气，注入了活力。

“性灵说”主要从创作主体出发，强调创作过程中真情、个性及才力的地位和作用。袁枚强调诗歌应抒发真情实感，要有真性情，要表现个性，表现诗人对事物独特的艺术感受，同时，袁枚认为诗人创作须有才气，不可忽视灵感的作用。从这里可以看出，“性灵说”是我国古代诗歌创作理论发展，的高度概括和总结。

袁枚强调诗歌创作须具有真情实感。“诗人者，不失其赤子之心者也。”(《随园诗话》卷三）这是袁枚“性灵说”对诗人本质特征的把握。他还说“性情以外本无诗”（《小仓山房诗集》卷二十六《怀钱玙沙方伯予告归里》），“提笔先须问性情”（《小仓山房诗集》卷四《答曾南邨论诗》）。袁枚认为，真性情是诗歌创作不可缺少的前提条件，如没有炽烈的情感，便没有诗歌，十分肯定地指出了真实情感对于诗人来说是何等重要。在袁枚看来，真正好的诗作必然是真情实感的产物，“有必不可解之情，而后有必不可朽之诗”(《小仓山房文集》卷三十《答蕺园论诗书》)，“诗情愈痴愈妙”（《随园诗话》卷六)。他认为《诗经》之佳作所以流传至今，其原因就在于它写的是作者当时的真情实感：“三百篇不著姓名，盖其人直写怀抱，无意传名，所以真切可爱。”（《随园诗话》卷七）“诗者，人之性情也，近取诸身而足矣。其言动心，其色夺目，其味适口，其音悦耳，便是佳诗。”（《随园诗话补遗》卷一）进而得出“凡诗之传者，都是性灵”(《随园诗话》卷五）的结论。袁枚把真情实感视为诗歌创作的必备条件，视为诗歌最终所达到艺术境界的根本，这一观点是符合诗歌创作的艺术规律的。

说到诗歌与情感的关系，早在袁枚之前的诗歌理论中就有不少论述，《毛诗序》中曾有一著名观点：“情动于中而形于言，言之不足故嗟叹之，嗟叹之不足故永歌之，永歌之不足，不知手之舞之，足之蹈之也。”西晋著名文学家陆机也有“诗缘情”说；明末思想家文学家李贽则提出“童心说”，认为“天下之至文，未有不出于童心焉者也”，凡此种种，虽都道出了诗与情的关系，但他们的论述最终还是不能摆脱“诗言志”，即“发乎情，止乎礼”的封建传统的窠臼及阴影。而袁枚的“性灵说”，既强调性情乃创作之前提，又主张抒写真情实感是创作的最高境界，简而言之就是“发乎性情，止乎性情”，袁枚虽然也曾谈到“诗言志”，但他却给予它新的注释，将“志”与“情”相提并论、等量齐观，提出“诗言志’言诗之必本乎性情也”（《随园诗话》卷三）的新见解，这表明，袁枚的“性灵说”超越了以前所有的“诗缘情”的理论，以根本上摆脱了旧传统诗教的束缚，对此，朱自清在他的《诗言志辨》中给予袁枚“文坛革命家”的赞誉。

袁枚的“性灵说”的更深一层内涵就是强调个性，主张诗人要具有鲜明的个性及艺术表现的独创性，所作诗歌都应写个人的“性情遭遇”。因而，他特别提出“著我”的理论，鲜明地标举个性。他曾反复强调“无自得之性情，于诗之本旨已失矣”（《小仓山房文集》卷十七《答施兰垞论诗书》）；“作诗，不可以无我，无我，则抄袭敷衍之弊大”（《随园诗话》卷七）；“有人无我，是傀儡也”，这充分体现了袁枚对诗人个性的重视。袁枚这种反对传统束缚、追求自由的文学主张，与他注重个人“私欲”、追求个性解放的思想是分不开的。袁枚不但极力主张“著我”，而且努力去实践他这一理论。在《随园诗话》中，他毫不隐晦地表明：“我作诗，向来不喜欢迭韵、和韵，不喜欢用古人的韵。我认为，诗是抒写性情的，而且只能抒写我个人的性情。一韵中有千百个字，可以任我选择，如用了觉得不理想，还可以改，为什么要以一两个韵将其捆死了呢？作诗一旦受韵律约束，就不得不拼凑节拍，为拼凑节拍而作的诗又哪会有个人的真性情呢？”可见，袁枚“著我”之说也是他自己创作经验的总结。

在拟古与格调之风遍吹诗坛的清代，袁枚大胆地提倡“著我”的创作观，显然是具有一定战斗性的。对于拟古，袁枚极为厌恶，深责说：“诗若竟似古人，何处著我？”（《读诗品·著我》）在袁枚看来，仿古之作只是在“描诗”，独抒性情才是“作诗”，那些善摹古人风格，乐用古人诗韵的人，无异于木偶演戏，鹦鹉学舌，其作品也必然味同嚼蜡，索然无味，毫无魅力。当然，这并不是说他就一概否认前人的成就及其作用。他说：“人闲居时，不可一刻无古人；落笔时，不可一刻有古人。平居有古人，而学力方深；落笔无古人，而精神始出。”这就是说，学习的时候，只有借鉴前人成功的经验，才能丰富自己；而在创作的时候，只有摆脱古人的束缚，才能抒写个性。这种观点是袁枚对创作更高层次的认识，实际上也是对继承与创新的认识，带有一定的辩证色彩。很显然，它与拟古派的复古倒退思想形成鲜明的对立。

对于格调说，袁枚也给予了毫不留情的批判。他说：“杨诚斋曰：‘从来天分低拙之人，好谈格调而不解风趣，何也？格调是空架子，有腔口易描；风趣专写性灵，非天才不办。’余深爱其言。须知有性情便有格律，格律不在性情外……诗在骨而不在格也。”（《随园诗话》卷一）

在袁枚看来，格调只不过是思想感情的外在表现形式，脱离其内容，性灵的格调不过是个“空架子”而已。对此，袁枚还举了《诗经》的例子来阐明自己的观点。他说，《诗经》三百篇多是劳动民众的随意言情叙事之作，又有谁为之定过格调呢?沈德潜的格调说实质也还是拘守古诗模式、沿袭古人陈规的复古思想，对此袁枚尖锐地指出：“诗有工拙，而无今古”，“未必古人皆工，今人皆拙。”很显然，袁枚以诗本身的工巧与拙劣作为诗歌鉴赏的标准，并以此来反对格调说，而袁枚对诗的这一标准仍是建立在“著我”的理论基础之上的。袁枚对沈氏格调说的批判，实际上是对传统文学观的一种反叛，说出了诗歌应具有时代特色，应随时代的发展而发展的道理。

注重诗歌创作中才力的作用，是袁枚“性灵说”的又一个重要内容。正如郭绍虞先生所言，“性”乃是情的表现，“灵”则是才的表现，“性灵说”正是情与才结合的创作观。袁枚所谓“性灵”的一个重要含义就是指创作者的天分。袁枚认为诗人须有天分，无天分不成其为诗人。“诗文之道，全关天分”（《随园诗话》卷十四），“用笔构思，全凭天分”（《随园诗话》卷十五）。袁枚把天分的高低称之为“笔性灵”和“笔性笨”（《随园诗话补遗》卷二）：“笔性灵”者是指那些具有诗人气质、才能的人，这些人对事物有敏锐的观察力，具有迅速地把握和表现艺术特征的能力，落笔成诗且写得有生气；“笔性笨”者是指那些无天分的人，这些人缺乏艺术想象力，写最易动情的事物，也不会感人，没有味道。用袁枚的话说就是：“诗不成于人，而成于其人之天，其人之天有诗，脱口能吟；其人之天无诗，虽吟而不如其无吟。”（《小仓山房文集》卷二十八《何南园诗序》）对此，袁枚曾用一个生动的比喻加以阐明。他说，写诗如同言谈，口齿不清，拉杂万语千言，越多越让人讨厌。口齿清楚了，说得且有味道，听起来让人觉得可爱，才是妙语。如果其言谈虽有一点风趣，但又吞吞吐吐，说不出来，实际上正是由于其才力的单薄。可见，“天分”在袁枚的创作论中占有一定地位。但也应看到，袁枚绝非单一的“天分”论者，他也重视后天之学力，他曾把作诗比作射鸟：“能者一箭中，不能者千万箭不能中”，“其中不中，不离天分学力四字”，“至是学力，中是天分”，“所以天分学力两不可废”。然而，“性灵说”最终认为，后天的学力对诗人才力只起辅助作用，不起决定作用，即“以学问济性情”，并不能取代天分，也不能弥补天分之不足。可见，袁枚过分看重“天分”的诗才论中不无唯心色彩。

袁枚在他“性灵说”的创作论中，对灵感现象也有一定的研究和论述。袁枚在他的《续诗品·神悟》中这样说：“鸟啼花落，皆与神通；人不能悟，付之飘风。”这里所说的“悟”，就是诗人心灵对自然界“鸟啼花落”的一种感应，就是指灵感。通观《随园诗话》可以看出袁枚对于创作过程中的灵感现象认识是较全面的，他认识到灵感是诗人艺术创造力的突发显现，认识到灵感的偶然性和短暂性，他在《随园诗话》卷二中这样写道：“改诗难于作诗，何也？作诗兴会所至，容易成篇。改诗，则兴会已过，大局已定，有一二字于心不安，千万力气，求易不得。”这里的“兴会”即是灵感，它的突然的造访，往往具有苦思冥想所难以企及的艺术创造力。对于灵感与创作实践的关系，袁枚也有一定的认识，他已朦朦胧胧地意识到，灵感乃是长期的勤奋创作的产物，因而，他也强调诗人不懈的努力。总之，我国古代文论中对灵感的研究与认识，到袁枚这里算较系统、全面，已逐渐接近于科学的艺术观。

“性灵说”以它顺应时代潮流的进步思想，反对传统观念的独特姿态，一经倡导，便应声四起，随者日众，于当时的诗坛上形成了以赵翼、张问陶、舒位、孙原湘等人为主的性灵派。这些诗人追随其帅主袁枚，不宗唐宋，敢于创新，别开生面，独树一帜，在当时的几个诗派中，成就及影响手屈一指，令神韵、格调派的诗人们望尘莫及。有道是：“自开生面扫群言，名冠三家比岳尊。”（蒲忭《寄呈简斋夫子》）

袁枚的《随园诗话》因倡导“性灵说”而闻名于天下。在《随园诗话》的编写过程中，就有“四方以诗求人者，如云而至”（《随园诗话补遗》卷五），《随园诗话》问世后，更是一时风行，争相购买。凡是读了《随园诗话》的人都为袁枚的理论所折服，《诗话补遗》卷四中就有这样的记述：“新安王太守顾亭先生，看《随园诗话》有得，顿改从前之作。”钱泳在他的《履园谭诗》中说：“自太史《随园诗话》出，诗人日渐日多。”而且，诗人赵翼、张问陶、乃至文论家李兆洛等的诗论都沿袭了《随园诗话》的“性灵说”，足见其在当时的影响了。当然，通观《随园诗话》，也不难发现其中确有一些低级庸俗的趣事、艳事的记叙，梁章钜在其《退庵随笔》中评价《随园诗话》：“所录非达官，即闺媛，大意在标榜风流，颇无足观”。此话虽然说得重了些，却能使我们看到《随园诗话》的不足与弊病之所在。

不管怎么说，袁枚以他独特的“性灵说”奠定了他在我国文学批评史上的地位。而“性灵说”不仅在当时的诗坛上起到扭转诗风的作用，就是对以后的诗歌创作也产生过极大影响，无疑，“性灵说”是袁枚对我国古代文学理论宝库的一大贡献。钱钟书先生曾在《谈艺录》中赞赏《随园诗话》：“不仅为当时之药石，亦足资后世之攻错。”这话不假，直到今日，《随园诗话》及其主人所倡导的“性灵说”仍具有一定的参考借鉴价值，很值得我们仔细品味和研究。

(六) 袁枚的诗文创作

袁枚的诗歌创作，就其成就和影响而言，虽不及他的诗歌理论，但它毕竟是“性灵说”创作观的具体实践，不仅符合“性灵说”的文学主张，而且也体现了“性灵说”的艺术追求，具有鲜明的特色。

袁枚一生创作古今体诗数千首，收入《小仓山房诗集》的就有四千四百余首。这些作品中有直抒胸臆、感物咏怀的，有写悲欢离合、男女情爱的，也有描写山水景物的，内容丰富多彩。无论哪类诗作，都具有一个共同的特点：大胆地抒发真情实感，表现独特的个性，形象鲜明生动，风格隽永，语言清新自然。

大量的抒情诗是袁枚诗歌中的代表作。这些诗中有《陇上作》《哭三妹五十韵》《童二树》《哭聪娘》等哀怨凄婉的悼亡诗，有《归家即事》《还杭州》《过葵巷旧宅》等恋乡怀土的感怀诗，也有《古意》《寄聪娘》《病中赠内》等缠绵悱恻的爱情诗。

《哭三妹五十韵》是一首催人泪下、感人肺腑的悼亡诗。袁枚的三妹名机，字素文。初时尊父母之命、媒妁之言嫁人，后因其丈夫残暴凶狠而备受折磨，只得归家侍奉母亲，于四十岁时病死家中，此时袁枚四十四岁。袁枚在作《哭三妹》一诗的同时，写了《女弟素文传》一文，叙说她的不幸遭遇。《哭三妹五十韵》一诗的起始句写道：“五枝荆树好，忽陨第三枝。最是风华质，还兼窈窕姿。”一下子点出了三妹不幸早亡的残酷现实。兄妹五人中，偏偏是“论龄未应衰”的三妹突然病逝，如同荆树忽断其一枝，能不令人心碎！接下来作者以追忆笔法描述了兄妹之间欢乐的童年时光，真挚的手足之情：

金笼擒蟋蟀，竹马逐邻儿。
各踞长松锻，同分野灶炊。
书灯裁纸照，学舍隔帘窥。

呵手团清雪，当盘算劫棋。
斗残春草绿，舞罢柘枝鼓。
贫不争梨栗，欢能咏豆萁。
非鱼常作队，似雁不差池。
拟续蓝台史，堪刊紫石碑。
阿兄试京兆，小妹倚门楣。
望信频穿眼，登科代展眉。
分襟长戚戚，聚首更怡怡。

在这里，作者以清新明快、近似白描的笔触，将昔日兄妹之间的欢乐与真情展现在读者面前，而这一幅幅生趣盎然的画面，与三妹已经逝去的残酷现实所形成的鲜明对比，更增添了作品哀伤的气氛，给人以无限悲痛之感。然而，三妹的不幸确是封建礼教造成的：“一闻婚早定，万死誓相随。采凤从鸦逐，红兰受雪欺。”这几句表现了诗人对三妹不幸遭遇的同情以及对吃人的封建礼教的愤懑。在这里，诗人将悼念与控诉融为一体。最后，诗人从梦境的追忆回到现实当中：

今朝偏送汝，他日更呼谁。
残雪敲窗户，悲风动酒卮。
浮生千古幻，哀挽几行辞。
盼断黄泉路，重逢可有期！

昔日的欢乐与真情已成梦幻，但不知九泉之下是否还有相聚之日，悲痛之情，流溢笔端。真可谓“字字血，声声泪”，读来令人荡气回肠。通观全诗，诗人运笔自然流畅，一气呵成，全无雕饰，这正是由于诗人一腔真挚之情喷涌而出所致，“语语从肺腑流出”，应验了诗人那“诗情愈痴愈妙”的文学观点，这首诗的全部魅力也就在于此。

袁枚还有一些关心和同情百姓疾苦的诗作，如《沭阳杂兴》《苦灾行》《捕蝗曲》《俗吏篇》《征漕叹》等。这些诗歌都是他早年任知县时所作。

《征漕叹》一诗，记叙了官府在沭阳征收漕粮给百姓带来的灾难，直接揭露了贪官污吏的丑恶嘴脸，表达了作者对劳动人民的深切同情。这里所说的漕粮，是指统治者征收的从水路运往京城的粮食。

沭阳漕无仓，水次在宿阜；
去县百余里，官民两奔走。
富者车马驮，贫者篙笆负；

展转稍愆期，鞭笞随其后。
北风万里来，腊雪三尺厚；
泥途行不前，老幼足相蹂。

在全诗的开头，诗人就为我们描绘了一幅凄凉悲壮的漕运图：北风凛冽，大雪飞扬，道路泥泞，百姓们背着沉重的漕粮艰难地前行，而且稍有怠慢，鞭子便会从背后抽来。运粮之艰辛，已叫人难以忍受了，可那些征粮的恶吏和押粮船的“旗丁”还要仗势欺人，敲榨盘剥，百般刁难：

未来苦无谷，有谷苦难受。
捡谷如捡珠，重迭须舂臼。
粒碎聒相喧，色杂咙相诟。
嗟哉我穷民，历历数卯酉！
来时一石余，簸完盈一斗。
天雨不开仓，小住日八九。
携来行李资，不足糊其口。
……
旗丁古门匠，习俗久相狃。
米色稍不齐，叱吏如畜狗。
……
言毕旗丁至，狰狞貌粗丑。
视米噤无言，仰面獒欲嗾。

如此情状，不亚于大地主刘文彩的收租院。作为县官的诗人对此极为愤慨，对受欺压的老百姓又怀有无限同情，因而，“县官自语心：尔已为民母，宁受旗丁嗔，毋使民守久；宁失逻者心，毋使丧所守。”表现了一个心甘情愿为民受苦的廉吏情操。在这首诗中，作者通过铺叙的手法，充分表达了自己鲜明的爱与憎。读罢这首诗，自然会使人想起白居易的《卖炭翁》和杜甫的《石壕吏》。就其对贫民百姓的同情而言，与白居易、杜甫两位大诗人的诗作相比，可以说不差上下，一脉相传了，可就其对贪官污吏的抨击、对黑暗社会的揭露与讽谕而言，远不如那两首名作尖锐、深刻。

《捕蝗曲》一诗反映出诗人对沭阳县民深受蝗灾之苦的同情，“亟捕蝗，亟捕蝗，沭阳已作三年荒”，道出诗人忧民所忧、急民所急以及为民消灾，解难的急切心情，尤其是全诗的最末两句：“毋餐民之苗叶兮，宁食吾之肺肠”，刻画了一个愿为百姓的幸福而肝脑涂地的清官廉吏形象。整首诗便是一曲爱民歌。

《俗吏篇》中的“金鸡初鸣出门去，夕阳来下牛羊同。有时供县应四方，缝人染人兼酒浆；有时迎谒跪道左，掀公于淖犹衮裳”几句，描写县吏日常忙碌景象，同时也倾诉了一个整日忙于应酬，却无暇顾及民事之县吏的苦闷。袁枚反映民生疾苦的诗作虽然为数不多，但每一首都情真意切，在尽述民众之苦难的同时，也塑造着一个同情百姓、为政清廉的诗人自我形象。

袁枚一生游历了众多名山大川，遍足大江南北，因而，他的诗作中以风景诗为最多。袁枚极善于以丰富奇特的想象，赋予山光水色鲜动活泼的形象，再加上他那行云流水般自然流畅的语言，使他的风景诗作具有独特的艺术感染力。且看《同金十一沛恩游栖霞寺望桂林诸山》一诗：

……出穴登高望众山，茫茫云海坠眼前。疑是盘古死后不肯化，头目手足骨节相钩连。又疑女娲氏，一日七十有二变，青红隐现随云烟。蚩尤喷妖雾，尸罗袒右肩，猛士植竿发，鬼母戏青莲。……

在这里，诗人采用参差不齐的歌行体，以奔放的笔触，奇特的想象，借古代神话中的形象，比喻、描摹桂林诸山的神奇景色，形象生动，气势雄浑，读来令人赏心悦目，心旷神怡。再看《雨过湖州》一首：

州以湖名听已凉，况兼城郭雨中望。
人家门户多临水，儿女生涯总是桑。
打浆正逢红叶好，寻春自笑白头狂。
明霞碧浪从容问，五十年来得未尝。

此诗却是别一番味道。水畔人家，雨中城郭，细雨濛濛，凉风习习，好一幅江南水墨图。全诗运笔轻盈，形象鲜明淡雅，情韵细腻委婉，作者以景带情，以情入景，创造出一种情景交融的意境，给人以清新明快之感。

袁枚极善观察自然，捕捉形象，并且能以自然景致为底色，写出情趣来。请看他的《兴安》《沙沟》两诗：

兴　安

江到兴安水最清，青山簇簇水中生。
分明看见青山顶，船在青山顶上行。

沙　沟

沙沟日影渐朦胧，隐隐黄河出树中；
刚卷车帘不放下，太阳力薄不胜风。

前一首，巧写江水清澈、青山倒映之景致，颇富诗情画意，特别是“船在青山顶上行”，可谓画龙点睛，妙趣横生；后一首，描述风沙扑面、太阳力薄之风物，于浑成中见细腻。无论江南景致，还是北国风光，在袁枚的笔下，虽无惊心动魄之语，却有异曲同工之妙。

袁枚的风景诗佳作，枚不胜举，堪称妙作如林，无论写奇山异石、淡月清风，还是写流水荷花、萤光晨露，每每读来，或似饮浓烈甘醇的美酒，或如品芬芳馥郁的香茶，其妙趣无穷。袁枚曾在《随园诗话》中这样写道：“诗虽奇伟，而不能揉磨入细，未免粗才；诗虽幽俊，而不能展拓开张，终窘边幅。有作用人，放之则弥六合，收入则敛方寸。巨刃摩天，金针刺绣，一以贯之者也。”此话无疑是袁枚为诗歌所构造的审美境界，然而，用它来概括袁枚自己的风景诗之佳作，也未尝不可。

袁枚的诗歌确实不乏上乘之作，在当时也产生过不小的影响。当时的福敬斋曾在给袁枚的信中说：“余游历几遍天下，所过名山大川，竟未能著所闻见，形之咏歌。读随园之诗，乃不禁怦然动也。”和希斋的信中说：“随园先生为当代龙门。余耳其名，无由一见。得《小仓山房诗集》，读而爱之，携置行箧，日夕玩咏不辍。”可见袁枚的诗歌确令这些朝廷要员为之倾倒。这也正如姚鼐在《袁随园君墓志铭》序中所言：“于为诗尤纵才力所至，世人心所欲出不能达者，悉为达之。士多效其体。”

袁枚的诗不仅在当时具有很大的感召力，而且对近代诗人的创作也有深刻影响。但也应看到，袁枚的诗就整体而言，并非十全十美，其中也有一些庸俗芜杂的作品。袁枚自谓喜好声色，这一思想虽有其追求个性自由的积极的一面，反映在诗歌创作中，却也产生了一些过分强调风情，放纵情欲的轻佻浮华、格调低俗之作；此外，袁枚还有部分以生活琐事为题材的诗作，如：落齿也有悟，足疮也赋诗，无聊乏味，全无审美价值，所有这些，显然不足取。

袁枚善于写诗，也乐于作文，而且，他对自己的散文如对诗歌一样自信。他曾自称：“幼饶奇气，喜于论议。”（《答程鱼门》）此话不假，《郭巨论》《高帝论》两篇文章就是他十几岁时所作。在散文创作中，袁枚也充分地显示了他的才华，无论议论文，还是碑铭墓志；无论人物传记，还是抒情悼亡之作，他都得心应手，挥洒自如，且时有佳作。

袁枚对文的看法与他对诗的看法不尽相同，论诗他强调“性灵”，论文则注重“有本”。他说：“夫德行本也，文章末也。”（《小仓山房文集》卷十八《答惠定宇书》）他认为，作诗“宁可如野马，不可如疲驴”（《随园诗话补遗》卷九），讲求奔放，而“作文戒俗气，亦戒有乡野气”（《小仓山房文集》卷三十一《与備之秀才第二书》），追求正统，因而在他的文章中，有时也显露出拟古的痕迹。

在袁枚的散文中，较精彩的是那些人物传记。袁枚擅长于抓取几件典型的事例，一些生动的语言，刻画人物的性格。在他的笔下，达官贵人也罢，名人学士也罢，乃至州县小吏、亲朋好友，个个栩栩如生，活灵活现，给人如闻其声，如见其人之感。如《书鲁亮侪》一文就是通过鲁亮侪拒绝接受被封官职的前后经过，刻画了一个正直善良的清官形象。

当鲁亮侪接到河南总督委派他去中牟接任县令的文书后，并没有立即去上任，而是身着粗布衣服，头戴草帽，骑上毛驴来到该县，扮成一个过路贫民，私下了解百姓对现任县令的看法，听到的却是一片赞扬声。当他面见县令进一步搞清其被弹劾的原因后，便拒绝受印，县令担心他会因此而受牵连，强烈要求他接印，此时的鲁亮侪，“掷印铿然，厉声曰：‘君非知鲁亮侪者！’竟怒马驰去。”寥寥数语便使一个刚正的小吏形象跃然纸上。而前面的明查暗访，后来婉转巧妙地劝说总督改变主意等细节，更写出鲁亮侪不但刚正耿直，而且颇有心计的性格特点，使人物形象更加丰满逼真。

《书麻城狱》一文写的是：麻城生员杨同范以卑鄙的手段诬陷涂如松犯杀妻罪。对于此案，县令汤应求的初审是正确的，可总督迈柱却委派另一县令高仁杰重审此案。高出于私利，迫使涂承认杀害妻子，推翻了原判，迈柱便偏听偏信，以此为据，定汤、涂二人为死罪。后来皇帝又派人再审此案，才使得冤情大白于天下。袁枚通过涂如松、汤应求蒙冤受屈及平反昭雪的前后经过，深刻揭露了当时社会的黑暗，抨击了像总督迈柱、县令高仁杰之流的丑恶行径。尽管由于历史与思想的局限，袁枚将汤、涂二人的平反昭雪归结皇帝的“恩泽”，但在文章的结尾处，作者依然发出了“虑天下之类是而竟无平反者正多也”的感叹，这正是袁枚对那个暗无天日的社会的愤懑与控诉。

受其“性灵说”诗论的影响，袁枚的一些散文中也体现出直抒胸臆的特点。与其诗歌相比，在“重本”思想指导下的散文创作，则更少浮华和藻饰，如前面所举的两篇文章，表现了他为官以及对社会的真实态度和思想，虽然喜怒哀乐都诉诸笔端，但仍不失其庄重、严肃。而他的一些悼亡、祭祀散文则写得更是情真意切，如人们所熟悉的《祭妹文》，就是典型的一例。

《祭妹文》是袁枚在安葬三妹素文时写的祭奠文。其内容与前面所提到的《哭三妹五十韵》一诗相近，只是在写作时间上比前晚了八年，是袁枚五十二岁时所作。此文作者采用边叙事，边抒情的写法，一咏三叹，情真词切。此文历来被人们视为悼文之精品。王文濡在他的《清文评注读本》中这样评价：“昌黎《祭十二郎文》、欧阳《泷冈阡表》，皆古今有数文字，得此（指《祭妹文》）乃鼎足而三。”此虽属一家之言，但也得见《祭妹文》在我国散文史中的地位。

二　解读《子不语》

(一) 概述

《子不语》是袁枚在诗文创作之余编撰的一部志怪小说集。《子不语》二十四卷，《续子不语》十卷，共三十四卷，收集短篇故事一千二百余则，全书共计五十多万字。

袁枚在《子不语·序》中的第一句话就是，“怪、力、乱、神，子所不语也。”这实际上是对书名的一个注释，该书名正是取自《论语·述而》中的：“子不语怪、力、乱、神”一句。这句话的意思是；孔子从不谈论“怪异、勇力、悖乱、鬼神”之事。

《子不语》成书后，袁枚见元人小说中也有同名的，便改名为《新齐谐》，“齐谐”一词出自《庄子·逍遥游》：“齐谐者，志怪者也。”可见其意思与“子不语”相同。元人所作《子不语》今已不见，即使在袁枚的时代也鲜为人知，因此，后来的读者仍愿沿用《子不语》这个书名。然而，无论是《子不语》还是《新齐谐》，袁枚之所以取此书名，就是想以此表明他所编撰的这部小说集，主要是记载鬼神怪异的故事。

《子不语》中的故事大都言鬼神，谈怪异，完全不涉及鬼神的故事也只寥寥数篇，且多宣扬“因果报应”、宿命说的迷信思想。《子不语》中尽是一些有关托生转世、冤鬼索命、厉鬼为祟的离奇故事；城隍、土地、冤鬼、隶卒等各种神鬼形象随处可见，袁枚也正是以这些神鬼形象、怪诞故事，为我们展现了一个完整的阴间“社会”。尽管袁枚自称是为“自娱”而“戏编”此书，但从这些荒诞离奇的神鬼故事中，我们也可以看出作者的一些寓意的。

在《续子不语》卷二《子不语娘娘》一篇中，袁枚借鬼之口表达了“君须知万类不齐，有人类不如怪者，有怪类而贤于人者，不可执一论也”的观点。正是基于这一观点，袁枚赋予鬼神以人的灵性，在他的笔下，有恋妻的痴鬼，惧内的狐仙；有因贪酒而误事的鬼差，有为贪吃而受刑的煞神，甚至连威严庄重的城隍神也有贪杯之时，凡此众多鬼神无不类于世人，七情六欲俱全，而另一些鬼神形象更是美丽善良、有情有义，如与尤琛相爱、托生再世而终得永好的紫姑神，为使友人免灾而泄漏天机，后遭雷击的土地神等。由此可见，袁枚笔下的鬼神形象正是人世间芸芸众生的倒影，而阴曹地府则是现实社会的折射。于荒诞中蕴含着深刻的人生哲理，于虚幻中反映出丰富的社会内容，这正是《子不语》的价值所在。因此，对于《子不语》，我们应采取“一分为二”的态度，绝不能一概否定。

关于《子不语》的成书过程，袁枚在《子不语·序》中这样写道：

……余生平寡嗜好，凡饮酒、度曲、樗蒱（chū pú，古代一种游戏，像后代的掷色子），可以接群居之欢者，一无能焉，文史外无以自娱。乃广采游心骇耳之事，妄言妄听，记而存之，非有所感也。……

袁枚自称“寡嗜好”，“文史外无以自娱”，未必是真话，但他确能“广采游心骇耳之事”，“记而存之”。可以说，《子不语》的编撰确实花费了袁枚大量的时间，倾注了他的许多心血，也堪称一部“集腋成裘”之作了。

袁枚从小就对稗官野史、里乘趣谈、神话传说有着浓厚兴趣，这当然也得益于姑妈对他的培养。因而，他从年轻时起就注意搜集这类故事，“盖凡有闻见，无不笔之于册，披书握管，寒暑无间也”（《清稗类抄·文学》），并日积月累，汇编成集。从《子不语》前几卷所记载事件的时间顺序可以看出，很多故事是他青年时期搜集编写的，而当他编完《续子不语》时，已近八十高龄了。

《子不语》的故事主要来源于以下几个方面：

首先，录于亲朋好友及其他人的口述。袁枚居住的江宁，地处南北交通要冲，而他又善于结交文人墨客、达官显贵，甚至于一些市井负贩，也与他谈得来，这为他搜集故事提供了许多便利。别的不说，《子不语》中明确标出为某某人所言的故事就不下百篇，如：《山西王二》《狱中石匣》《地穷宫》《奉新奇事》《狐读时文》《江秀才寄话》，等等。

其次，一些故事是作.者所亲历或目击，并加以演绎而形成的。袁枚一生好游历，除曾在北京、江南、陕西学习、任职外，遍游东南沿海各省，《子不语》中的许多故事正是他游程中的所闻所见，如：《虾蟆教书蚁排阵》《沭阳洪氏狱》《楼怪》《动静石》《飞钟哑钟妖钟》等，另如《随园琐记》《韩生哀词》《蜈蚣吐丹》等篇所记则是他的亲人所见之怪异事。

此外，还有一些是袁枚读书阅文时抄录前人及他人的记述，有的甚至是从当时人所作的志怪笔记小说中摘录的。

袁枚在他晚年的诗作中，对他搜集神鬼怪异之事有过记述：

老去全无记事珠，戏将小说志《虞初》。
徐铉悬赏东坡索，载得杭州鬼一车。
（《余续夷坚志未成到杭州得逸事百余条赋诗志喜》）

夜船正寥寂，闻客谈《齐谐》。
知是鬼董狐，揖而招之来。
客亦大欣然，摇唇万鬼集。
顷刻灯光青，寒风射窗入。
天地亦大矣，阴阳相乘除。
干宝莫道有，阮瞻莫道无。
谢客真多情，赠我胜丝竹。
得闻所未闻，平生有耳福。
（《夜泊江山闻邻舟有谈鬼者揖而进之》）

读这两首诗便可以看出，晚年的袁枚对搜集神鬼怪异故事的兴致不减当年，也足以说明袁枚在《子不语》的编撰上所花费的功夫了。

《子不语》的版本较多，常见的有《随园三十种》本、《随园三十八种》本、《随园全集》本、《笔记小说大观》本。近年，又有上海古籍出版社、河北人民出版社的校点本问世，这后两种版本在原作的基础上都作了一些删节。其中以上海古籍出版社出版的申孟、甘林校点的版本较全。

（二）揭露封建官场的黑暗

《子不语》中的许多篇幅，正是通过神鬼故事，深刻地揭露了封建社会官场的腐败与黑暗的。《蒋厨》（卷八）记述蒋某的家厨李贵，因夜里行走不慎，冲了城隍神的仪仗，差点被捉拿问罪，被鬼卒敲诈了“三牲纸钱”，作为“孝敬之礼”，后才得释放。作者在篇末发出“谁谓阴间官清于阳间官乎?”的质问。这种直言不讳的斥责，似乎在提醒读者：阴曹地府的凶神恶煞便是人间贪官污吏的影子，而它们的那些罪恶行径则正是人间官场丑恶的再现。

封建社会官场腐败与黑暗的表现是多方面的，例如，贿赂公行、贪赃枉法、鱼肉百姓、草菅人命、谄上欺下等，而袁枚的《子不语》也正是从不同的侧面对此加以揭露的。

《土地受饿》（卷八）写张某病重时梦见昔日学友顾某，听到这个在阴间任土地神的学友的述说："因官职小，地方清苦，我又素讲操守，不肯擅受鬼词，滥作威福，故终年无香火，虽作土地，往往受饿……"这实际上是对黑暗官场的控诉，揭示出阳间官吏只有欺压百姓、"滥作威福"才能得道迁升、尽享福禄，而那些一心想做清官的人却只能落得忍饥挨饿，潦倒一生。这里面包含着袁枚本人对黑暗官场的体会与认识，因此，他最后借这个土地神之口，一语道破封建官场的奥秘："解应酬者，可望格外超升；做清官者，只好大计卓荐"。然而，在这般黑暗的封建官场中，即使是"大计卓荐"，获益者除袁枚本人外还能有几人?何况连袁枚本人的仕途也终以知县微职告终，可见，在当时的社会中恐怕是没有清官廉吏了。

对于那些腐败官吏的丑恶灵魂，袁枚则以一种虚拟的审判形式，给予了更直接的揭露。《阎王升殿先吞铁丸》（卷十六）写贪官李某，生前作恶多端，死后受到冥府审判，他不服，想以生前不食牛肉为借口来减轻罪行：

判官驳云："此之谓'恩足以及禽兽，而功不至于百姓'也。子不食牛肉，何以独食人肉?"李云："某并未食人肉。"判官曰："民脂民膏，即人肉也。汝作贪官，食千万人之膏血，而不食一牛之肉，细想小善可抵得大罪否?"李不能答。

这无疑是对那些鱼肉百姓的官吏的判决书，彻底戳穿了他们那借以掩盖其丑恶面目的伪善面纱。

《某侍郎异梦》（卷五）中的某侍郎夜梦入阴间，问所遇老僧为何将他摄入阴司，老僧回答道："你杀人太多了，福禄已折尽。"某侍郎强辩说："我杀人虽多，却都是国法规定应该杀的人，并不是我的过错。"显然，这个侍郎以所谓"国法"作护身符，想掩盖其罪行。老僧质问："你当初办案时，果真只知道有国法吗？或许只是为了贪图迎合上司、巩固地位以便进一步升官吧?"这一质问，捅到侍郎的痛处，"侍郎觉冷气一条，直逼五脏"，心里怦怦跳个不止，汗如雨下，惶恐地竟一时说不出话来。这篇故事将一个道貌岸然、草菅人命却又十分心虚的酷吏形象活生生地展现在读者面前。这两则故事都是揭露贪官污吏丑恶灵魂的，然而所取角度却各不相同，一个贪食民之膏血却不以为恶，一个在国法的幌子下为非作歹，由此可以窥得当时的官道黑暗到何种程度。

《七盗索命》（卷四）写的是汤某前世做县令时，曾杀盗贼私吞赃物，今世盗鬼便前来作祟索命的故事。这个故事反映出在那样腐败的封建制度下，盗贼要被杀头，而那些索取盗窃之财物、更坏于盗贼的贪官污吏，不但不受惩罚，反得高官厚禄。难怪连那些盗鬼也要斥责他们："彼食朝廷俸而贪盗财，是亦一盗也"，这倒要使人想到"窃钩者诛，窃国者侯"的成语，封建专制的腐败莫过于此。

《一字千金一咳万金》（卷二十一）、《张赵斗富》（续卷六）则是从另一角度反映封建仕宦的丑陋与龌龊的。《一字千金一咳万金》写的是这样的故事：县吏杨某因上书中一字不慎得罪了上司，险受惩罚，后几经周折，改了此字才得幸免，"然往返盘费、司房打点，已至千金"。又一县令，因见巡抚时失声一咳，巡抚便"怒其不敬"，后此县令赶快"央中间人私献万金，方免"。只两件事，淋漓尽致地刻画出仗势欺诈、骄横跋扈的巡抚及利欲熏心、奴颜卑屈的县吏之恶行丑态。《张赵斗富》描写张、赵两官吏，互相宴请，为的是显示自己的富有，张某设彩灯六千盏，而赵某回请时却"加灯万盏"，使"人以为豪"。如此"斗富"，给人们展示的只不过是他们的骄奢淫逸罢了。

袁枚出身没落的仕宦家庭，父辈们多依人作幕府，再加上他自己也曾有过几年知县的生活经历，使得他对当时黑暗的官场了如指掌，因而对其腐败与黑暗的揭露可以说是一针见血、入木三分了。但是，也应看到，尽管袁枚本人对此官道深恶痛绝，可在那个大兴文字狱的社会背景下，袁枚借助神鬼怪异来排解胸中的愤懑与郁闷，以鬼神来影射贪官污吏，以阴曹地府反映现实社会，也是完全可以理解的。

袁枚虽然非常自信具有匡世之才，而且从小就有涉足仕途、作用于社会的抱负，可真正面对那腐朽的封建专制制度时，却又显得缺乏回天之力了。实际上，他做"清官"不得而退避三舍、隐居随园，不正是他心有余而力不足的表现吗？因而，在《子不语》中，他也只能将改造社会、惩恶扬善的希望寄托于虚无缥缈的神鬼世界了。

《莆田冤狱》（卷九）中的王监生，横行霸道，作恶多端，以伪造契约、贿赂县令等极其卑劣的手段，强占邻妇田产，后来又打死老妇人，诬陷其子。对于如此无恶不作的恶棍，知府包庇、总督无奈，最后，也只能由阴间的城隍出来主持公道、伸张正义，置其于阴间之"法"，为民除害。

《张忆娘》（卷十三）中的张忆娘，本是颇有姿色的名妓，因不堪忍受巨富豪门蒋某的百般蹂躏与玩弄，含冤而死。生在人间时，她对蒋某这样的恶豪毫无办法，有苦没处诉，有冤无处伸，只有死后才变作厉鬼前来索债，使蒋某受到应有的惩罚。

《江都某令》（卷二十一）讲的是某县令借人命案诈取了钱财，并用此钱为儿子捐买了官职。对于这样的县令，当时的社会全无惩治之法，任其横行肆虐，作者不得不借助“神力”，使其落个“疽发背死”的下场。《驴大爷》（卷十九）中的“某贵官长子”，凶狠残暴，长期欺压奴仆，视下人如牛马，死后被罚作畜牲，转世为驴，任奴仆驱使，以示报应。

在这几则故事中，袁枚以奇异的想象，巧妙地设计了一个惩恶扬善的“法庭”，并以此“法庭”与黑暗的社会抗争，以独特的“审判”方式鞭挞贪官污吏们丑恶的灵魂。尽管在今天看来，这个“法庭”竟那么虚幻，这种抗争与鞭挞又这般无力，但在当时，袁枚能用与封建制度格格不入的道德天平去衡量、评判社会，揭露、抨击官场，说明他还是具有强烈的正义感，这也正反映出下层民众的意志和愿望。

（三）讽喻世态炎凉、人情冷暖

对于世态人情的讽喻，是清代小说常有的主题之一，无论是蒲松龄的《聊斋志异》，还是吴敬梓的《儒林外史》，在这方面都有精彩之笔。就其尖锐、深刻而言，袁枚的《子不语》要略显逊色，但是《子不语》中的一些故事同样生动地反映出当时社会的世态炎凉、人情冷暖。在《鬼宝塔》（卷十五）中，丘老观看鬼神演戏，当看到它们忽而幻化为美女，忽而又变作恶鬼时，忽有所悟，禁不住感叹道：“美则过于美，恶则过于恶，情形反复，极像目下人情世态。”这一感叹，不仅是袁枚借鬼神以讽喻世态人情的表白，同时也是袁枚自己亲身体验中所得的感想。

正因为袁枚对当时社会的世态人情有着深刻的体验和认识，所以他落笔之处往往能击中要害，从下面两则故事中，我们便能略见其一斑了。《枯骨自赞》（续卷二）写一个生前喜欢让人奉承的大官，因死后无人奉承，“故时时在棺材中自称自赞耳。”《官癖》（卷十一）记一太守，死后阴魂不散，并且每到黎明时分，总是做官时打扮，做官时坐相，隐约中觉得“有吏役叩头，犹能颔之，作授拜状”，后来新来的太守上任了，他才不得已长叹而去。读罢这两则故事，不禁使人想到《王子复仇记》中一个精彩的细节：汉姆雷特托着一只骷髅，意味深长地独白道：涂脂涂三寸厚，临了还是这模样。而袁枚笔下的这两个官宦，对功名利禄已迷恋到不识“这模样”的程度，追香逐臭、寡廉鲜耻，可以说已彻底地浸入到他们的骨子之中，灵魂深处了。

《地藏王接客》（卷九）写了地藏王及其侍从的行径。地藏王的侍从惯于索要门包，凡无行贿者，概不引见，俗话说，上梁不正下梁歪，侍从的恶劣行径，实际上是从他的主子那里学来的，地藏王自己也因人待客，贵贱有别，其行为与侍从相比，有过之无不及。这则故事极其生动地描写了阴间的势利。《锡锞一锭阴间准三分用》（卷十八）也写了同样的故事：龚某病中梦游阴府，想去问一问父母的阳寿，却因未带足行贿的银钱，被侍卫杖击出门。《鬼借官衔嫁女》（卷十二）通过一个鬼求借同姓某官的官衔封纸嫁女，以炫耀自家的故事，道出“鬼亦如人间爱体面而崇势利”的丑态。这几则故事，借谈鬼说怪，对当时社会上那种附炎趋势、虚荣势利的丑恶现象给予了深刻暴露和辛辣嘲讽。就势利而言，《五通神因人而施》（卷八）中五通神的一段自述则是再典型不过了：

我五通大王也，享人间血食久矣。偶然运气不好，撞着江苏巡抚老汤，两江总督小尹，将我诛逐。他两个是贵人，又是正人，我无可奈何，只得甘受。汝乃市井小人，敢作威福，我不能饶汝矣！

这是一个十足的欺软怕硬的势利鬼，见了巡抚、总督，则忍气吞声，“只得甘受”，不但不敢说半个“不”字，还得口口声声称其为“贵人”“正人”，而遇到贫民百姓，则咬牙切齿，必置之于死地不可，这正是鲁迅先生所说的见狼显羊性，见羊显狼性的一类，与契诃夫笔下的“变色龙”相比也不差上下。

袁枚讽喻世态人情的同时，更能将笔触深入到世人内心深处，直指那使人变丑变恶的贪欲。

《僵尸贪财受累》（卷十三）说的是，王生因贪财而开棺，招惹了僵尸，而又乘其俯身拾银钱时击伤并焚烧了僵尸。一场惊悸后，王某感叹说：“我以贪故，招尸上楼；尸以贪故，被人烧毁。鬼尚不可贪，而况于人乎？”

《露水姻缘之神》（续卷一）是一则很有趣的故事。一名叫贾正经的人，出门远行，遇上掌管人间露水姻缘的神仙，知其能促成人间的露水姻缘，顿生非分之想，可一听说自己的妻子在家中将有外遇时，“不觉汗下”，即刻告别神仙，匆匆返家……这的确是一个活灵活现的“假正经”的形象。

这两个人物，一个贪财，一个贪色，都险受所贪之苦，也足见贪欲害人非浅。这不单是袁枚对世人贪欲的挖苦和讽刺，也是袁枚对当时世态人情之根源的挖掘和揭示。

(四) 抨击程朱理学，倡导人之性情

袁枚在诗歌创作上提倡“性灵说”，抨击压制人性、束缚人的聪明才智的程朱理学，这一思想在《子不语》中也有充分体现。袁枚自己虚构的《麒麟喊冤》（续卷五）便是这方面的代表作。这则故事一开始便对郑玄、孔颖达等大儒汉学给予强有力的抨击，接着描绘了“苍圣带领宋儒上殿”的情景：

俄见苍圣带领宋儒上殿，有褒衣博冠，手执太极圈者；有闭目指心，自称“常惺惺”者；有拈花弄月，自号“活泼泼地”者……

这无疑是一幅理学宋儒的群丑图。袁枚借神灵之口，痛斥程朱理学：“一脉相传，颁行《四书大全》通行天下，捆缚聪明才智之人，一遵其说，不读他书。杨升庵有言，虫有应声者，今之儒生，皆宋儒之应声虫也。”直接将矛头指向程朱理学的徒子徒孙。这与其说是一则故事，倒不如说是一篇讨伐程朱理学的檄文。

《狐道学》（卷二十二）中的狐仙，尊崇理学：“所读者皆《黄庭》《道德》等经，所谈者皆《心性》《语录》中语。”人称其为狐道学。但其幼孙却俗念未退、“私欲”不减，竟在房东的小婢面前动手动脚，老狐仙得知后，愤然将其杖责而死。这个老狐仙可算得上“表里如一”的理学卫道士，而那些口口声声喊着“存天理，灭人欲”的理学家，与这狐仙相比恐怕是“徒有其表”了。故事结尾处发出“世有口谈理学而身作巧宦者，其愧狐远矣！”的感叹，便是作者本人对程朱理学的徒子徒孙们莫大的嘲弄与讽刺。

袁枚一直是以强调人的“情欲”来反对程朱理学的，这从《子不语》的一些篇章中也可以看出。《沙弥思老虎》（续卷二）的故事便是明证。一个小和尚跟随师傅修行数年，初次下山，所见所闻，都觉新鲜：

沙弥见牛马鸡犬，皆不识也，师因指而告之曰：“此牛也，可以耕田。此马也，可以骑。此鸡犬也，可以报晓，可以守门。”沙弥唯唯。少顷，一少年女子走过，沙弥惊问：“此又是何物？”师虑其动心，正色告之曰；“此名老虎，人近之者必遭咬死，尸骨无存。”沙弥唯唯。晚间上山，师问：“汝今日在山下所见之物，可有心上思想他的否？”曰：“一切物我都不想，只想那吃人的老虎，心上总觉舍他不得。”

袁枚通过这则令人捧腹的故事，告诉人们一个极普通的道理，即人的自然本性是不可以人为地遏制的。这正是袁枚那“人欲当处即是天理”主张的生动反映，对于“存天理，火人欲”的禁欲主义的荒谬说教来说，这无疑是

一记响亮的耳光。袁枚以此故事形象地再现了他反道学、反理学，提倡人性、追求个性自由的思想倾向。

袁枚从不掩饰对人的“情欲”、个性的强调与肯定，针对程朱理学，他本人就不止一次地公开自称“好味、好色、好货”，这种强调固然过于偏激，但从反对程朱理学的角度看，这里面也包含着他对人自身价值认可的思想因素。在前面所提到的《阎王升殿先吞铁丸》一篇中，袁枚借阴司判官之口尖锐地批判了那些“恩足以及禽兽，而功不至于百姓”的虚伪官吏之后，进一步强调：“盖天地，之性，人为贵，贵人贱畜，理所当然。”《子不语》中一些描写妓女遭遇的篇章，也不同程度地反映了袁枚的这一思想。如《平阳令》(卷二)、《妓仙》（卷十一）就较为典型。

《平阳令》写平阳县令朱铩对妓女严刑拷打，百般凌辱，后来中了恶鬼的奸计，误杀自己的妻妾子女，受到应有的惩罚。作者在这里以县令一家数人之命抵妓女一命，旨在提醒人们，妓女也是人，不得任意摧残、杀戮。

《妓仙》写的是苏州名妓谢琼娘，不堪忍受汪太守的酷刑，跳崖身亡，化作妓仙。作者使受害的妓女变成妓仙，而让残忍的汪太守被神杖鞭笞，这本身就反映出袁枚对人性与兽性的鲜明态度。在这则故事中，袁枚借妓仙之口进一步阐发了自己的思想：“惜玉怜香而心不动者，圣也；惜玉怜香而心动者，人也；不知玉、不知香者，禽兽也。且天最诛人之心，汪公当日为抚军徐士林有理学名，故意杀风景以逢迎之，此意为天所恶。”“然男女相爱，不过天地生物之心。”这里不但公开斥责了程朱理学“以理杀人”的禽兽行为，而且大胆地标榜了人性，肯定了“男女相爱”之情。

这两则故事，无论是凌辱妓女受惩罚，还是妓女也能成仙，其中虽含有一些不健康的思想因素，但都反映出作者对生活在社会最底层的妓女所寄予的同情，同时也是对灭绝人性的封建礼教的一种挑战。

通过人鬼自由相爱的故事，正面褒扬人之情爱，也是袁枚借以反对程朱理学的一种方式。《紫姑神》（卷十）和《张光熊》（卷十三）就属这类故事。前者写紫姑神与尤琛相爱，欲得长久，便托生于某家，待长大后终与尤琛结为夫妻；后者写一狐仙爱上了张光熊，却受到张父的重重阻挠，后终因情爱所感，托生后与张光熊喜结良缘。两则故事，都反映了人之爱情天地不相隔、“情极而缘生”的思想，无疑是一曲男女爱情的颂歌。这种思想与程朱理学显然是水火不相容的。

袁枚反对程朱理学的思想，也体现在他对以讲究辞章学问、推崇八股时文为主的科举制度的极度厌恶和辛辣讽刺方面。《乡试弥封》（卷十三）写程某因对于“科名进身，非此不可”的八股时文一窍不通，在考场上错解错答了考题，却竟然中了第五名。《科场二则》（卷十四）描述了两个同样荒唐的故事：其一讲主考官对考生周某的文章“不能句读”，全然不解，却因大主考礼部侍郎叹为奇文，竟假借梦语定周某为此科第一名；第二个故事说的是，张某“性尤迂滞”，笨头笨脑，考前焚香祈祷，以求神助，却在祈祷的过程中受到他人的戏弄，塞了一纸荒唐文卷给他，没想到，这一原本是戏弄他的文卷，竟使得他榜上有名。这三个故事深刻地揭示出封建科举制度的荒唐可笑，并给予辛辣嘲讽，如此的选才方式，实在令人啼笑皆非。然而，清代统治者却将它视为“用以牢笼志士，驱策英才”的“善术”（《满清稗史》三十一节），读了袁枚这几则故事的读者，恐怕要为满清统治者的如此见识笑出声来了。

当然，也应看到，袁枚本人曾尝到过科举的“甜头”，有过一段令他惊喜、兴奋的考试经历，因此，对于科举制度以功名利禄腐蚀知识分子、毒化社会风气方面的认识，袁枚远不及蒲松龄、吴敬梓那么深刻，相比之下，他对科举制度的讽刺和批判，其尖锐的程度也就逊色多了。

（五）对封建迷信的怀疑

袁枚本人对封建迷信持怀疑态度，他曾自称平生不喜佛道二氏之说，这一思想在《子不语》中也有所表露。在《观音作别》（卷十九）中，袁枚写他自己“取观音像掷地，足蹋之”，而以后便不许家人奉佛，表现他自己对佛教的鲜明态度。

袁枚在《子不语》中常常通过揭露神鬼的虚妄，讽刺世人供神拜佛的愚昧，来表现自己对神鬼的怀疑态度。《狐仙冒充观音三年》（卷七）写一个狐仙假扮成漂亮女子，骗得观音神位，“灵验异常”，于是四方朝拜者蜂涌而至、络绎不绝……这一寓言式故事告诉人们，神佛本来并不存在，倒是一些贪求人间香火的“狐仙”冒充的而已。

在《成神不必贤人》（卷二十二）的故事中，袁枚借一善敲诈勒索之鬼给神佛作了一幅自画像：“世上观音、关帝皆鬼冒充。前日村中之戏，还关神愿也，所还愿之关神，比我更无赖，我故大怒，与决战而逐之。”那被人们所推崇为正义的化身的关神，也不过是如敲诈鬼一样的无赖。

《算命先生鬼》（卷二）中的一个招摇撞骗、欺软怕硬的算命鬼，在城隍神面前受到审判："其兄触汝，而责之于妹，何畏强欺弱耶！汝自称能算命，而不能自护其朽骨，其算法不灵可知，生前哄骗人财物不知多少矣。"袁枚在这里通过神审鬼的方式，使那些人世间游荡江湖的算命先生们的骗子行径昭然若揭，大白于天下。

神鬼佛道本是虚幻的，只有那些不识其虚幻的世人才迷信供拜它们，这便是世人的愚昧了。袁枚在《李百年》（卷十一）中借鬼的口说出了这个道理："天上岂知有祷乎?是皆愚民习俗之所为。"《鬼弄人二则》（卷二十四）则以两个生动的故事来说明这一道理：

杭州一个名叫沈济之的人，一天夜里梦见一头戴金冠、留着长须的神告诉他说："你后园中埋有一瓮金子，可以去挖掘。"沈某听后，信以为真，异常高兴，于是，他按照神所示方位，持锄去挖，可挖下去有一丈多深，却什么也没见着，极度的失望与愤怒使得他精神失常了；秀才冯香山梦见神灵告诉他今年乡试的题为"乐则韶舞"，于是他便乐不可支地按照这个试题早早作了一篇应试文章，考试时碰到的果然是这个题目，心想此次必定中举了，榜发时却仍然名落孙山，夜间又听到鬼神议论他的文章好，因而怀疑是某一考中者偷了他的文章，便指控到官府，最后却以诬告罪被发配黑龙江。

两则故事写的都是上鬼神之当的故事——沈某妄听神言，金子未得着却得了疯病；冯某轻信鬼语，未中榜却被判刑发配，两人对神鬼的迷信已到了神魂颠倒、利令智昏的地步，其愚昧情状，又是何等可笑、可怜、可悲啊！

《子不语》中也有一些不怕鬼的故事，这些故事从另一角度反映出袁枚对封建迷信的怀疑态度。

《鬼畏人拼命》（卷二）中的介某，非常讨厌别人谈论鬼神之事，一向以不畏鬼怪自居，所以，每到一个地方，他总是喜欢挑选那种被称作不祥之地的宅院居住。一天晚上，果然碰上一鬼，先是瓦片从屋顶掉落，而后又有磨盘、巨石坠下，显然是在恫吓他，介某大怒："骂曰：'鬼狗奴！敢碎吾之首，吾方服汝。'起立，掷冠于地，昂首而待。"这样一来，鬼反被吓跑了。

《鬼有三技过此鬼道乃穷》（卷四）中的豁达先生识破了鬼"一迷二遮三吓"的伎俩，毫不畏惧地直向前去，终于战胜了恶鬼。

《陈清恪公吹气退鬼》（卷四）写陈鹏年遇见一个缢死鬼，此鬼耸立张口向他吹气，冷风如冰，令人毛骨悚然，陈想；"鬼尚且有气，难道我就没气吗?"便也鼓足劲与鬼对吹，顷刻间恶鬼如轻烟散尽。这显然是一则人的正气必然战胜鬼之邪气的寓言故事。

袁枚对封建迷信的怀疑，也是建立在他对人的价值肯定的思想基础之上的，这实际上也正是资本主义萌芽与传统封建制度的冲撞、抗击的体现，具有一定的时代特征。但是，这一时代毕竟不是资本主义彻底战胜封建统治的时代，因而，袁枚本人的思想也不可能超越时代的局限，他对封建迷信的态度，也未能最终摆脱封建传统长期笼罩的阴影，具有不彻底性。袁枚自己也承认，他之所以不信佛教，只是因为“佛者，九流之一家耳”；而对于神鬼狐怪、说命算卦，其态度又时常显得那么暧昧、不鲜明，有时竟也宁信其有了。

例如：在他任江宁知县时，一次骑马下乡，因马受惊，险些丧命，他认为，此次大难不死，是因为有神灵保佑，后来他在诗中写道：“眼前无性命，天上有神明。”还有，他七十六岁时作《告存》七绝七首，诗的序中有这样一段叙述：“三十年前，相士胡文炳道余六十三而生子，七十六而考终。后生子之期，丝毫不爽，则今年七十六之数，似亦难逃。不料，天假光阴，已届除夕矣。”诗中吟诵道：“相术先灵后不灵，此中消息欠分明。”六十三岁时得子，的确是实，而他不但到七十六岁未死，而且活到八十二岁高龄。从这两件事，便可见袁枚对封建迷信半信半疑的态度了。

他的这种态度在他那些作品中也有所反映，如《狐仙冒充观音三年》中的观音虽是狐仙所扮，却也有“甚灵”的时候；《成神未必贤人》虽否定了关神的存在，却又肯定是由鬼所冒充；《鬼弄人二则》写捉弄人的鬼也有灵的一面——鬼言江南乡试题为“乐则韶舞”，竟丝毫不差；凡此种种，都给人以若即若离、亦真亦幻的感觉，自然也影响了其作品的说服力。当然，由于时代的局限，对袁枚的思想也无可厚非，而对于他敢于大胆怀疑封建迷信的积极的一面，则应给予肯定。

（六）不可理解的自然现象

袁枚任江宁知县时，曾遇到过这样一桩怪事：五月初十这天，大风骤起，天色晦暗。城里一个十八岁的韩姓女子，被风吹到了距城九十里的铜井村，村民问明情况后，送她还家。可她的丈夫绝不信会有大风吹人至九十里之外事，便投诉官府，告其必有奸情，要求退婚，后经袁枚详细审理，才使这场风波得以平息。袁枚的同龄人沈起凤在他的《杂记》中对此事也有记述；“乾隆乙丑，钱塘袁枚宰江宁。五月十日，大风，白日晦。城中韩姓女，年十八，被风吹至铜井村，离城九十里……”可见确有其事。无独有偶，《子不语》中也有类似的记述：

……尤奇者，南街上“清白流芳”牌楼之左一妇人，沐浴后，簪花傅粉，抱一孩，移竹榻坐于门外，被风吹起，冉冉而升，万目观望。如虎丘泥偶一座。少顷，没入云中。明日，妇人至自邵伯镇，镇去城四十余里，安然无恙，云：“初上时，耳听风响甚怕，愈上愈凉爽，俯视城市，但见云雾，不知高低；落地时，亦徐徐而坠，稳如乘舆，但心中茫然耳。”（《子不语》卷十一《龙阵风》）

大风将人吹到数十里之外，实属罕见，但就我们今天所掌握的科学知识来看，这种事完全可能发生。可在当时，自然要被人们视为不可理解的怪异之事了。

在科学技术不发达的我国古代，甚至一些在今天看来十分平常的自然现象，也被罩上一层神秘的色彩，当作神鬼怪异来传扬。同其他志怪小说一样，《子不语》中也不乏这方面的记述。

《泗州怪碑》（卷二十三）记载：

泗州虹县有井，是禹王锁巫支祈处，铁索犹存。旁有石碑，头不可动，一挪移其头，则碑孔内便流黄水如金色。

如果说挪动碑石确有水流出，这完全是地质构造形成的自然现象，至于“黄水如金色”就今天的地质学原理分析，由于所含矿物质的不同，地下水完全可能呈现不同的颜色，何“怪”之有？可见袁枚将它与支祈井（支祈井在今江苏省盱眙县东北下龟山寺后，相传是夏禹锁水怪无支祈处。又名圣母井。）的神话故事联系在一起，使其神秘化了。

《僵尸手执元宝》（卷十二）记述了雍正九年（1731）山西介休地震时，一遇难者“方持天平兑银，右手犹执一元宝，握把甚牢”的巧合事件。《大力河》（卷十六）写孙某亲眼目睹四川一次地震的情景：

……顷刻烟沙蔽天，风声怒号，孙立不牢，扑地乱滚，似有人提其辫发而颠掷之者，腿脸俱伤。孙心知是地动，忍而待之。食顷动止，起视人民与自家房屋，全已倾圮，有一弟逃出未死，彼此惶急。孙老于居边者，谓弟曰：“地动必有回潮，不止一次。我与汝须死在一处。”乃各以绳缚其身，两相拥抱。言未毕而怪风又起，两人卧地颠播如初，幸沙不眯眼，见地裂数丈，有冒出黑风者；有冒出火光如带紫绿二色者；有涌黑水臭而腥者；有现出人头大如车轮，目啖啖斜视四方者；有裂而仍合者；有永远成坑者……

这其中“有现出人头大如车轮，目睒睒斜视四方者”一句，如果不是当事人由于惊恐过度而产生的幻觉，便纯属作者的假想虚设了，除此之外，这则故事还是比较真实细致地描绘了地震时的情状。古代小说中像这样精彩详细地记述地震的作品并不多见。记载地震的还有《天壳》（卷二）等，只是其描述更加离奇怪异，更富有神秘色彩罢了。

《天上过船》（续卷一）以极夸张的手法描述了龙卷风的威力，其情形基本接近于《龙陈风》中的记述；《土雨》（卷二十三）则写尘土随风而起、似雨而落的自然现象。《鹏过》（续卷六）是袁枚亲眼所见日食现象的笔录：

康熙六十年，余才七岁，初上学堂。七月三日，才吃午饭，忽然天黑如夜，未数刻而天渐明，红日照耀堂中，无片云。或云此大鹏鸟飞过也，庄周所云“翼若垂天之云”竟非虚语。

这倒使人想到民间旧风俗，凡遇到突然的“不见天日”，必是有天狗偷食太阳，于是，各家各户必须拿出家中所有的锅、碗、瓢、盆，对天敲响，用以吓跑“天狗”，救出太阳。袁枚的大鹏飞过便会遮天蔽日，与这旧风俗没什么两样，可见某种自然现象得不到正确的解释，便会产生种种神奇古怪的推测。

从以上这些记述中可以看出，袁枚极擅长借助丰富的想象，赋予这些自然现象以神奇的色彩，然而，如抛开其夸张、传奇的成分，这些故事对于研究我国古代的天文地理，还是具有重要的参考借鉴价值的。

（七）因果报应说和宿命观

因果报应说和宿命观都是封建迷信思想。因果报应说源于佛教，认为生命能够轮回转世，今世种什么因，来世就结什么果；善有善报，恶有恶报。宿命说与其接近，认为人生的苦乐祸福都是天命决定、与生俱在的，是不能人为地改变。今天我们一看便知，这都是些唯心主义的破烂货，但在封建社会，这些说教却十分盛行。一方面统治者借此来麻痹民众，以巩固自己的地位，这正所谓：“民可使由之，不可使知之”；另一方面，广大劳动者不堪忍受现实的苦难，而又无以解脱，于是，或视苦难乃命中注定，或者寄希望于所谓的“来世”，实际上这只是一种逃避现实的自我麻醉罢了。正如马克思所说：“宗教是被压迫心灵的叹息，是无情世界的感情，正像它是没有精神的制度的精神一样。宗教是人民的鸦片。”（《〈黑格尔法哲学批判〉导言》，《马克思恩格斯选集》第一卷）因此，因果报应说和宿命观，确实对民众具有很深的毒害作用。

《子不语》以大量的篇幅宣扬这些封建迷信思想，可以说，有关转世托生、冤魂索命、厉鬼为祟的故事比比皆是。对于这一内容的了解，有助于我们全面把握《子不语》的思想内涵以及袁枚本人的思想全貌，有助于我们识别其精华与糟粕。

《叶氏姊》（续卷二）中的叶氏姐七十岁时为冤鬼所祟，原来她的前身是个男子，因嫌妻子长得不美，用毒酒害死了她，同时毒死了两个儿子，犯下不可饶恕的罪孽，冤鬼就是为了这笔血债来索取她的性命。篇中袁枚借叶氏姐的口道出他自己对因果报应说的看法："因果显应，虽隔世不相宽假，虽念佛斋僧，丝毫无益也。"可见袁枚对因果报应说，有时的确有点心悦诚服。

《石膏因果》（卷二十三）讲一名乡间医生因误用石膏入药害了一条人命，后来他自己病了，也竟糊里糊涂地将石膏加入自己吃的药中，临死之前发出了感叹；"石膏石膏，两命一刀，庸医杀人，因果难逃。"这是一则典型的"现世报"的故事。

然而，就袁枚的一贯的思想来看，他并非真心充当封建统治阶级的卫道士，因而他所宣扬这些迷信思想，也不完全是为统治阶级服务的。从以下的作品中，我们可以很明显地看出这一点。

《旁观因果》（卷五）写常州马秀才幼年时亲眼目睹的一桩命案报应：一老翁王某，清晨起来浇花，与一个过路的挑粪者发生争执，王某将其推倒，挑粪的当场摔死在台阶下，王某见势不妙，慌忙将尸体移到河边，造成自己失足身亡的假相。此事因天色尚早而无人知晓，不了了之。后来挑粪的转世为王某邻家之子，玩耍时投石子误中王某，王受惊失足，跌死在台阶下，也竟无人知晓。两人都死在同一台阶下，而且都无第三人在场，再巧不过了，于是袁枚从中得出结论："然则天下事吉凶祸福，各有来因，当无丝毫舛错……"

《染坊椎》（卷十一）讲的是同样的故事：陈某有一妻一妾，妾生一子，妻子十分嫉妒，便乘妾不在时将其子投入河中，其子被一洗衣妇救起。妻不放心又回到河边查看，却拣回洗衣妇落在河边的洗衣棒槌，喜滋滋带回家挂在床头。一天夜里，盗贼入室行窃，惊醒了陈某妻，慌乱中盗贼顺手操起挂在床头的捣衣棒槌，向陈某妻子头上猛击，没想到这意外所得之物，竟使她命归黄泉，得了杀婴之报应。真是"一报还一报"了。

《猪道人即郑鄤》（卷六）写一寺庙中养着一头猪，"前身系宰官，有负心事，知恶劫难逃，托生为畜，来求超度"。最后，不但未超度得了，转世为翰林郑鄤也没逃脱被人诬告而遭"凌迟处死"的下场，此之谓"在劫难逃"

了。

这几则故事讲的都是人之恶行必遭报应，从这里可以看出，袁枚之所以宣扬因果报应说，其更主要的原因在于他想以此来对世人的道德行为进行劝戒，企望借助“神力”来惩恶扬善。显然其愿望不乏善意的成分，但其效果未必理想。事实上，因果报应说所给人们心灵带来的毒害作用，远远胜过这几则故事的劝戒，特别是故事中报应之巧合，似乎更像是为因果报应的说教寻找令人信服的佐证，因而，在客观上，这些故事无形中成为这些迷信思想的传声筒了。

对宿命观，袁枚也持同样的态度。他有时大谈“人之命，天注定”的观点：“人意与天心往往参差不齐，世上人终日忙忙急急，正如木偶傀儡，暗中有为之牵丝者，成败巧拙，久已前定，人自不知耳。”（《奉行初次盘古成案》）可在《狐仙正论》（续卷五）中又以道士之口说：“一身之穷达，当安命，不安命则奔竞排轧，无所不至……至国计生民之利害，则不可言命，天地之生才，朝廷之设官，所以补救气数也。身握事权，束手而委命，天地何必生此才，朝廷何必设此官乎？……此圣贤立命之学”，认为关系到“国计生民之利害”的仕宦，不应听从天命的摆布，要敢做、也应做那些“知其不可而为之”的事情，而贫民百姓则只能听天由命，任人宰割了，这种说教显然也是荒唐的。

总之，对于《子不语》中这类作品应以分析批判的眼光看待：一方面，它反映了在黑暗的封建专制时代，正义得不到伸张，人们只好以虚幻的愿望、缥缈的臆想来安慰自己，以达到现实社会中无法实现的目的，这一点无可指责；另一方面，它们确实对人的精神世界不无腐蚀毒害作用，使人变得麻木、萎靡，对此无疑是应予以否定和批判的。当然，所有这些对于用现代科学知识充实的头脑来说，应该是不成问题的。

（八）委婉曲折的故事情节

我国的志怪小说，自魏晋南北朝始发展到清代，已达到鼎盛时期，其内容更加丰富，其形式也更加成熟，《聊斋志异》可算得上是志怪小说中的颠峰之作，而就艺术成就而言，《子不语》则是继《聊斋志异》之后最有影响的力作之一。

在艺术上，《子不语》继承了志怪小说奇异怪诞的浪漫主义特点，再加上袁枚独特的构思、丰富的想象、大胆的夸张，往往使得故事情节更加委婉曲折，扣人心弦。在这里，我们先就袁枚与纪昀的同一内容的两篇不同风格的故事作一比较：

纪太史晓岚，视学闽省。试院西斋，有柏一株，干霄蔽日。幕中友人，于深夜常见有人来往其下，章服一如本朝制度，惟袍是大红。纪意树神为祟，乃扫室立主以祀，并作对句，悬于楹间，云“参天黛色常如此，点首朱衣或是公”。自是怪遂绝。（袁枚《子不语》卷二十一《福建试院树神》）

福建汀州试院，堂前二古柏，唐物也，云有神。余按临日，吏白当诣树拜。余谓木魅不为害，听之可也，非祀典所有，使者不当拜。树柯叶森耸，隔屋数重可见。是夕月明，余步阶上，仰见树杪两红衣人，向余磬折拱揖，为镌一联于祠门曰：“参天黛色常如此，点首朱衣或是君”。此事亦颇异。袁子才尝载此事于《新齐谐》，所记稍异，盖传闻之误也。（纪昀《阅微草堂笔记》卷一）

两人同写一件事，但其着眼点却不尽相同，袁枚所用笔墨虽不多，却从人物所见、所想、所为直写到其结果，从“树神为祟”写到“自是怪遂灭”，有头有尾，显然具有较强的故事性；而纪昀则像是记述了题写对联的经过，至于题写对联以后的事，便没有交代；在袁枚的笔下，对联是闹鬼治鬼的陪衬，纪昀则落笔在对联上，“树神为祟”反倒是陪衬了。因而纪昀对袁枚的这则故事有“所记稍异，盖传闻之误也”的议论，实际上，对于文学创作，这种情节上的虚构和夸张是完全正常和必要的。从这两篇作品的比较中，可以看出袁枚是比较注重故事情节的构思和安排的。

细读《子不语》，我们确能发现一些颇为精彩的篇章。就其情节的曲折委婉而言，《医妒》（卷十一）可说是典型之作了。顾名思义，这是一则“医治”嫉妒心的故事，其“医术”和“用药”都不同寻常。

马学士的门生轩辕生有一个凶悍且好嫉妒的妻子张氏，轩辕生十分惧怕，却又无可奈何，马学士便设计根治了她的嫉妒习性。先有“醉汉贺喜”一计，痛打了这个素有“母夜叉”之称的妒妻，大损其凶威，让她先尝皮肉之苦；紧接着又用“陕人买妾”一计，使张氏倾家荡产，从经济上给予打击；最后以“逼迫改嫁”一计，在精神上彻底制伏了她。故事的后半部分尤为精彩。张氏趁丈夫长时间外出，以三百两银子将其妾卖给陕西来的卖布客，不料其妾投河自尽（后被马学士派人救起），招惹来一连串的麻烦：卖布客前来索要银钱，妾之父母来要人，并告了官府，逼得张氏不得不典当家产，贿赂官府，了却讼案；按说到此悍妇已受足了惩罚，然而笔者似乎意犹未尽，于是又有了妒妇改嫁一出戏：家破人亡，丈夫又迟迟不归，张氏真到了山穷水尽的地步，为求生存，只得改嫁作他人妾，但还未进门便遭到“主妇”的一通臭骂痛打，来了个以其人之道还治其人之身，也让她尝尝受人虐待之妾的滋味，这一打击使张氏无地自容，几乎绝望了，可当她走进卧室时，里面坐着的正是自己的丈夫轩辕生。于是夫妻重归于好，张氏的“顽症”也得痊愈。

这则故事，就其内容而言，过分渲染了一夫多妻制，反映出“男尊女卑”的思想，而马学士就其本质来说，也只是一个封建卫道士的形象，所有这些，显然应予批判。但其故事情节的确精彩纷呈，整个故事紧凑曲折，波澜起伏，环环相扣，引人入胜。

与《医妒》相比，《鬼冒名索祭》（卷二）则是别一种味道。京城某侍卫，出猎时不慎将一汲水老头挤入井中，以为老头被淹死了，惶恐不安地回了家，当夜便有鬼作祟，自称是被淹死老人的鬼魂，要求为之设像供奉，侍卫只得遵命。到此，纯粹是一个误伤人命、冤鬼索债的故事。然而，作者笔锋一转：忽一日，某侍卫又路经此井，“则见老翁宛然立井边”，并上前来揪打，痛骂他为何见死不救云云。原来老人落井后获救未死，侍卫小心翼翼供奉的不过是一冒名之鬼而已，着实让侍卫虚惊一场。这个故事作者徐徐道来，寓起伏于平淡之中，给人以“山重水复疑无路，柳暗花明又一村”的感觉。作者以设置悬念的方式，无形中为故事增添了几分艺术魅力。故事最后以冒名鬼“大笑而去”结束，读罢也使人为之开怀一笑。

《子不语》中类似这样的故事还很多，如《屃赑精》（卷六）、《紫姑神》（卷十六）、《驴雪奇冤》（卷二十）等，都堪称佳作，令人耳目一新。

除此之外，袁枚还善于运用虚拟夸张的手法，大胆地发挥自己的想象力，创造出许多神奇怪异的故事情节。例如：为了表达他对汉学、理学的看法，他虚构了一个《麒麟喊冤》的故事；为了阐述他对怪力乱神的见解，他创造了《子不语娘娘》的故事。而在其他一些作品中，也充分体现出他这一才能，像《枯骨自赞》中的枯骨也竟能于棺材中喃喃自语，《怨气变蛇》中的老翁发誓死后要变作蛇来报复欺压他的恶豪，后来居然真的由口中吐出一条小蛇来，足见其构思的奇特，想象之丰富。

（九）丰富多彩的艺术形象

丰富多彩、栩栩如生的艺术形象，是《子不语》突出的特色。这主要体现在对神鬼形象和人物形象的塑造两个方面。

《子不语》大都言鬼神谈怪异，鬼神形象在《子不语》中占很大比重。现实生活中本不存在所谓的鬼神，人们对它们自然无法摹状，然而在袁枚的笔下，这些子虚乌有的鬼神也变得活灵活现、神态各异。就其外表而言，有“红发圆眼，身长丈余”的煞神，也有“双眸抉出，舌长数尺”的缢鬼；有“白须驼背，身发异光”的老鬼，也有“有头面，无眉目，眼生于背”的怪鬼，真是千鬼千面，各不雷同了。但是，袁枚描写鬼神不仅仅停留在它们的外表形象上，而是更善于用拟人化的手法刻画鬼神的“个性特征”。在《子不语》中，袁枚把鬼神世界当作现实社会的倒影来写，借鬼神来揭示人类社会中的真善美与假丑恶，他曾在作品中借人物之口说出“人乃未死之鬼，鬼乃已死之人”的观点。正是基于这一思想，袁枚笔下的鬼神形象倒也三分像鬼，七分像人了。

《痴鬼恋妻》（续卷五）一篇对依恋前妻之鬼痴情的描写，可谓一绝。此鬼先是因恋妻而长时间坐于院中的丁香树下，迟迟不肯离去，听到有人要给妻子说媒，“愕然惊起，左右顾。后闻议不成，稍有喜色”，一惊一喜，其痴态可掬。妻子改嫁一节更是生动：

……娶者入，秉火前行，鬼避立墙隅，仍翘首望妇……远远随至娶者家，为门神所阻，稽颡哀乞，乃得入，则匿墙隅望妇行礼，凝立如醉状……仍入妇室，妇留一儿在家，闻儿索母啼，趋出，环绕儿四周，以两手相搓，作无可奈何状。俄嫂出，挞儿一掌，更顿足拊心，遥作切齿状。

恋妻惜子、如醉如痴之情态，跃然纸上。

《鬼差贪酒》（卷七）则刻画了一个贪酒的鬼差形象：

（袁观澜）见墙角有蓬首人手持绳，若有所牵，睨而微笑。袁疑为邻之差役，招曰：“公欲饮乎?”其人点头，斟一杯与之，嗅而不饮。曰：“嫌寒乎?”其人再点头，热一杯奉之，亦嗅而不饮，然屡嗅则面渐赤，口大张，不能复合。袁以酒浇入其口，每酒一滴，则面一缩，尽一壶而身面俱小，若婴儿然。

一嗅再嗅，一点头再点头，活生生一个贪酒却又怕因贪酒而误事的鬼差形象。前面一痴鬼，“稽颡哀乞”“凝立如醉状”，“两手相搓，作无可奈何状”，“顿足拊心，遥作切齿状”'一举一动都突出一个“痴”字，而此处这个鬼差的细微举止则突出了一个“贪”字，可是在文中，作者始终未提到“痴”“贪”二字，却使其神情毕现。从这里我们便可以看出，袁枚很善于通过形象自身的一举一动，通过不同的典型细节来刻画其不同的个性。

对于鬼神的刻画如此，对于人物形象的描写也是如此。且看《纣之值殿将军》（卷七）是如何描写一个“巨人”的：

“巨人问何物为书，僧手作书状示之。巨人笑曰：‘我当时尚无此物。’言毕，以一臂搂僧行如飞，置之平地，拱手而别，已在天台郊外矣。”

寥寥数语便将一个身体魁伟、强壮，性格单纯、鲁莽的巨人刻画得惟妙惟肖。

另如《鬼畏人拼命》《鬼乖乖》（卷八）两篇，虽然都写了善与鬼相斗的人物形象，但其性格却大不相同：

坐至二鼓，瓦坠于梁，介骂曰：“若鬼耶，须择吾屋上所无者而掷焉，吾方畏汝！”果坠一磨石。介又骂曰：“若厉鬼耶，须能碎吾之几，吾方畏汝！”则坠一巨石，碎几之半。介大怒，骂曰：“鬼狗奴！敢碎吾之首，吾方服汝！”起立，掷冠于地，昂首而待。自此寂然无声。（《鬼畏人拼命》）

葛暮归家，背黑影尾之，声啾啾曰：“乖乖来吃酒！”葛知为鬼，虑避之则气先馁，乃向后招呼曰：“鬼乖乖随我来！”径往酒店，上楼，置一酒壶、两杯，向黑影酬劝。旁人无所见，疑有痴疾，听其所为。其饮良久，乃脱帽置几上，谓鬼曰：“我下楼小便，即来奉陪。”黑影者首肯之，葛急趋出归家。（《鬼乖乖》）

前者活生生展现了介某勇敢耿直的性格，特别是三次骂鬼，由“若鬼耶”“若厉鬼耶”到“鬼狗奴”，层层进逼，使介某的性格愈加逼真，而后者则写了一个机敏狡黠的斗鬼者的形象，先是骗鬼入酒店，施欲擒故纵之计，而后又置帽于桌上，取金蝉脱壳之法，两个细节已让葛某的性格活灵活现了。介某与鬼相斗，斗的是“胆”，葛某与鬼相斗，斗的是“智”，两个人物虽性格迥然不同，可作者却都写得既鲜明又生动，读后无不给人以如闻其声、如见其人之感。

动物形象的人格化，也是《子不语》形象塑造的一个特点。这里试举两例，加以分析：

……至一大树下，熊取长藤将人耳逐个穿通，缚树上，乃跳去。诸人俟其去远，各解所佩小刀，割断其藤，趋奔回船。俄见四熊抬一大石板，板上又坐一熊，比前熊更大，前熊仍跳跃而来，状若甚乐者。至树侧，见空藤委地，怅然如有所失。石板上熊大怒，叱四熊群起殴之，立毙而去。（《人熊》卷十二）

……一日有客访僧，入方丈，与僧以足蹴虎令去，曰：“毋惊我佳客。”

虎作欠伸状，瞪目而视，良久始出。已而又来伏脚下，气粗而有喘声。客愈恐，僧以手批虎，又瞪目视，良久，一若有所思状。僧以足踹之，乃去。俄而又进，作怒容，直前一口衔僧头而去……（《鸟兽不可与同群》续卷十）

前者写了一只讨好主子、憨态可掬的熊，将人绑在树上，以为得计，高兴地跳着离开，而后领来主子本想共尝美味，见人去树空，“怅然如有所失”，其中神情变化，酷类于人；后者写一只恶习难改、凶相毕露的老虎，几进几出，一忍再忍，特别是“作欠伸状，瞪目而视，良久始出”，“气粗而有喘声”“瞪目视，良久，一若有所思状”“作怒容”，倒更像人类复杂心理活动的外在表现。所有这些，读来实在叫人忍俊不禁，这样的虎、熊动物园里自然难得一见，而只有在袁枚的笔下才能观赏得到，可谓大饱眼福了。

（十）诙谐幽默的特色

袁枚是一个诙谐幽默的文人，说话、作文妙趣横生，往往令人喷饭不止。《清朝野史大观·清朝艺苑》中记载了这样一件事：在袁枚任江宁知县时，与两江总督尹继善交往甚密，两人常作诗唱和，而尹继善才思敏捷，落笔如风，一有所得，即飞快地传送给袁枚，要他唱和，袁枚则常常苦于应接不遐。长此以往，袁枚真有些“吃不消”了，忽然他想出一个“妙招”，这年除夕深夜，袁枚作了一首诗派人传给尹继善。诗是这样写的：“知公得句便传笺，倚马才高不让先。今日教公输一着，新诗和到是明年。”尹继善读罢不禁捧腹大笑。此事虽然出自野史别传，但足见袁枚的诙谐幽默之一斑了。难怪《清史稿·袁枚传》中对他有“诙谐诛荡，人人满意”的评价。袁枚这种善解人颐的性格特点，在《子不语》中也有一定的体现。

袁枚善于观察生活，摄取一些有趣的生活素材，并以隽永流畅的语言徐徐道来，这对志怪小说来讲，往往具有画龙点睛的妙用。且看《蔡书生》（卷一）中的情节：一女鬼半夜现形，闯入蔡生的住所，将两个绳圈悬挂在屋梁上，伸头钻进一个绳圈后，引诱蔡生去钻另一个绳圈，蔡生知道是计，便有意识地将一只脚伸了进去。女鬼忙说：“你错了！”蔡生却笑着说：“正因为你错了，才会有今日。我没有错！”这一细节使整个故事生动起来，蔡生机敏巧妙的回答，连女鬼听了也要大笑不止了。另如《治鬼二妙》（卷九）中张岂石关于斗鬼的妙论：“见鬼勿惧，但与之斗。斗胜固佳，斗败我不过同他一样。”真是一语中的，妙趣无穷。

再看《偷画》一则：有个小偷，大白天到别人家中偷画，刚卷好画要出门，主人从外面回来。小偷非常狼狈，忙捧着画卷跪下来说："这是小人家祖宗的画像，因为我穷得没有办法了，想拿它来换几斗米吃。"主人大笑起来，嗤笑这人愚笨、荒唐，挥手将他赶了出去，竟然也没把那幅画拿过来看看。等他走进房间，这才发现墙上悬挂着的一幅赵子昂的画已经不见了。这本是一篇不足百字的短故事，却写得妙不可言。妙就妙在，主人嘲笑小偷愚笨、荒唐，而这一嘲笑正体现出他的愚蠢和迟钝，嘲笑别人的人正被别人所嘲笑，因而，真正笑到最后而且笑得最开心的该是这一故事的读者了。

凡擅长幽默的人，常常能寓深刻的思想于嬉笑、戏谑之中，在袁枚诙谐的故事中也不时地显现着这一特点。如《驴大爷》一篇，写了一个凶暴残忍的某富豪之子，生前作恶多端，死后转世为驴，却又怕作牛马，受人驱使，便托梦给家奴，乞求照顾。家奴急忙赶到一胡同，果然见一头牝驴正要被屠宰，于是将其买回家，不久便生一头驴驹，看到人就像认识一样，当有人叫大爷时就会欢快地跳到身边来。一天，住在隔壁的邹某听到了驴叫声，家奴便说："这是我家大爷在叫呢!"读到这儿，恐怕你也要笑出声了吧?恶少变驴，罪有应得，可这家奴其奴性未改，好像以前所受欺压全被遗忘，主子虽已变成畜生，"大爷"之称呼仍不绝口，着实可笑。然而，前仰后合之余，你自然会为作者的妙骂而拍手称快，赞叹不已了。

袁枚还善于从我们本民族独特的语言中挖掘幽默的成分，并使之与故事情节巧妙地结合在一起，创造出同样的喜剧效果。这里我们只举两个典型的例子。《大福未享》（卷一)，鬼言罗某之父之所以不死，是因为尚有"大福未享"，老头听了一阵高兴，坐等其"大福"的到来，可是，没出一个月，罗父竟得腹胀病身亡，"腹大如匏，始知'大福'者，'大腹'之应。"两个同音字着实让老头空欢喜了一场，如此"大腹"倒像相声中的"包袱"，一旦抖开来，便使读者大为开怀。另如《中一目人》（卷二十二）一则：几千进京赶考的秀才，想测个字以兆凶吉，却测得一个"贵"字，谁都不解其意，榜发后，惟有只一只眼的裴某考中了，于是大家恍然大悟，原来这个"贵"字上下拆开来正如"中一目人"四字。这一寥寥数语的短篇故事，让读者于笑声中体味封建科举制度对知识分子的毒害之深。

《子不语》的语言自然朴实，袁枚自称为"戏编"，便表明他创作时本无意雕饰，《子不语》因而显现出简洁生动、隽永自然的语言风格，有些作品则如口语般自然流畅、通俗易懂。这与他的散文的风格是一脉相承的。特别是袁枚深悉我国古典小说的白描手法，并将此应用于《子不语》的创作之中，因而，尽管有时是口语化的语言，读来同样扣人心弦，别具一格。这与讲究严谨、擅长议论的《阅微草堂笔记》相比，往往产生异曲同工的效果。

然而，我们也应看到，《子不语》毕竟是袁枚诗文创作之余的作品，又非一时所为，难以一气贯通，因而在其艺术上有时难免粗糙，有些篇目简短平直，有的甚至简短到只有一句话的程度，缺乏小说所应有的故事情节，更谈不上形象的塑造了，其内容也就过于单薄而平淡。这些作品很难称其为小说，倒更像我们今天所说的“一句话新闻”。如《须长一丈》《网虎》《珠重七两》《胆长三寸》等。这些作品只给人以新奇怪异之感，除反映了作者的一种猎奇心理外，确无审美价值。另外，《子不语》中还有个别充斥着淫秽描写的作品，较为粗俗，这些都属糟粕类，理应摈弃。

鲁迅先生在他的《中国小说史略》中对《子不语》有过这样的论述：“乾隆间，钱唐袁枚撰《新奇谐》二十四卷，续十卷，其文屏去雕饰，反近自然，然过于率意，亦多芜秽，自题‘戏编’，得其实矣。”

这对《子不语》从思想内容到艺术形式都是较恰切的评价。

三 《子不语》与《聊斋志异》

《聊斋志异》与《子不语》同属志怪小说。从成书时间上来看，前者要早于后者，而且《子不语》的创作也不无《聊斋志异》的影响，历来人们就有《子不语》乃仿《聊斋志异》之作的说法。的确，无论从思想内容还是从艺术手法上看，二者都具有许多相同或相似之处，而且对于当时、乃至以后的小说创作，二者都曾产生过深刻影响。但是，不可否认，就如同世上没有完全相像的两个人一样，《子不语》与《聊斋志异》在许多方面还存在着明显的差异。常言说得好，“文如其人”，这话不假，有怎样的人，就有怎样的作品。由于个人思想认识、生活经历、文学修养以及艺术功力的不同，其作品思想内容的广度和深度、艺术成就的大小也就各不相同。《子不语》与《聊斋志异》自然也不例外。

首先，我们应看到，时代的影响对于作者思想的形成乃至作品的思想内容所起的决定性作用。

《聊斋志异》的作者蒲松龄，生于明崇祯十三年（1640年），卒于清康熙五十四年（1715年），这一时期，正是满族贵族与汉族地主相结合，对明末农民起义进行血腥镇压的时期；是满清王朝代替明王朝统治的时期。因此，当时的中原大地，阶级矛盾、民族矛盾都异常尖锐。这一特定的历史时期对蒲松龄思想上的影响是直接的，可以说，他亲历了这段动荡、变乱中的历史，对于社会的各个阶层都有深刻的了解和认识，《聊斋志异》便是明证。《聊斋志异》中的许多篇章，表达了作者对满清贵族和汉族大地主的反感，特别是表达了对满清统治者的不满，同时对于封建统治阶级的腐朽及其对人民的残酷压榨和迫害，也给予了深刻的揭露，如《石清虚》《红玉》《商之官》《向杲》《梦狼》《促织》等。

《梦狼》写一个老人梦见衙门上上下下都是吃人的狼，以至堂上堂下，"白骨如山"，揭露了官府就是虎穴狼窝，而那些大大小小的官吏，则是吃人肉、喝人血的猛兽。

《促织》通过成名一家初遭家破人亡、继而发迹变富的悲喜剧，深刻地抨击了整个封建统治机构的腐朽：皇帝骄奢淫逸、贪图玩乐、昏庸无度，抚军利欲熏心，媚上求宠，甚至连县吏也依仗权势，压榨百姓。在这里，上自皇帝王室下至州县小吏，都成为作者揭露抨击的对象。

蒲松龄在深刻揭露抨击封建统治阶级自上而下的种种罪行的同时，也表现了被压迫人民反抗贪官污吏、土豪劣绅的斗争。这正是《聊斋志异》的独到之处。

而袁枚则正如我们前面所述，正处在一个民族矛盾、阶级矛盾相对缓和的所谓"康乾盛世"，处在一个资本主义萌芽得以恢复和发展的时期，因而，袁枚的《子不语》虽然也有一些揭露官场腐败与黑暗的作品，如《土地受饿》《药厨》《阎王升殿先吞铁丸》《一字千金一咳万金》等，但这些作品多反映中下层官吏贿赂公行、贪赃枉法、尔虞我诈、相互倾轧的丑恶行径，并未将矛头直接指向清王朝最高统治者，特别是在反映被压迫、受残害的百姓生活及其反抗斗争方面，没有出色之作。就这方面来看，《子不语》远不如《聊斋志异》。但是，由于所处的特定历史时期，《子不语》中的一些作品，通过抨击理学、倡导人性，反映出资本主义萌芽与封建传统的矛盾冲突，这却又是《聊斋志异》所缺乏的。

其次，个人的经历对其作品思想内容也具有直接的影响。

蒲松龄也出身于一个家道中落的仕宦家庭，可他一生的经历却远比袁枚坎坷得多。他虽然也是在十几岁时就被录取为秀才，可在以后的科举考试中，却一直不顺利，屡试不第，直到七十一岁时才得了个贡生，可以说，他一辈子都未能考中举人，而这却是他梦寐以求的，因此他的日子过得十分贫寒，后半生四十多年的岁月，他几乎全是依靠坐馆，即当家庭教师来养家糊口，就这一点而言，他无疑是封建科举制度的受害者，因而，他对封建科举制度的认识更加透彻，对其弊端的揭露也就更加深刻，特别是他那些反映封建科举对知识分子精神上的毒害，以及考官昏聩无知的篇章，都写得非常深刻生动、酣畅淋漓，令人拍案叫绝。如《贾奉雉》《考弊司》《席方平》《三生》等都是上乘之作。

《王子安》一篇则是辛辣嘲讽那些官迷心窍的秀才们的种种丑态的。特别值得注意的是，他能够进一步揭示出：科举制度并不能真正选拔有用的人才，而是一条制造吃人的宦虎吏狼的途径，这实际上已将笔触直指科举制度的本质，其深刻和尖锐程度并不逊色于后来的《儒林外史》。

而袁枚则大不相同，他在仕途上有过一段还算顺利的经历，他也是十几岁时就被选为秀才，未经多少波折，就顺利通过殿试，还被选作翰林院庶吉士，可谓年轻得志，一帆风顺。虽说后来的仕途仅以几年知县的微职告终，可在后半生近五十年的悠游创作生涯中，这段经历起着决定性作用，在翰林院时的名望，使他在退居随园后能够同仕宦名流交往，除朝廷的俸禄外，为达官显贵们作应酬文，成为他较富足生活的经济来源，否则他是无法“极山林之乐，享文章之名”的。可见，在某种意义上说，袁枚“受益”于科举制度。因此，他对科举制度的弊端的认识远不如蒲松龄那么深刻，对于科举的毒害更无蒲松龄那样的感受。虽然他也有一些像《乡试弥封》《科场二则》一类的作品，不同程度地讽刺了考官的昏庸、考生的痴迷，可在揭露封建科举对知识分子精神上的毒害作用方面，他的那些作品如同隔靴搔痒，给人一种无关痛痒的感觉。至于对科举制度为封建统治者挑选卫道士之实质的揭露与抨击，在袁枚的作品中就更难得一见了。

蒲松龄一生贫寒、穷困潦倒，这就使得他对贫民百姓有所接触，了解他们的疾苦和愿望，并对他们怀有深厚的感情。他曾编写过许多通俗读物，还写了不少俚曲以及其他形式的曲艺作品。而《聊斋志异》中大量的爱情故事，也正是这一生活基础之上的产物。这些爱情故事多发生在人和女性的狐、鬼、花妖之间。这些狐、鬼、花妖又“多具人情，和易可亲”，而且多数与现实社会中受封建伦理道德所束缚、受夫权压抑的妇女迥然不同。她们来去自如、落落大方，她们不图富贵，不慕权势，以性情善良、德才俱佳取人，爱其所当爱者，虽历祸患艰险而不渝。她们的性格各有特点，如莲香的温柔大方，婴宁的天真无邪，但大都聪慧且有才智，完全打破了封建社会中“女子无才便是德”的格言。这些妇女形象及其生活画面，远比封建统治的现实社会中的实际情形更为健康合理，也更生动活泼，因而这些作品实际上正是下层劳动人民对未来生活的憧憬及良好愿望的曲折反映。

然而，这一内容正是袁枚的《子不语》所缺少的。袁枚自辞官以后，多生活在达官显贵、文人墨客的圈子之中，出则乐游山林，入则闲居随园，很少与下层劳动者接触，对他们的疾苦和思想感情了解得更少了，因而，他的诗文，除了吟花赏月外，多属应酬唱和之作。特别是由于他这种优越闲居生活经历，使得他在妇女问题的思想观点上与下层民众相去甚远，男尊女卑的封建思想在他的头脑中占有一席之地，且不说他自己过着妻妾同室的生活，凡其妻妾所生为女子时，厌恶之情便会溢于言表。因此，尽管《子不语》中也有少量反映男女情爱、同情底层妇女的作品，如《紫姑神》《妓仙》《全姑》等，但不仅其数量有限，就其内容也往往不能摆脱封建传统的束缚，有时甚至过分渲染男尊女卑的思想以及一夫多妻的封建婚姻制度，这与劳动人民的思想感情显然是格格不入的。就这一点来看，《子不语》是无法与《聊斋志异》相比拟的。

蒲松龄在他的《聊斋自志》中自述：“集腋为裘，妄续幽冥之录；浮白载笔，仅成孤愤之书”，直言不讳地称自己的《聊斋志异》为“孤愤之书”，大胆地将自己有感而发、有所寄托的主导思想公诸于众，这与袁枚“戏编”“自娱”的表白形成鲜明的对比，而这两种不同的创作主导思想的表白，正是他们对社会、对人生不同态度的一种体现，当然，这也是他们各自所处时代的不同、个人经历的不同所决定的。

然而，不可否认，作为志怪小说，《聊斋志异》与《子不语》就其思想内容方面也有共同的特点，即都宣扬了因果报应等封建迷信思想。宣扬因果报应说，是我国古代志怪小说的共同特征。《聊斋志异》中的作品谈狐说鬼，虽大多有所寄托，但也有一些故事完全是宣扬迷信思想的，并无其他含义，如《喷水》《尸变》《四十千》等。《子不语》也正如我们前面所谈到的，有些如《石膏因果》《叶氏姊》《狐仙正论》等，也属同类作品。这些故事的产生，不单单是体裁本身的原因，更主要的是封建迷信长期影响的结果，是科学技术不发达的封建社会时代局限性的反映。另外，两部小说中都有一些渲染封建道德和伦理思想的作品；也都夹杂着一些淫秽的色情描写。对此，我们都应予批判和剔除。

《聊斋志异》与《子不语》在艺术成就方面，也具有一定的差别。正因为蒲松龄在他的《聊斋志异》中有所寄托，他在这部小说的创作中投入了大量的精力。蒲松龄一生虽然也有不少的诗文俚曲之作，可他所花精力最多的还是《聊斋志异》，他从青年时期起就注意搜集神鬼狐怪的故事，而“书到集成”已是他年逾花甲之后的事了，前后历四十余年之久，可以说，《聊斋志异》是蒲松龄大半生的心血凝结而成的，因而无论在故事的构思、形象的塑造，还是语言的提炼方面，都显示了作者独具匠心的艺术功底，其艺术成就也就达到了其他志怪小说所无法达到的境界。最为突出的是，蒲松龄极善于以细腻的笔触刻画不同人物的性格，展示人物丰富多彩的内心世界；简洁明快的语言，富有生活气息的细节和对话，更是引人入胜、扣人心弦。在这一点上，蒲松龄不愧为我国古代文言短篇小说的巨匠和圣手。

袁枚的《子不语》虽也是从很早就开始搜集编撰的，但就袁枚的一生来看，他并没有致力于小说创作，他的主要精力多用于诗文创作，光《小仓山房诗文集》就达百万余字，除此之外，他还有《随园诗话》《随园随笔》等著作，而《子不语》则只是他诗文创作之余编撰的。有些作品显然是随听随录的，并未经过多少加工，于是难免粗糙、平淡；有的作品则只注重其怪诞奇异，忽略了故事的情节、形象的塑造，因而显得不像小说了。在这一点上，它与《聊斋志异》相比有着明显的差距。当然，我们并不能因此而否定《子不语》的艺术成就和审美价值，要知道在后来众多的志怪笔记小说当中，《子不语》就整体而言，仍是上乘之作。

就艺术手法方面看，因同属志怪小说，二者也有相同相似之处。比如：都具有积极的浪漫主义的色彩；都以造奇设幻来反映社会生活，阐发他们所体验的人生哲理，揭示他们所认识到的社会问题，二者都是把神鬼狐怪和现实社会中的人们、幽冥世界和现实生活交织在一起来写的，都具有想象丰富、构思奇特、情节曲折、境界瑰异的特色。不可否认，二者都是古代志怪小说这种艺术形式已达到成熟的标志。

名家解读古典名著

话本与文言小说(下)

解读《阅微草堂笔记》

张 辉 著

《铁齿铜牙纪晓岚》等电视剧的热播,让纪晓岚(纪昀)家喻户晓。当过大官、主编《四库全书》的清代著名文学家纪昀,为什么竟写起讲鬼说狐的《阅微草堂笔记》来呢?作者放开视野,在世界文学的大背景中,从中国传统文化的多元化的角度探索、解读了纪昀及其《阅微草堂笔记》。

一　纪昀生平

(一) 中举前后

从时间隧道上倒退二百多年，这一天，在华北大地的某城，正举行一次童子试。主考官是一位春风得意的青年才俊，在他面前应考的是一个高不到四尺、穿着普通但是两眼炯炯有神的孩子。登科已三年的主考官来前听说这个孩子有“神童”之誉，心里颇不以为然，就想戏谑他一番，于是出了个上联让孩子对：

“八岁儿童，岂有登科大志?”

不料主考官话音刚落，一个稚嫩的童音即刻回敬过来：

“三年经历，料无报国雄心!”

主考官目瞪口呆，惊讶得好一会儿才缓过神来。

若干年之后，那个“神童”在府城外的书院读书。一天春日郊游，他漫步在红白相间的桃花丛中，信手折得桃花一枝，边走边贪婪地嗅着桃花的清香。不料迎面撞上一个人，恰恰是以前那位主考官，他已升任知府。“神童”慌忙把桃花藏进袖里，给知府行礼。知府见状微微一笑，出了一联，

“白面书生，袖里暗藏春色;”

“神童”不假思索，立刻对了下联：

“黄堂太守，眼中明察秋毫。”

思维如此敏捷，使知府咋舌不已。

这个“神童”，就是中国历史上的文化巨人——纪昀。

纪昀，字晓岚，一字春帆，晚号石云、孤石老人，又自号观弈道人。直隶献县（今河北献县）人。献县在汉代是河间国，后来或是州、或是府、或是县建置。献县东边不远是大海，西边是逶迤高耸的太行山。县境内外有滹沱河、漳河、玉带河、猪龙河等大小河流。有开满桃花的万春山、草深林密的云台山、白草山。县境内外，古迹遗址也不少，有先秦时代的孙膑墓、扁鹊冢、蔺相如冢，有汉代的毛苌宅、魏晋时的嵇康琴台、南北朝时前秦的苻融垒等等。纪昀家是献县的大姓，他父亲纪容舒是康熙五十二年的（1713 年）恩科进士，在户部和刑部做过官，还做过姚安太守，别人都称他为姚安公。

中国古代不少名人出世都有一些附会传说，如李白母亲梦月怀胎后生下

李白，岳飞是大鹏鸟转世等等。民间传说纪昀出世时，一团大火跳跃着，飞舞着，百姓们敲锣打鼓追赶大火团，不料大火团奔入纪家不见了。众人正在惊诧议论，纪昀恰在此时降生了。于是纪昀就被认为是火精转世。这当然是对名人的神化奉承，不足置信。但是纪昀长大后，能够在黑夜里看清物体。他晚年回忆说：

我四五岁时，夜里能看清东西，与白天一样。七八岁后在夜里便渐渐看不清了，十岁以后完全看不见了，但是有时半夜睡醒，偶然还能看清，一会儿又看不见了。十六七岁至老年，隔一两年偶尔在夜间仍能看清一次，但是恰如电光石火，弹指即过。（《阅微草堂笔记》，以下简称《阅微》卷十四）

这恐怕是一种我们至今还没有认识的特异功能，不应随便下什么结论。

纪昀上学以后，天赋特别好，能目下数行，过目不忘。然而第一次应乡试，却因为以经破题而名落孙山。这也不奇怪，自唐代实行科举以来，那种死板的考试方式，埋没了千千万万个优秀人才。发展到明清的八股考试，扼杀埋没的人才更多。唐代的杜甫、孟浩然，清代的蒲松龄等大家，都终身没有考取进士。而古代考了三次、五次、八次、十次才中鹄的人更是数不胜数。纪昀比古代千万个士人要幸运一些，第一次落第的打击虽一度使他懊恼不已，几乎要上吊自杀，然而不久即振作起来，发愤苦读。终于在乾隆十二年（1747 年）乡试时以第一名解元夺魁。据说他妻子马氏听到丈夫中举的消息，喜欢得把一锅面条错下到一大缸冷水里。当然，她这种激动的程度似乎还比不上《儒林外史》里听到中举喜报消息的范进。也许是自己少年时受过落第的打击，纪昀晚年有一次做主考官，考试以后，写了一首《定榜后题所取未中试卷》，抒发了自己的感慨，也是对落第士人的鼓励：

纵横朱墨委尘埃，临到缄题更一开。

花是亲栽皆爱惜，鹤因远别暂徘徊。

书生遇合虽由命，圣代公明岂弃才。

荏苒三年一弹指，龙门结队驾风雷。

乾隆十九年（1754 年），纪昀参加了进士考试。殿试后，他在好友董文恪公家闲坐，遇见一个拆字的，是浙江人，因纪昀对自汉代以来的图谶拆字有一些研究，以为往往有奇验，于是就写一个“墨”字，让拆字的解释。那个浙江人装模作样地看了一会儿，讶然失声叫道；“龙头竟不能属纪兄了。里字拆开为二甲，下面四点，大概二甲进士吧。四点庶字脚，吉字头，是庶吉士吧。”（《阅微》卷七）纪昀半信半疑，不料传胪唱名时，果然是二甲第一名进士，改庶吉士。纪昀不由得大为惊服。其实，这不过是拆字人综合各种情况所作的推测偶然相合罢了。从此，三十一岁的纪昀，正式步入仕途，他多少年来幻想的、编织的治国平天下的美梦正向他走来。

(二) 戍遣新疆

在我们伟大祖国西部，有一块广阔的宝地。那里有浩瀚无涯的沙海，有镶嵌在碧冰白雪之中的天池，有沉睡千年的高昌、交河古城、艺术宝库克孜尔千佛洞，还有奔腾呼啸的伊犁河，赤日炎炎的火焰山，千奇百怪的魔鬼城……新疆自古就与中原王朝有着密切的联系，汉代张骞、班超出使西域，乌孙公主下嫁，都留下了许多动人心魄的故事。西汉神爵二年（公元前60年），建置了西域都护府，新疆归入了西汉王朝的版图。到唐代设立了北庭、安西两都护府，更加强了对新疆的行政管理。乾隆三十三年（1768年），纪昀被遣戍新疆。

在中国古代，流传着一种诗谶，实际上是巧合事件而被人附会为先天的应验。纪昀自已有时似乎不信，他说过“然则一切神奇之说，皆附会也”的话，但是有时却深信不疑。那是他被遣戍的那一年春天，有人画了一幅《蕃骑射猎图》请纪昀题诗，纪昀挥笔题下一首：

白草黏天野兽肥，弯弧爱尔马如飞。
何当快饮黄羊血，一上天山雪打围。

不到半年，纪昀真的去“一上天山雪打围”了。他被遣戍的原因，是因为泄漏机密给姻家卢见曾。卢见曾是两淮盐运使，他的儿子娶了纪昀的大女儿。卢见曾不善理财，在官任上亏空公款，朝廷决定查抄卢见曾的家财充公。纪昀不敢直接写信或传话给卢见曾，怕日后查出被株连杀头，他琢磨再三，终于想出一个办法：他拿了一点食盐与茶叶，封在一个空白信封里送往卢家。卢见曾接到后，先是百思不解，慢慢地终于猜出了答案——盐案亏空茶（查）封!

于是卢见曾急忙转移家财，使奉旨来查抄的官差扑了个空。然而纪昀没有能摆脱干系，他被政敌、当时朝廷上炙手可热的权臣和坤告了一状。乾隆很快把纪昀软禁，审问他用什么方法通知卢见曾的。纪昀老老实实地承认用了什么方法，说完后自动摘下顶戴，跪下请罪说：

“皇上严于法，合乎天理之大公；臣惓惓私情，犹蹈人伦之陋习。”

乾隆是一个喜怒无常的人，他在位期间斩了不少大臣。但他很赏识纪昀的才华，纪昀这几句话又拍马屁拍得恰到好处，于是他在案卷上批了几个字——“从轻谪戍乌鲁木齐”。

这样一桩泄漏机密、本该杀头的大罪，纪昀巧妙地躲过了。

纪昀一生几乎均在京城为官，这次流放新疆对他的影响很大。他原来交游的圈子多是京城的大小官员，读的也是古人的死书。在新疆三年，他接触了许多不同阶层的人士，学到了许多从书本上得不到的丰富的实践知识。

纪昀虽是流放官员，但新疆的地方官员对他很好。繁忙的公务之余，他去乌鲁木齐街上散步，逛市容，观风俗，察民情。乌市泉甘土沃，花草繁盛，民风淳古，民俗与中原殊异，倒与在京城为官别有一番趣味。有一次，他去凭吊吉木萨尔东北三十里的唐北庭都护府城址，辨读出土古碑。该城遗址周长三十多里，街市谯楼，城外敌楼，与内地城池建筑差不多。佛寺雄伟高大，佛像半埋在土中，仿佛在诉说逝去的沧桑。纪昀沉浸在对大唐帝国的怀念中，他似乎听到了大唐军队铁马金戈的奔腾呼啸声，仿佛看到了大唐城市的繁华富庶景象，触景生情，赋诗一首：

断壁苔花十里长，至今形势控西羌。

北庭故堞人犹识，赖有残碑记大唐。

又有一次，他去吐鲁番附近的峭岩绝壁，看见一块石壁上刻有“古火州”三个大字，也吟诗一首：

古迹微茫半莫求，龙沙舆地定谁收。

如何千尺青崖上，残字分明认火州。

在《阅微草堂笔记》卷三里，他曾记述吐鲁番刮大风，把一个逃犯吹起来飘飞了二百多里才落地。在《乌鲁木齐杂诗》里，他记一个地方叫三个泉，风力极猛，动辄把人吹走：

惊飙相戒避三泉，人马轻如一叶旋。

记得移营千戍卒，阻风港汊似江船。

有时纪昀笔下的风光，融塞外的雄奇与江南的清秀于一体：

雪地冰天水自流，溶溶直泻苇湖头。

残冬曾到唐时垒，两派清波绿似油。

清末著名的民族英雄林则徐被遣戍新疆时，曾为解决新疆的缺水问题发明了“林公井”。而在林则徐之前近百年，纪昀也关注过新疆的水利事业。他说乌鲁木齐地区：

四五月需要用水时，没有水。到秋天山上积雪融化完了，水流很多很急。

我想建闸门蓄水，大家都说沙土堤坝容易漫水，闸门里的必定会漫溢横流。如果深挖渠，田又高于水，水上不来。我又想深挖渠建闸门而又多造龙骨车，把水引土田里。大家才认为可行。但是没有等到试验，我已回京了。

后来纪昀还特地写了一首诗记叙此事：

良田易得水难求，水到秋深却漫流。

我欲开渠建官牐，人言沙堰不能收。

今天人们若去乌鲁木齐，可以发现很大一部分水源是用山上融化的雪水。纪昀的想法今天得到了充分的实现。

除了水利，纪昀对新疆农副业生产也很关注。在《阅微草堂笔记》卷十五里详细记载了哈密瓜的栽种方法。当时新疆产粮而不产棉、麻，一个姓国的官员大胆地试种棉花，没有成功就离开了新疆。纪昀写诗，热情地歌颂了这个重视农桑的官员：

谁能五月更披裘，尺布都从市上求。

懊恼前官国司马，木棉试种不曾收。

今天，新疆已是我国长绒棉最大的生产基地，这是纪昀所没有看到的。

在新疆，纪昀交往了一些下层人。他常去听一个叫孙七的演说评话。孙七原来是一个奴隶，说书非常生动形象。纪昀和孙七混得很熟，后来还特地写了一首诗追忆孙七说书的场景：

稗史荒唐半不经，渔樵闲话野人听。

地炉松火消长夜，且唤诙谐柳敬亭。

赞扬他如明末柳敬亭一样说得好。纪昀还记述了新疆当时的书籍买卖，留下了清代新疆文化事业的宝贵史料：

郑樵《七音略》谓孔氏之书不能过斡难河一步。初塞外无鬻书之肆，间有传奇小说，皆西商杂他货偶贩至。自建置学额以后，遂有专鬻书籍者。

神秘的大自然，至今人们还只能认识其中的一部分。什么飞碟、外星人、天外来客不用说，就是小小地球，也有金字塔之谜、玛雅文明消失之谜、百慕大黑三角区之谜等没有解开。中国也有神农架野人、新疆玛纳斯湖怪兽之谜等有待人们去认识。1984 年 4 月，新疆北部赛里木湖出现一个形如犀牛的怪物，它长约三米，全身黑褐色，喷水如柱。这是个什么怪兽，人们众说纷纭。纪昀笔下，还记叙了新疆的奇兽怪物，也给世界上本来就多的谜添加了新的数字：

乌鲁木齐流放犯人之子方桂，在山中放牧马群。有一天一匹马突然奔逃，方桂骑马去追寻。隔岭听到马儿大声嘶叫，方桂寻声来到一个深谷，看见有几个怪物，遍身是粗糙的鳞甲，斑驳像古松的皮，长头发蓬松，眼珠子突出来，像是嵌在脸上的两个大白鸡蛋。这些怪物一齐在按着那匹马生啃马肉。方桂爬到树土用猎枪开了一枪，怪物都跑进深林中去了，那匹马已被啃了一半。（《阅微》卷一）

这种怪物是什么东西，无从得知。而纪昀下面记述的红榴娃，也难以猜测是什么：

乌鲁木齐深山中，牧马者经常看见一尺多高的小人，男女老幼都齐全。当红榴开花时，小人就折榴枝盘成小圈戴在头上，结队跳舞，声音呦呦像唱曲。有时小人到帐篷里偷东西吃，被人抓住，就跪下哭泣。如果把小人绑起来，小人就会不食而死。因为他们形状像小孩，又喜欢戴红榴，所以人们叫他们为红榴娃。（《阅微》卷三）

纪昀这些记载对今天人类学研究显然有重要的价值。那时的新疆，野生动物比现在多得多。纪昀耳闻目睹了很多京城见不到的动物，什么野牛、野马、野骡、野羊、单峰野骆驼等，纪昀笔下都有记载。其中有一种凶暴的大野猪，纪昀还企图设计击毙过它们：

吉木萨山中有头老野猪，像牛一样大。人一走近就被伤害。这头老野猪常带着数百头野猪，夜里出来糟蹋庄稼。参领额尔赫图，牵七只猎犬上山企图猎杀这头老野猪。遇上后，七条狗立刻就被大野猪吃掉了，又吼叫着扑向额尔赫图，额尔赫图打马狂奔才逃脱。我准备用木头树起来作栅栏，把大炮藏在后面，等野猪出来，靠近了用炮轰击。有人劝我说：如果打不中，那么老野猪用牙拔栅栏就如拉朽摧枯，栅栏里人就危险了。我这才放弃了用大炮轰击老野猪的意见。（《阅微》卷十二）

总之，纪昀在新疆三年的生活虽然艰苦，却也充满了乐趣。乾隆三十六年（1771年），乾隆皇帝下诏，命令纪昀还京，任翰林院编修。纪昀结束三年的流放生活，返回京城。这时他已经四十八岁了，但看上去脸色黑红，精神饱满。他就要接受新的、使他成为中国和世界文化巨人的繁重而艰难的任务了。

（三）四库全书馆总纂官

在中国几千年的文明史中，人民创造了光辉灿烂的古代文化，留下了浩如烟海的文化典籍，其中最大的两部书：一是类书《永乐大典》；一是丛书

《四库全书》。

《永乐大典》是明成祖永乐年间解缙、姚广孝等学者用五年时间编成。全书正文二万二千八百七十七卷，凡例和目录六十卷，辑入古今图书约七八千种，装帧成一万一千零九十五册，字数约三亿七千万左右，是我国文化史上一部最大的百科全书。全书完工后，明中叶又摹写副本一部，与正本分藏北京的文渊阁和皇史宬。明亡，正本被毁。1900 年，八国联军侵入北京，他们像一群恶狼，撕扯着中国这头流血呻吟的绵羊；又像一群强盗，疯狂抢掠中国的文物财宝。《永乐大典》副本一部分被焚毁，一部分被侵略者劫走，运往英、法、俄、德、美、日等国，作为古董贩卖，或被私家收藏，或被博物馆收藏陈列；一部分被腐败透顶的清朝官吏盗窃，散失中国民间。新中国成立以后，中华书局经过多方征集，出版了征集到的国内外残存的《永乐大典》七百九十七卷，是原来卷数的二十九分之一强。帝国主义列强对中华文明犯下了一桩多么严重而野蛮的罪行！

另一部最大的丛书，就是纪昀任总纂官编成的《四库全书》。乾隆是一个好大喜功的人，康熙、雍正几十年的休养生息，使清帝国有了强大的经济、军事力量，他先后出兵平定了准噶尔部叛乱，消灭了天山南麓大小和卓木的势力，在一些地区实行了改土归流，加强中央政府对西部边疆的管理。赵尔巽评他：“励精图治，开疆拓宇，四征不庭。揆文奋武，於斯为盛。”（《清史稿》卷十五）文治方面，完成《明史》《皇朝文献通考》《续文献通考》等书籍的编纂。乾隆三十八年（1773 年），他下令开馆修《四库全书》，任命大学士刘统勋为《四库全书》总裁。刘统勋或是因为自己年老体衰（刘就是这一年坐在轿子里上朝时突然无病而终的），或是以为自己学识不如纪昀，难以胜任这项工作，就举荐纪昀和陆锡熊为总纂官。后来乾隆皇帝又令他的第六个儿子永瑢领衔编撰，实际上是由纪昀负学术总责。

乾隆三十八年至四十七年（1782 年），这十年是纪昀最辛劳的十年。他几乎很少去郊外游赏，香山红叶、芦沟晓月、西山晴雪这些著名的燕京景致也只在梦中才能相会，顶多能匆匆偶尔瞥上一眼圆明园的湖光山色、水榭亭台。整天陪伴着他的，就是书、书、书。春去秋来，送走炎夏、迎来寒冬，终于完成了这部中国最大的丛书。全书共三千四百六十一种，七万九个三百零九卷。存目的书有六千七百九十三种，九万三千五百五十一卷。提要二百卷。总共有四千三百零三人参加编纂，历时十年。这部丛书，基本上包括了乾隆以前中国古代的重要著作。人们称这部书是“典中之魁”“治学之公器”。有志于从事中国古代文化研究的少年朋友，将来少不了要常翻这部书和它的提要。

大约是编书弄得太枯燥了，纪昀这期间写了不少小铭文来消愁解闷。这些小铭文大多写的是身边的一些小文具，如笔、墨、砚、书削、裁刀等。

流水周圆，中抱石田。笔耕不辍，其终有丰年。（《水田砚铭》）

介如石，直如竹，史氏笔，挠不曲。（《竹节砚铭》）

当断则断，以齐不齐。利器在手，孰得而参差。（《裁刀铭》）

《四库全书》完成后，纪昀凝神默想，然后振笔疾书，一气呵成，写了一篇《钦定〈四库全书〉告成恭进表》，编书的同事们纷纷抢着先看，无不叹服纪昀才思敏捷。乾隆皇帝一读到这份表章，也拍案叫绝，高兴地说："此表必定是纪昀写的。"他亲自到文渊阁，赐宴、赏银给纪昀等编书有功官员，还特地写诗记述这件中国文化史上的大事。

《四库全书》完工后，先后抄了七部，分别藏于北京故宫文渊阁、沈阳故宫文溯阁、北京圆明园文源阁、河北承德避暑山庄文津阁，这四阁称北四阁。另三本藏于江苏镇江金山寺文宗阁、扬州大观堂文汇阁、浙江杭州圣因寺文澜阁，这三阁称为南三阁。又抄副本一部，藏北京翰林院。文宗、文汇、文源、翰林院四种相继亡失。现文澜阁本在杭州，文津阁本从承德移来北京，沈阳文溯阁本移往甘肃。文渊阁本新中国成立前移到浙江，抗日战争前，浙江省图书馆馆长陈慈训把它运到大西南，后又运到台湾。现在台湾已经影印出版了这部书，再也不用担心它会遭到《永乐大典》一样的恶运了。

汗水换来事业的成功，只有忘我地投身于美好事业的人，才能真正发现自我。法国启蒙主义科学家达兰贝尔的养母说过："哲学家就是那些怪人，他们活着的时候日子过得最清苦，从早到晚地工作，只为在死后别人还会念叨他们。"（《狄德罗传》）纪昀也算这种类型的怪人吧。他在编纂书籍过程中，写诗描绘了个中的甘苦：

检校牙签十万余，濡毫滴渴玉蟾蜍。

汗青头白休相笑，曾读人间未见书。

（《自题校勘〈四库全书〉砚》）

一直到临终前四年，七十九岁高龄的纪昀还写了一首诗，回忆编纂《四库全书》时辛勤工作的岁月：

虽曾辛苦检书仓，四库编摩老渐忘。

稽古未能追马郑，论诗安敢斥苏黄？

曲江春宴花无数，辽海秋风泪几行。
多少遗珠收不尽，中宵辗转漏声长！

(马、郑：东汉学者马融、郑玄。苏、黄：宋代文学家苏轼、黄庭坚。)

大江东去，浪淘尽多少帝王将相、英雄豪杰，惟有留给人类的精神财富——书籍，在中华文明史上永远发出熠熠华光。在熠熠华光中，清楚地显现着为中华古代文化作出突出贡献的巨人名字——纪昀！

(四) 纪昀与狄德罗

十八世纪，当中华帝国的古老大地上，以纪昀为首，包括陆锡熊、戴震、彭元瑞、朱珪、邵晋涵、周永年、姚鼐、翁方纲、王念孙、朱筠等一大批最优秀学者在北京辛勤地编纂《四库全书》的时候，差不多同时，在地球另一边，法兰西王国的首都巴黎，以狄德罗为首，包括伏尔泰、卢梭、孟德斯鸠、达兰贝尔、霍尔巴赫、爱尔维修等一大批法国的杰出学者也在用笔战斗。

德尼·狄德罗被称为近代百科全书之父。他生于1713年，卒于1784年。他的父亲是一个制刀匠。狄德罗读到中学就因贫困辍学。他青少年时代聪慧好学，性格狂放，富有自由思想，意志坚强，待人忠实。年轻时当过私人秘书、交易所的司帐和家庭教师。他精通英语，勤奋好学，涉猎各种学科，知识渊博，翻译了很多英国作家的哲学论著、文学和戏剧作品。1749年，因写反对宗教的著作《给有眼人读的论盲人的书简》被投入监狱。出狱后，于1751年团结许多学者，合力编纂百科全书。1772年，狄德罗呕心沥血二十一年，出齐了《法国百科全书》。全书正文十七卷、附版画插图十一卷。后来出版社又出补编，计正文四卷，插图一卷，详细目录二卷，共三十五卷，约二千二百六十八万字。其中狄德罗撰写的条目据统计有一千二百六十九条。

《法国百科全书》的价值是无比巨大的。它是众书之书，人类知识的总汇，哲学和一切科学的最新成就。在科学方面，肯定了培根的注重实际经验的理论。在法学方面，它以当时最进步的法律规定为依据，猛烈抨击了法国旧刑法的惨无人道。在历史、地理、文学艺术、美学、伦理学、神学等几乎所有的学科，都有新的建树。过去学术界、思想界称它为“文艺复兴的纪念碑！自由思想的灯塔！”它影响了后来法国和世界的革命。它在世界文化史上，有着重要的地位。

《法国百科全书》的实用价值也是无与伦比的，甚至一直主张焚毁它的敌人也被惊服了。伏尔泰曾回忆路易十五的一个侍者讲的故事：

有一次，法国国王路易十五在皇宫同一些臣子共进晚餐，席间先是谈狩猎，后来又讲到火药。在座的一个大臣说："最好的火药是用等量的硝石、硫磺和木炭配制的。"一个叫瓦列尔的公爵却说："好火药是由一份硫磺、一份木炭和五份硝石合成的。"大家争论起来，互不相让。瓦列尔请求国王查一下被查抄没收的《法国百科全书》。路易十五派三个侍者搬来《百科全书》，客人们很轻易地查出火药条目，证明瓦列尔公爵是对的。客人们蜂拥而上，查找各自要查的条目，结果每个人都查到了自己所要查的东西。一下子惊服了路易十五和他的大臣。（《狄德罗传》）

而《四库全书》的价值，也是极为巨大的。它的第一部正本，共六千一百四十四函，三万六千零七十八册，约九亿九千七百万字。如果把原抄本逐页相接地铺起来，其长度比地球直径还要长二千五百多里。基本上把先秦至清初的重要文献典籍收齐了。整个丛书分经、史、子、集四部四十四类六十六子目，每书首冠提要来贯串各本不相连属的原著，而使其在每本著作之间发生联系。提要并介绍作者生平、内容大旨、著述渊源，考辨文字增删、篇帙分合、本书得失，评论版本及其他方面之优劣。尽管由于清代封建社会的封闭性，《四库全书》绝大部分收的是汉族人用汉文写的著作，但也收有中国以外亚、欧各国学者的著作三十七种，中国的少数民族学者所撰的著作十种，一书数种文字并列的有四种，还收有从别的文字译为汉文的著作多种。整理保存古籍之功甚巨，对后代古籍整理，如校勘、辑佚、目录学等方面的影响也极大。

中国有五千年的文明史，她的人口占全人类五分之一，中国文化是世界文化最重要的组成部分，而《四库全书》又是中国的一宗最大的文化遗产，因而它在世界文化史上，理所当然地占有着极重要的地位。

《法国百科全书》编者与《四库全书》编者的遭遇有同有异。乾隆几次下令四库全书馆详细审查违禁书籍，并分别焚毁、删削、纂改某些书籍，因为这些书籍不利于清朝的封建专制统治。乾隆皇帝有一次甚至还杀了藏匿《明史辑要》的罗山县知县查世柱。法国国王和教会也对狄德罗等人进行过疯狂迫害，禁止出版全书，烧毁第七卷，全书的大部分是处在地下状态、躲在秘密的地方编纂的。

《四库全书》自始至终都是在乾隆皇帝的支持下完成的官书，纪昀等一大批学者始终是皇帝忠顺的臣子，尽管也因编纂过程中的技术失误被罚款。而《法国百科全书》却是一部私家著作，不仅没有得到国王的支持，还时时设法躲避追捕。狄德罗自己悲愤地说过："我致力于这部著作将近三十年。我受过种种迫害，更不用说形形色色的诽谤了。人们诋毁我的名誉，侵犯我的财产和自由。我的手稿从一个保存处转移到另一个保存处，我们时而把它藏在这里，时而把它藏在那里。有人好多次试图从我这里把它盗走，我甚至曾经打算亡命国外。"尽管如此，狄德罗以其坚韧不拔的毅力、百折不回的精神，还是完成了这一西方文化的伟大工程，与纪昀等完成的东方文化工程双峰并峙，永垂史册。

中西方不同的文化背景培育出来的人是不同的。在纪昀身上，至少有两点是狄德罗所没有的：一是长期儒家的忠孝节义思想影响，使纪昀形成忠君爱国，孝敬父母长辈的伦理观。在纪昀的诗文中，随处可见这一点。他被流放新疆时，还写诗作文，歌颂天子圣明。而狄德罗在青少年时却多次与父亲闹翻，并曾到俄国去为女皇叶卡捷琳娜二世服务。二是受儒家的中庸和谐思想熏陶，使纪昀善于谐和周围的人际关系。他和共同编纂《四库全书》的学者，几乎都有着良好的合作共事关系。有不少人，如陆耳山、戴东原等，都是终身好朋友。陆耳山死后，纪昀特地写了一首长诗《题陆耳山副宪遗像》，倾注了他对陆的深厚情谊：

……

蓬莱三岛昔共到，开元四库曾同编。
两心别有胶漆契，多年皆似金石坚。
一旦东流惊逝水，至今南望悲荒阡。
丹青忽见形仿佛，存亡弥觉情缠绵。

……

题诗半夜昏灯绿，招魂何处霜枫丹。
老屋惊寒风瑟瑟，深冬酿雪云漫漫。
徘徊不寐坐长叹，伊谁解识余辛酸！

多么深厚的情谊！而狄德罗却与很多好朋友分道扬镳，甚至反目。如他与最亲密的朋友达兰贝尔也在中途就分手了。

然而，狄德罗是生活在资产阶级上升时期的启蒙主义思想家，他反对封建制度和封建教会的革命性、战斗性是纪昀不可企及的。他评价《百科全书》第八卷："我相信它将会引起一场思想革命，我希望暴君、压迫者、宗教狂不会讨到什么便宜。我们是为人类服务的，可是寒风凛冽的日子还会很长。"他的百科全书是动摇法国封建制度基础的思想武器，是掀起欧洲资产阶级革命的旗帜。列宁曾高度评价狄德罗等人的反宗教言论："十八世纪老无神论者所写的那些锋利的、生动的、有才华的理论，机智地、公开地打击了那时盛行的僧侣主义，那些政论在唤醒人们的宗教迷梦方面，往往要比充斥在我们出版物中的……文字更适合千百倍。"（《论战斗唯物主义的意义》，《列宁全集》第三十三卷）

狄德罗另一个特点，重视科技工艺，也是纪昀所没有的。这个制刀匠儿子，从小与手工业工人有着血肉联系，从小就从父亲的作坊里学到了热爱技术和尊重劳动。他和其他百科全书的编纂者曾向法国最熟练的工匠请教，到作坊去，把工匠的口述记录下来，甚至亲手去开动机器。结果编成了十一卷的说明图和版画，描绘了在浇铸玻璃的炉火旁、在火药工厂、在丝织厂、在许许多多作坊车间的劳动场面。书里的版画插图把细小的工具、线上的小结、绳子的折叠、工人手腕甚至指关节的弯曲都再现得精致入微。《百科全书》新创造了大量的更加准确的技术名词，丰富了法语词汇。这是出身于大家世族、依靠科举八股走上仕途的纪昀所不屑做的。因为中国向来划分阶层是士、农、工、商，工匠的地位是不被统治阶级重视的。早期的儒家经典就斥"科技工艺"为"奇技淫巧"。在《四库全书》中，科技工艺书籍的地位是不高的。

要想全面比较纪昀和狄德罗是不可能的。因为前者是中华古代文明、儒家思想熏陶下成长起来的恪守儒家道德伦理的中国士大夫，而狄德罗是资产阶级上升时期的法国启蒙运动主帅，为真理和正义而献出了整个生命的人。笔者强为比较，真比孔夫子大战拿破仑还可笑吧。

（五）晚年笔耕

夕阳无限好，只是近黄昏。

莫道桑榆晚，余霞尚满天。

前两句诗是晚唐李商隐所作。夕阳是多么绚丽多彩、多么美好啊！可惜黄昏就要降临、黑暗就要淹没金黄金黄的太阳了。比喻了一个功成名就的人晚年的淡淡的哀伤情绪。后两句诗是中唐刘禹锡的名句，太阳虽然就要下山了，但是它灿烂的光辉，依然辉映着天空，把周天烧得通红通红的。比喻了一个已到晚年的人的乐观奋发精神。

乾隆五十四年（1789年），纪昀已是六十六岁的老人了。"人生七十古来稀"，他正在向古稀之年靠近。前两年，他迁为礼部尚书，确实是功成名就了。但是，他还要追求，还要像即将缓缓西下的落日，还要把西天最后一次烧得红红的。这一年，他为校理编排秘籍，到滦阳出差。事情办完了，除了督促下属把书籍题签庋架，就无事可做了，于是他回忆过去的所见所闻，开始了《滦阳消夏录》六卷的创作。这六卷刚写出来，竟不胫而走，广为流传，书商纷纷盗印。纪昀于六十八岁时又撰《如是我闻》四卷，六十九岁撰《槐西杂志》四卷，七十岁撰《姑妄听之》四卷，七十五岁撰《滦阳消夏续录》六卷。嘉庆五年（1800年），纪昀门人盛时彦把这五书合刊印行，名为《阅微草堂笔记》。

晚年的纪昀精神大不如以前了，加上又先后任礼部尚书、左都御史、兵部尚书，繁忙的公务，官场的应酬，用去了纪昀绝大部分时间和精力，因而这部近四十万字的著作，都是纪昀像钉子一样，硬挤出时间来写的。他或用晚上、或凌晨、或假日，总之，他把一切业余时间都用在写作上了。他的学生盛时彦说：

河间先生典校秘书廿余年，学问文章，名满天下。而天性孤峭，不甚喜交游。退食之余，焚香扫地，杜门著述而已。年近七十，不复以词赋经心，惟时时追录旧闻，以消闲送老。（《姑妄听之》盛时彦跋）

晚年的纪昀就是这样，不喜欢空谈心性，标榜门户，也不喜欢才人放诞，诗社酒社，侈夸名士风流，只是一味沉浸在书籍和文学创作中。他自己也有一首诗记述晚年创作《阅微草堂笔记》的经过：

平生心力坐销磨，纸上烟云过眼多。
拟筑书仓今老矣，只应说鬼似东坡。

他还有一首题名为《阅微草堂》的诗，形象地说明自己整日沉浸在书海和创作中的情状：

读书如游山，触目皆可悦。
千岩与万壑，焉得穷曲折。
烟霞涤荡久，亦觉心胸阔。
所以闭柴荆，微言终日阅。

到临死前几年，纪昀还写了一首诗，总结了自己一生，特别是晚年辛勤笔耕的情况：

笔札匆匆总似忙，晦翁原自怪荆王。
老夫今已头如雪，恕我涂鸦亦未妨。
（《题砚箧》）

晚年的辛勤笔耕，结出了丰硕的果实。代表纪昀文学创作最高成就的《阅微草堂笔记》和很多优秀诗文；都是晚年创作的。如果不是纪昀爱好抽烟，本来他还可以留给我们更多一些的文学遗产的。

纪昀烟瘾奇大，那时的人普遍爱用水烟袋，而纪昀嫌水烟袋容量太小，携带不方便，所以他抽旱烟袋。他的旱烟袋锅是订制特大号的，一次可以装三四两烟丝。据说全京城找不到第二根。他日常除了吃饭、睡觉、写文章、见皇上，其他时间嘴上都含着这支大烟管，所以得了个“纪大烟袋”的外号。他从年轻时抽起，一直抽到老年，几十年的吞云吐雾，使他的肺部、支气管受到严重损害。加上纪昀有一个和当今现任美国总统布什一样的饮食习惯：只吃肉，不吃蔬菜。这就使纪昀肺腑里的内火更大了。晚年咳嗽多痰，常常被痰憋得喘不过气来。他八十岁那年冬天，受风寒卧病，咳嗽更厉害，痰更多了，肺部时时隐隐作痛。纪昀自忖可能要死了，就把六十九岁时自撰的挽联告诉儿子汝传，并嘱咐了后事。他的自挽联是：

浮沉宦海如鸥鸟，生死书丛似蠹鱼。

这时乾隆皇帝已死去几年了，嘉庆皇帝为表示对前朝老臣纪昀的关怀，特派御医到纪昀家诊治。医术高明的御医妙手回春，把八十高龄的纪昀从死神手里夺回。但后来的几年，纪昀仍被由抽烟引起的支气管、肺部疾病折磨着。在嘉庆十年（1805 年），八十三岁的纪昀去世。临终前，著名学者朱珪去看望他，纪昀拉着朱珪的手说：“我脑子很清楚，就是痰堵住喉咙，喘不过气来。”推测当是由于长期过量抽烟而引起的肺部和支气管疾病致死。如果纪昀不是长期过量抽烟，也许还会再活若干年的。

（六）爱国爱民的高尚情操

清王朝是继汉、唐、元之后，疆域辽阔、人口众多的多民族统一国家。在这个大一统国家里，各民族之间虽有矛盾、斗争，甚至战争，但是各民族都把自己看作是中华帝国的一员。这充分显示了中华民族的多元一体格局和中华民族的强大凝聚力。纪昀作为当时统治阶级的一员，热情讴歌了祖国的统一。

乾隆三十六年（1771 年），发生了一件大事——蒙古土尔扈特部从俄罗斯回归祖国。土尔扈特原是准噶尔卫拉特蒙古四部之一，原游牧于塔尔巴哈台附近。明末清初，因其汗阿玉奇与策妄不和，西迁俄罗斯额济勒河（今伏尔加河）下游。康熙皇帝曾令侍读图理琛等人去俄罗斯与土尔扈特部联络，但是俄罗斯故意使图理琛迷路绕道，以至于图理琛等人三年后才到土尔扈特部。土尔扈特部在俄罗斯近百年期间，被俄罗斯抽丁抓人，时时不得安宁，其首领渥巴锡的儿子也被俄罗斯强行带去做人质，受尽了侮辱与欺凌。土尔扈特部信仰黄教，与俄罗斯的东正教又不相同。所以，渥巴锡与全部落台吉密谋东归祖国。于乾隆三十五年（1770年）十一月启行，由额济勒历哈萨克，绕道巴勒喀什诺尔戈壁，于乾隆三十六年（1771年）六月末到达伊犁，共走了八个月，长驱一万多华里。动身时有十六万九千多人，一路上冻、饿、伤、病，到伊犁后仅存七万多人。乾隆皇帝令伊犁将军舒赫德等人拨出善地安置土尔扈特部，又拨出国库银子二十万两，令舒赫德、张家口都统常青、陕甘总督吴达善、西安巡抚文绶，分别置办马、牛、羊、茶叶、米、麦、羊裘、布、棉、毡庐等生活必需品供应土尔扈特部，可以说调动了一切能调动的力量来安置土尔扈特部。乾隆皇帝并且在承德避暑山庄接见和欢宴土尔扈特部首领，让他们随围观猎。他又特地亲撰诗文记载这件大事。这件事充分证明了祖国的巨大凝聚力和向心力。纪昀恭敬地写诗奉和乾隆皇帝，在诗里描绘了土尔扈特部向慕祖国的心情，讴歌了八荒万里一家的统一盛况和大清帝国的赫赫声威：

一点绯红射野叉，天弧西指道途赊。
闻风争以皮充篚，款塞非关马易茶。
来日惟知深慕德，到时宁拟更思家。
八荒万里皆吾闼，谁道昆仑月窟遐。
(《纪文达公遗集·诗集》卷一)

把这首诗试译如下：

弯弓搭箭，射向深山里的野叉，
大军西征，万水千山道路遐。
四境的部族，闻风争着以皮毛进贡，
归顺天朝，不仅仅是为的以马换茶。
土尔扈特部东归时只知仰慕皇帝的恩德，
回到祖国后更体会到以前为何如此思家！
八荒万里、万里八荒，
遥远的昆仑、月窟，都是大清的一统天下！

在中国古代，忠君、爱国、爱民常常是分不开的。纪昀也是这样。他生活在清朝统治比较稳定的时期，一生大部分时间在京城为官，与下层人民接触很少。但是从一些记载里，可以看出纪昀是关心、热爱人民的。

清代是饥荒频繁而严重的朝代，乾隆五十七年（1792年），京城附近的州、县又发生大灾荒。以往每年惯例，自十月一日至次年三月二十日，政府设粥厂救济灾民。由于这一年灾荒严重，很多百姓夏天即出外逃荒要饭。纪昀哀悯他们，奏请乾隆皇帝自六月中旬即开始煮粥施舍灾民，这样京郊附近的百姓就不至于离乡背井去逃荒了，来年春天也易于还乡耕种，不误农时。乾隆看到纪昀奏章，立刻同意了。（《清史稿》卷三百二十《纪昀传》）这种措施当然不能从根本上改变灾民的苦难生活，但是纪昀关心人民疾苦的行为是值得称道的。

有一次，纪昀因事去河间府，献县属河间府，所以这儿也是纪昀的故乡，他走到单家桥驿站时，看到驿站驿卒面黄饥瘦，很多天没有吃饱饭的样子，还要辛勤地为过往官员差人服务，动不动还被官员训斥打骂，心里充满了深切同情，就写了一首《单家桥道中赠驿卒》诗，表达了对驿卒的关心和爱护：

失足寻常事，疲癃不汝嗔。

忍饥今几日，我是故乡人。

前文说过，纪昀不像狄德罗重视科技工艺，那是横比。如果纵比，纪昀显然比他以前的中国士大夫重视农学和医学。他在《济众新编序》中写道：“余校录《四库全书》，子部凡分十四家：儒家第一，兵家第二，法家第三，所谓礼、乐、兵、刑，国之大柄也。农家、医家，旧史多退之于末简。余独以农家居四，而其五为医家。农者民命之所关；医虽一技，亦民命之所关。故升诸他艺术上也。”（《纪文达公遗集·文集》卷八）纪昀这种重视农学、医学的观点，比以前的旧史家显然要进步得多。而这种重视农学、医学观点的形成，又显然与纪昀关心下层人民的思想分不开。

纪昀在新疆的日子里，与很多普通百姓有过接触，写了不少诗记叙他们技艺的高超；劳作的辛勤和离乡背井的艰难情状：

戍屯处处聚流人，百艺争妍各自陈。

携得洋钟才似粟，也能捡点九层轮。

（《纪文达公遗集·诗集》卷十四）

温泉东畔火荧荧，扑面山风铁气腥。

只怪红炉三度炼，十分才剩一分零。

（同上）

万里携家出塞行，男婚女嫁总边城。

多年无复还乡梦，官府犹题万里名。

(同上)

第一首写流放之人修理钟表的高超技艺，第二首写炼铁工人的辛苦劳动情景，第三首写内地百姓在边陲安家落户，又时刻梦绕故土的思乡心情，都浸透着纪昀关心、同情普通百姓的一片深情。下面一首写新疆地区谷贱伤农，纪昀热爱、关心普通百姓的情感更是跃然纸上：

割尽黄云五月初，喧阗满市拥柴车。

谁知十斛新收麦，才换青蚨两贯余。

(《纪文达公遗集·诗集》卷十四。青蚨：古代把钱叫作青蚨。)

天下粮食价格之贱，没有超过乌鲁木齐的了。每一车装载以当地的市斛量是两石，每石相当于用京斛量的两石五斗，价格仅一两银子，一两银子只折合制钱七百文，所以装满一车麦卖不到三贯钱。而昌吉、特纳格尔等地市斛一石仅仅能卖七钱银子，还往往卖不出去。

(七) 诙谐幽默的性格，聪明过人的才智

纪昀自三十一岁中进士入朝为官五十余年，曾三迁御史，三入礼部，两次执掌兵符，加太子太保，管国子监事，位望高重，倍极荣崇。并且学富五车，主持编纂了我国最大的丛书《四库全书》，又完成了二百卷提要，创作了《阅微草堂笔记》。这些都是纪昀享有盛名的原因。他身前身后享有盛名还有一个重要原因：诙谐幽默的个性，聪明过人的才智。关于他的轶事趣闻，乾、嘉两朝就流传很广。他敏捷的思维，诙谐的话语，常能语惊四座。读了这一节，也许少年朋友们除了能欣赏纪昀的奇才机智、妙语连珠，还能对汉语文字所独有的美感和奥妙，加深认识和爱好。

相传明朝的开国皇帝朱元璋，有一次与众翰林学士以“金鸡报晓”为题，作诗贺鸡年。众学士恭请朱元璋先作，大家嘴上不说，心里在嘀咕；“这位放牛娃出身的天子能作诗？等着看笑话吧。”朱元璋高声吟道：“鸡叫一声撅一撅”，众学士心里不以为然起来。接着朱元璋又吟道：“鸡叫两声撅两撅”。大家嘴上不敢说，心里都叫道：“老天爷哪，这叫诗吗？”不料朱元璋顿了顿，高声吟道：“三声唤出扶桑日，扫败残星与晓月。”众学士方才真心诚悦地拍手叫绝。朱元璋这一手叫诗的逆挽法，“以一句之灵，能回一篇之运；一篇之朴，能养一句之神。”纪昀更是深谙此道。

有一次，一位姓王的翰林为母亲做寿，宾客云集，十分热闹。纪昀也前

去拜贺。宾客到齐后，王翰林以纪昀的名气大，请他先撰写祝词，当场称觞朗诵。纪昀也不谦虚，即席高声朗诵：

“这个婆娘不是人，”

大家一听，惊慌失措，心想：“有这样祝寿的吗？”寿星老太太欢笑的脸刷地挂上了一层寒霜。王翰林更是在心里责怪纪昀太失礼，空气顿时紧张起来。

正在这种非常紧张尴尬的节骨眼儿上，纪昀又高声吟出第二句：

“九天仙女下凡尘。”

众人立刻轰然一声，交口称颂纪昀。老太太脸上又回复了笑呵呵的面容，王翰林更是如释重负。就在大家闹哄哄地评价纪昀两句诗时，纪昀提高嗓门念出第三句：

“生个儿子去做贼，”

大家立刻哑然无声，王翰林又傻了眼，不晓得纪昀又在搞什么鬼名堂。全场目光都盯住纪昀。纪昀轻松地扫视全场一周，慢吞吞地念了最后一句：

“偷得蟠桃献母亲。”

全场爆发一片掌声，齐声赞好。

纪昀早年受过一次落第的打击，所以他后来任主考官，取舍特别慎重，往往把未中的试卷，再取来审阅一遍，以免有遗珠之憾。有一次，他发觉有一份试卷写得不错，可以入榜。仔细又看了全文，才发觉此人有个毛病，把“口”写成“厶”，例女“员”写成“食”，“尚”写成“尚”。他就把那个人叫来，好心地告诉他今后写字要规范，免得下一次再名落孙山。不料那个秀才不服气，顶撞纪昀：

“口、厶本是一样，何必吹毛求疵？”

纪昀大怒，在他试卷上写了几个字，扔给秀才，喝斥道：

“出去！”

秀才捡起试卷一看，上面是：

“私和句勾，吉去吕台，汝若再辩，革去秀才。”

是啊，汉字怎么能把“口”写成“厶”呢？那样一来“私”就是“和”，“句”就是“勾”了。秀才无话可说，悻悻而去。

据说二十世纪四十年代，冯玉祥将军在重庆卖字筹款，救济伤兵，求冯字的人很多。四川巴县一个横行乡里的大财主附庸风雅，也来求字。冯玉祥欣然写了“邑悬起敬”四个大字给他。财主高兴地拿回家，但是左看右看，不解其意，几经琢磨，方恍然大悟，是冯玉祥在骂他，这四个字掐头去尾，取其谐音，却是“巴县走狗”四字。财主又气又恼，却也毫无办法。

早在一百多年前，纪昀也用这种方法嘲弄过权倾一时的和珅。和珅是乾隆宠爱的重臣，他收受贿赂无数。一次大兴土木，营造府第，花园楼台，水榭亭阁，豪侈之极。府第快完工时，和珅请纪昀为他花园中的一个凉亭书一匾额，纪昀欣然应命，写了“竹苞”两个大字给他。这两个字出自《诗经·小雅·斯干》：“如竹苞矣，如松茂矣。”和珅高高兴兴地铸成金字，高悬亭上。

一日，府第落成，和珅大宴宾客，乾隆皇帝也驾幸观礼。和珅引导他们往各处参观，乾隆望见凉亭上的两个烫金大字，问是何人所书，和珅回答说是纪昀。乾隆仰天大笑，把和坤笑傻了，急忙跪下问道：“皇上笑为何事?”

乾隆皇帝指着“竹苞”两个大字说：“这是纪昀在骂你呢!”

和珅仍不明白，说：“奴才敢请圣上明示。”

乾隆皇帝解释说：“这两个字拆开看，岂不是‘个个草包’吗?”

众人哄堂大笑，和珅羞愧得无地自容。

对联文学，是汉语文字所独有的。世界上其他文字，似乎都没有汉语文字那样的奥妙和趣味。要把对联对好，不但要有扎实的关于对仗、平仄、音韵等文学基础知识，而且要才思敏捷，因为对联往往多是即席问对。往往能从一个人的对联作品中，看出他的教养、性格、抱负和志向。

传说晚清时，康有为推荐梁启超去两江总督张之洞处任职，这位洋务派首领张之洞学问渊博，也自傲得很，早年考了个探花，因为没有夺取头名状元，竟自惭得要上吊自杀。他很有些瞧不起梁启超这个普通青年的意思，又碍于名流康有为的推荐，不好意思不接纳，于是心生一计，出了个对联考梁启超：

四水江第一，四时夏第二。老夫居江夏，谁是第一？谁是第二？

梁启超略略思索，对了下联：

三教儒在前，三才人在后。小子本儒人，岂敢在前？岂敢在后？

对得巧妙绝伦，态度不卑不亢，一下子惊服了张之洞。

纪昀是对联文学中的高手，往往信手拈来，无不贴切自然，诙谐幽默，妙趣横生。

乾隆四十七年（1782年），清政府收缴了民间的许多兵器，仿效秦始皇故事，把兵器全部熔化、铸成秦桧夫妻的跪姿人像，放在杭州西湖的岳王庙前。铸成后，纪昀前去谒庙，发现秦桧夫妻脖子上有一面小牌，牌上各书一联。

秦桧颈上一联是：

咳！仆本丧心，有贤妻何至若是？

其妻颈上一联是：

啐！妇虽长舌，非老贼不到今朝！

纪昀看了大笑，挥毫题了一联：

报国精忠、三字狱冤千古白；仰天长笑，一曲词唱《满江红》。

贴切工整，气势豪迈，表达了纪昀对岳飞无限崇敬的心情。

乾隆皇帝不仅武功高强，也是一个喜爱舞文弄墨的人，民间有“天下有字皆乾隆”的评语。有一次，他和群臣闲谈，提及《论语》中的“色难”一词最难属对，纪昀应声答道：“容易。”

“那么你试对一下。”乾隆帝说。

“臣已对过了。”

“容易……”乾隆品味着，果然是绝妙佳对。

有一次，纪昀奉陪乾隆去登泰山，到岱庙祭祀。当时庙前正在上演梆子戏《西厢记》，乾隆来了兴趣，出了个上联让纪昀对：

东岳庙，演西厢，南腔北调

纪昀稍加思索，即对云：

春和坊，卖夏布，秋收冬藏

以春、夏、秋、冬四季对东、西、南、北四方，颇为贴切。乾隆不由得连连点头，称赞不已。

当时北京城中，有一个西洋人，侨居中国多年，对汉学深有研究，他听说纪昀才智过人，就来登门挑战，出了一联请纪昀属对：

三鸟害人鸦、雀、鸨

句中鸦指鸦片烟，雀指雀牌，鸨指鸨母。实际上是暗讽中国人沉湎于嫖、赌、鸦片烟。

纪昀立即对以下联：

四物除尔麟、凤、龙

中国古代合称麒麟、凤凰、龙、龟为四物，此联意在骂那个洋人是乌龟，回击了那个洋人的挑衅。当然，鸦、雀、鸨那时对中国人的毒害确实太深了。特别是鸦片，吸食的人越来越多，直到十九世纪中叶，才掀起了以林则徐为首的轰轰烈烈的禁烟运动，开始了与西洋列强的实际斗争。

不过，即使是天才，也有被难倒的时候。有一次，纪昀前往福建督学，乘船顺江东下。纪昀站在船头，眺望大江两岸的景色，后面有一艘大船，船头站着一位挂剑的武将，大船鼓足风帆，一会儿即超越纪昀的船。那位魁伟的武将回头望望落后的船，一脸嘲弄与傲气的神色。

纪昀被激怒了，叫船夫拼命划桨追赶，却始终赶不上前面的大船。

突然，那个武将盯住纪昀看了一会儿，叫船佚放慢速度，待两船并行时，他写了一张纸条团起来扔给纪昀，纪昀打开一看，上面写道：

“看足下衣着，定是文士，在下是一介武夫，现有一联，足下如能对出，敝人当让足下先行，如对不出来，只好屈尊随后了。”接着是他的上联：

两舟并行，橹速（鲁肃）不如帆快（樊哙）。

下署“武佚候教”四字。

纪昀一看傻了眼，此联既是语意双关，又是谐音与两位古人的姓名相同，两人姓名一文一武，又暗含讥笑文不如武之意。纪昀搜索枯肠，反复咀嚼着上联，四望江天，愁眉百结，一时对不出妥当的下联。那个武夫哈哈一笑，令船佚鼓满风帆而去。

他的笑声，一直刺痛着纪昀的心魂。小河沟里翻大船，名满天下的一代奇才，栽在一个没有名气的武夫手里，纪昀真有说不出来的滋味。

他几乎坐立卧睡都在想着这个下联，一直到福建主持考试的奏乐声响起时，才来了灵感，大叫：

下联有了：八音齐奏，笛清（狄青）怎比箫和（萧何）。

既音谐两位古人姓名，又是文武各一，且寓武不如文之意，可谓天衣无缝的巧对。不过，这已是很多天以后了。可见，天下是没有什么常胜将军的。

纪昀的急智奇才，常令乾隆折服。乾隆也爱和纪昀开玩笑。有一年大旱，草木枯黄，百姓急盼甘霖。乾隆决定亲自去天坛祈雨。庄严的礼乐响起来了，乾隆从袖中抽出一个纸卷，令纪昀宣读，这应该是通常的祷文，百官都静静地虔诚地恭听着。纪昀急忙接过纸卷，打开一看，是一张白纸，大吃一惊，浑身冒出了冷汗，真有点热锅上蚂蚁的滋味。他抬头看看乾隆，乾隆却佯装不睬，纪昀明白这个老头儿又在和自己开玩笑了。他高度集中思想，开动大脑像高速电子计算机，立刻集成古代经典中的句子宣读：

帝曰：“咨尔龙，岁大旱，用汝行甘雨，汝其往，钦哉！”

纪昀又顺利地通过了乾隆开他玩笑的难关。

纪昀也爱开玩笑，有一次开到狐仙头上了。乾隆三十二年（1767年）春天，纪昀把家眷从献县老家接到京师，借住在钱香树的空宅中。这个空宅常常闹鬼。仆人告诉纪昀二楼是堆放杂物的，上面有狐仙，人们也不轻易上去。纪昀灵机一动：“钱香树是书香世家，他家的狐大概也沾有书香气吧。何不戏它一戏。”于是他就写了一首诗，叫仆人拿到二楼上粘贴起来，诗是这样的：

草草移家偶遇君，一楼上下且平分。

耽诗自是书生癖，彻夜吟哦莫厌闻。

从此，居然风平浪静，钱宅没有再闹鬼。有一天，纪家丫鬟上楼开锁取物，急呼怪事，纪昀上楼一看，楼板积尘上面，画满荷花，亭亭玉立，生动鲜明。纪昀认为准是狐仙画的，于是就在二楼的桌子上放上纸笔，又写了一首诗，仍叫人粘贴在二楼墙壁上：

仙人果是好楼居，文采风流我不如。

新得吴笺三十幅，可能一一画芙蕖？

过了几天上楼一看，三十幅吴笺仍是白纸。纪昀把这件雅事告诉老朋友裘文达公，裘笑着说：“钱香树家的狐仙本来就该有作画写诗的雅兴嘛。”（《阅微草堂笔记》卷三）其实，荷花肯定是纪昀家的丫鬟或仆人所画，哪里有什么狐仙！

纪昀不仅对对联、开玩笑时思维敏捷，才智过人。碰到实际问题也能开动脑筋，找出解决的办法。江南民间广泛流传着纪昀巧捉杀人凶手望月鳝的故事：

镇江城南赵家庄，有一农户赵田，为人憨厚耿直，妻子李氏，勤劳贤淑。夫妇男耕女织，生活美满幸福。有一天，赵田耕地，犁出一条三尺多长黄鳝，李氏精心烹成佳肴，送给丈夫吃，不料赵田吃完，突然肚痛难忍，七窍出血，倒地身亡。

赵田族人告到官府，仵作验尸确实中毒而死。于是官府把李氏拿下，屈打成招，以谋害亲夫罪名，定李氏秋后问斩。

纪昀恰巧此时在镇江逗留，他详审案情，又令仵作剖尸，觉得一不知用何毒药，二查李氏并无奸夫，可见此案必有隐情。于是派人明查暗访，半月后仍无结果。这一天，他闷闷不乐回到府上，偶然翻看一本民间医书，见到一段记载，说江南乡下，有一种望月鳝，平时蛰伏田间，每至仲秋月圆，便抬头望月，直至月落。此鳝虽少，万条中不过一二，但却奇毒无比。纪昀茅塞顿开。

第二天，纪昀命家人出告示向乡民高价收购鳝鱼，不几天购得黄鳝万条，放一大缸内，置庭院中。月圆之夜，果见一鳝竖头望月，直至月落。捉它时，它却钻入鳝堆。纪昀于是叫家人抬来几口大缸，分鳝于缸，再于有月之夜，看它在哪个缸中，再分之。如此数次，即将“望月鳝”捉住。纪昀这是用的数学上的“优选法”。

不久，纪昀公开复审，宣判李氏无罪，就把“望月鳝”的事说了一下。众人不信，因为乡人常食鳝鱼，从未中毒。纪昀于是把家中的“望月鳝”捉来，当众宰杀喂一条大狗，狗食罢七窍出血，倒地而毙，众人方才信服。

从此，江南人食鳝尤慎，纪昀智断奇案也在江南广泛流传。

纪昀善于依具体情况思考，从而解决实际问题。而对尽信书本，泥古不化的人大加嘲笑。他在《阅微草堂笔记》卷三记了一个叫刘羽冲的人，好讲古制，偶得古兵书，读得烂熟，自谓可将兵十万。后自练乡兵与土寇战，全军败亡，刘差点被擒。后又得古水利书，伏读经年，自谓可使千里成沃壤，在一个村庄一试验，却洪水泛滥，人几为鱼。纪昀借用别人的话批评这位书呆子：

满腹皆书能害事，腹中竟无一卷书，亦能害事。国弈不废旧谱，而不执旧谱。国医不泥古方，而不离古方，故曰神而明之，存乎其人。又曰能与人规矩，不能使人巧。

这些话出自一位读书万卷的大学者之口，真是持平之论。

（八）纪昀的鬼神观

当一个肥皂泡辉映在明媚的阳光下时，会呈现出赤、橙、黄、绿、青、蓝、紫等各种各样色彩。伟大与渺小、卑鄙与崇高、天才与平庸、阴险与忠厚、机智与愚钝，各种矛盾现象常常会集中在同一个人身上。人的观念，也是这样，决不会是单一的。纪昀对鬼神的看法，就是矛盾而复杂的。有时他对鬼神是怀疑的，他的文集、诗集里，几乎没有提到鬼神之事。他在《四库全书总目提要》里，虽然收入了一些相宅相墓、占卜、相书、命书、阴阳五行类著作，但也基本上以儒家的重人事理论来解释：“推天道以明人事者也。”（《四库提要》卷一）纪昀认为“作易本以垂教，而流为趋避祸福；占天本以授时，而流为测验灾祥。皆末流迁变，失其本初。”（《四库提要》卷一百零八）就是说，这些书最早是用来验证人事得失的。即使在以记叙鬼神为主的《阅微草堂笔记》里，纪昀也常常怀疑鬼神的存在：

死了的人，魂就隶属于阴间户籍。然而地球面积九万里，直径三万里，国家数不胜数，人口是中国人口的百倍，鬼也应当是中国的百倍。为何在阴间游历的人，所见到的都是中国的鬼，没有一个是外国的鬼呢？难道是每个国家、每个地区都各有自己的阎罗王吗？（《阅微》卷七）

道家言祈祷消灾，佛家言忏悔消灾，儒家言修德以胜妖。佛、道二家治其末，儒家治其本也。我的族祖父雷阳公养有几头羊，有一天一只羊忽然像人一样站立跳舞，大家都认为不是祥兆，准备杀掉它。雷阳公说："……灾祸如果已经铸成了，杀羊有什么益处？如果灾祸没有铸成，而鬼神以此来警告我，那么修德而已，岂在于杀羊呢？"从此他一言一行，如对圣贤。后来于顺治二年他被选为拔贡，顺治五年中副榜，官至通判，始终没有一丁点儿灾祸。（《阅微》卷十一）

堂兄纪晓东说："我雍正五年参加会试归来，见到一个讨饭的妇女，嘴长在脖颈的后面，吃喝像普通人一样。她大概是人妖吧？"我说："这是偶然感应了异气，不是妖怪。有的人脚上大拇趾与二拇趾相连，有的人有六个手指，也跟众人不同，能说他们是妖怪吗？我看见过有两头猪共一个头的，有牛背上长一只脚的。又曾在闻家庙庙会上看见一个人，右手掌像簸箕一样大，手指头像木棍一样粗，而左手则跟平常人一样。他每天用右手拿笔画画写字卖。假如谈谶纬的人看见这些人、畜，必定说这是猪祸、牛祸、人妖，将会预兆某种灾祸。或者说这是某事的报应。但是我所见到的几种异常情况，始终没有丝毫的灾祸验证。所以我对汉儒之学，最不相信《春秋繁露》、《洪范五行传》；对宋儒之学，最不相信《河图洛书》、《皇极经世》等谈妖异神怪的书、图。"（《阅微》卷十一）

道士庞斗枢，是雄县人。曾经在献县高鸿胪家作客。先父姚安公幼年时，见到过庞斗枢拿棋子放在桌子上，中间的棋子横斜曲折，不易辨明其排列奥妙，外面布成八个门，井然可数。投放一只小老鼠，如从生门进去，它就会寻找空隙，摸索出来；如从死门进去，那么它盘旋终日，也出不来。由此可以相信，鱼腹阵图，一定不是虚语。然而，庞斗枢说这不过是玩笑罢了。至于国家的兴亡，系于天命；兵之胜败，在于人谋。一切术数，皆无所用。从古至今，难道有用壬遁星禽之术成就大事的吗？（《阅微》卷九）

在《阅微草堂笔记》卷十九里，记赵鹿泉说了这样一件事：吕城的颜良祠，周围十五里不能建关羽祠，如果建，就会发生灾祸。有一个县令不相信，有一天，他故意叫唱戏的在颜良祠上演《三国志》杂剧。演出当中，忽然狂风大起，刮倒芦棚戏台，压死唱戏的人。方圆十五里内，瘟疫大流行，人、畜死亡很多。那个县令也差点病死。纪昀不相信这种说法，他认为颜良被关羽杀掉已有一千多年了，一直没有灵异回响，为何这时忽然来报怨？这大概是庙祝巫师，制造神异，来荧惑民众的。

在这些记载里，很显然，儒家的重人事、敬鬼神而远之，子不语怪力乱神的理论主宰着纪昀。有一次，纪昀与董曲江谈起对身后物的态度，也明显能看出纪昀不相信鬼魂存在，有形灭神也灭的观点。

我曾经和董曲江说："大地山河，佛氏尚以为泡影，区区细物何足道哉？我百年后，倘若图书器玩散落人间，让赏鉴家指点摩挲说：'这是纪晓岚的故物。'这也是佳话，还有什么可遗憾的呢？"董曲江说："你老兄说这种话，名心尚在。我却认为现在为了消闲遣日，不能不借这些东西自我娱乐。到我人已经不在了，要身外的东西又有何用？任凭它们喂虫喂鼠，埋在泥沙里吧。所以我的书没有印记，砚台没有铭文记号。正像鲜花明月，胜水名山，偶然与我相逢，便为我有。等到云烟过眼，就不再问它是谁家的东西了。为何写字题名，为后人考虑呢？"他的见解尤其洒脱。（《阅微》卷七）

以上是说纪昀主观上不相信、怀疑鬼神的存在。他有些描写鬼神之事的故事，客观上也起了这种作用。

纪昀的同事陈耕岩，在翰林院做官时，常被鬼魅所扰。陈耕岩避而迁居，鬼魅也跟着前往，经常投掷小纸条揭露陈的隐私。这些隐私都是外人不知道的。陈耕岩日益恐惧，经常虔诚地祭祀。有一天"鬼魅"又投下一张纸条，上面写着："你对待你的侄儿太薄情了，如果不多给资助，灾祸就要降临。"大家怀疑这事是耕岩侄子干的，就偷偷地侦察监视他侄儿。有一天夜里听见"鬼魅"敲击损坏器物的声音，众人突然围过来，抓住一看，果然是耕岩侄子。耕岩天性长厚，对侄子说："你需要钱用尽管告诉我，何必装神弄鬼呢？"笑着打发他去睡觉，从此就安宁了。（《阅微》卷九）

京城宣武门子城内，有五个大土堆，当地人说是五个火神墓。传说五个火神前世是明初的火仁、火义、火礼、火智、火信五个人，他们为明成祖制造飞炮，大破元兵。后来明成祖担心五人制造飞炮的技艺太精，倘为别人所用，后患无穷，就杀了他们。再后来，明成祖转世为崇祯皇帝，五人转世为李自成、张献忠等农民首领来报仇的。纪昀不相信这种说法，有一次问一个姓董的军校，这五个大土堆是怎么回事，军校告诉他，是测量水平的标志。与五个火神没有关系。（《阅微》卷二十二）

《阅微草堂笔记》中还有不少条目，或记载扶乩者自称蔡邕、邱处机，结果露馅了；或记叙道士装鬼骗钱被揭穿；或记叙盗贼装鬼去盗窃遇上另一个装鬼的盗贼；或记叙不怕鬼的人夜夜捉鬼，始终未遇等等，都从客观上说明了纪昀不相信、怀疑鬼神的存在。

然而，纪昀生活的时代，科技水平较低，远远不能解释世界上纷繁复杂的现象，他交游的圈子里的人大多笃信鬼神，他曾耳闻目睹了种种巧合应验事件和自己亲人、朋友的奇异梦境，加之他与欧洲当时的唯物主义科学家、思想家、哲学家没有丝毫接触……种种因素使他又有相信鬼神存在的一面。

纪昀的父亲、母亲、祖母、堂兄、舅舅、女儿、儿子、同事、门人、仆人几乎都相信鬼神。他父亲说过这样一个凶煞故事：纪昀的一位表伯，有一天早上开门，看见一只兔子缓缓进了家门，一点都不怕人，径直走到内室床上睡起觉来。他表伯就把兔子抓住宰吃了。后来几年当中，他表伯家里的人死绝了，房子也拆为平地。大家认为兔子是衰气引来的凶煞。（《阅微》卷七）

纪昀又记一个叫李又聃的人说：雍正末年，有一天夜里，东光城内忽然家家狗叫，声若潮涌。家家都惊慌地出来观看，月光下看见一个人披头散发，穿着孝衣，手拿一个大布袋，口袋里装着许多鹅鸭，呱呱地叫着。这个人站在屋脊上，从这家房上跳到另一家房上，每家都扔给两三只鹅鸭。第二天，有的人家就把鹅鸭宰了吃，味道与平常的鹅鸭相同。后来，凡是得到鹅鸭的人家，都有人死掉。大家才知道那天分送鹅鸭的人是一个凶煞。（《阅微》卷八）

纪昀比较相信宅有吉凶的说法。他从新疆回京时，租了珠巢街路东一宅居住，此宅与龙承祖宅相邻。这两个宅常常闹鬼，住了不久，纪昀、龙承祖两家相继搬迁。后来再搬进这两个宅的人家，都不吉利。其中有一个叫白环九的司寇，在龙氏宅无疾暴卒。（《阅微》卷九）

纪昀也相信祖宗葬地的风水好坏能决定家族的兴衰。在纪昀故乡景城的北面，有一片山岗，风水先生说这山岗是纪家祖茔的龙脉。这个地方原来属于一户姓姜的大财主。明朝末年，姜氏妒忌纪家兴盛，就在这块龙脉上建了一个真武祠，以诅咒来制胜纪家，纪家跟着就衰落了。后来，真武祠渐渐毁坏，纪氏家族就渐渐振兴。祠毁尽之后纪氏家族才重新兴盛。（《阅微》卷十二）

纪昀还记过这样的怪事：翰林院不能开启中门，开中门对主管翰林院的官员不利。乾隆三十八年（1773年），因为开四库全书馆，有一个郡工来院视

察，就开启一次中门迎接，结果死掉两位主管官员。（《阅微》卷二十）

这些记载，什么凶煞、凶宅、不能开中门的禁忌等等，显然都是不实传说，或为巧合事件，而为纪昀所相信。

拆字的江湖术士有时猜对了，也能糊弄人相信鬼神。有这样一个笑话：四个秀才去考举人，考完后还没有发榜，四个人就去找算命先生算一下能否中举。算命先生也不答复他们，只伸出一个手指，告诉他们发榜后你们就明白了。不久，结果出来了，只有一名秀才中举。众人佩服得五体投地。有一个好事者悄悄请教算命先生为什么算得这样准。

“很简单，”算命先生自鸣得意地说：“如果两人中举，一个手指就是说一半中举；三人中举，一个手指就是说一个没有中举；如果四人全部中举，一个手指就是说一个也没有名落孙山；如果全部落榜，一个手指就是说一个也没有中举。”

这种算命拆字的鬼把戏古今都有一定的市场。

据说北洋军阀时期，天津有一个拆字的就把直系军阀头目吴佩孚骗得屡屡上当。乾隆三十三年（1768 年），纪昀因给姻家卢见曾通风报信，遭乾隆皇帝软禁，每天由一个姓董的军官看守。姓董的自称会拆字，纪昀就写了一个“董”字让他拆。董说：“你要远戍千里万里了。”纪昀又写一个“名”字，董说：“下为口字，上为外字偏旁，是口外了。日在西为夕，大概是西域吧。”纪昀又问：“将来能回来吗?”董说：“字形像君，也像召，必定会恩赐回京的。”纪昀又问：“哪一年能回来?”董答：“口为四字之外围，而中缺两笔，大概不足四年吧。今年是戊子年，至四年为辛卯，夕字卯之偏旁，也是相合的。”后来纪昀果然充军乌鲁木齐，又在辛卯年六月还京。（《阅微》卷七）这不过是姓董的军官根据清代大多把犯罪的官员充军新疆而作的猜测，偶然相合罢了。纪昀把这看成是“精神所动，鬼神通之；气机所萌，形象兆之”。

还有一件兆验怪事，纪昀在其《诗集》和《阅微草堂笔记》里都作了记述。乾隆二十四年（1759 年）六月，纪昀的老师董文恪公请纪昀吃饭，半醉中董挥毫泼墨，给纪昀画了一幅《秋林觅句图》。十年后，纪昀充军乌鲁木齐，公务之余，去乌市西郊散步，走到秀野亭，不觉大吃一惊，这儿的林木溪流、草树莺花、亭阁石墩，宛然与十年前董文恪师所画的相同。纪昀感慨他充军西域，十年前就有先兆了。散步回来，他把老师的画再翻出来细细欣赏，不觉感慨万端，题诗一首：

霜叶微黄石骨青，孤吟自怪太零丁。

谁知早作西行谶，老木寒云秀野亭。

(《纪文达公遗集·诗集》卷十)

纪昀还记了一件事——他的三女儿知道自己何时死：

我的三女儿，许婚戈仙舟太仆的儿子。他在乾隆五十五年（1790年）夏至那一天病亡，年仅十岁。夏至前一天，她已病危，当时我因为公务在地坛方泽。女儿忽然自言自语："今天初八，我当在明天辰刻死去，还来得及见到我父亲。"别人问她何以知之，她闭目不言。我初九那天赶回家，果然来得及见到她。她死时墙壁上挂的西洋钟恰巧铮然响了八下。这也是非常奇异的。(《阅微》卷五)

这两件事不仅纪昀感到奇异，就是今天，也值得人们去探究，是巧合，还是其他人类至今还没有认识的原因呢？不必匆忙用鬼神迷信的结论去定性。

总之，纪昀关于鬼神的观念是互相矛盾的，怀疑、不相信与相信、深信不疑常常交织在一起。当然，今天科技的发展早已证明了鬼神的虚无，读者朋友一定都比纪昀站得更高的。

（九）纪昀的文学成就

纪昀一生的创作和学术活动大致可以分为五个阶段：三十岁以前，作了一些词赋和古文，学术上搞考证学研究。三十至五十岁，常彻夜构思，创作了大量的诗、赋、古文。五十岁以后，领修《四库全书》，撰写提要，主要搞文学批评和考证学。六十六岁以后，撰写笔记小说《阅微草堂笔记》。他的文学成就，又主要分为两方面：文学批评和文学创作。文学批评成就主要反映在他撰写的《四库全书》集部提要、《玉溪生诗说》和他点评的《文心雕龙》《李商隐诗集》《苏轼诗集》等别集里，以及他所写的序、跋里。文学创作成就主要反映在他的文集十六卷、诗集十六卷和《阅微草堂笔记》里。下面首先来看一下他的文学创作成就。

纪昀幼年的同学陆青来曾说："晓岚易喜、易怒，其浅处在此，其真处亦在此。"他的这种易喜、易怒的真情充分反映在他的创作里。在《祭四叔母文》里，纪昀满怀深挚的爱，记叙他和叔母的深厚情感：

先太夫人娣姒三人，先太夫人谢世，三叔母高太宜人暨叔母皆康强。昀既失怙，视两叔母如母。两叔母之视昀亦犹子。三叔母先逝，惟叔母存。昀视叔母益亲，叔母之视昀亦益亲……叔母积病之余，犹手制履袜佩囊之属以寄昀，昀捧之感且愧。

纡纡曲曲，如泣如诉，与韩愈的《祭十二郎文》一样感人至深。

在《与朝鲜洪耳溪书》一文里，纪昀对异国朋友的真情亦跃然纸上：

……先生亦许以赏音，是我二人彼此以知己相许也。夫人不相知，日接膝而邈若山河；苟其相知，则千万载如旦夕，千万里如清风朗月。傥一相知，但展卷微哦即可作故人对语矣。前两接手书，俱已装潢成轴，付小孙树馨收贮。兹拜读华藻，亦并付珍弆。此孙尚能读书，俾知两老人如是之神交，亦将来佳话也。

纪昀就身边各种小文具所写的小铭文无意求工，而机趣环生，体现了挥洒如意的大家手笔。前已论及，这里再举几例：

龙无定形，云无定态。形态万变，云龙不改。文无定法，是即法在。无骋尔才，横流沧海。（《云龙砚铭》）

虫之蛀叶，非方非圆。古之至文，自然而然。（《破叶砚铭》）

帚有秃时，尘无尽期。然一日在手，则一日当拂之。（《撢帚铭》）

纤齿棱棱，犀利自矜。然盘根错节，非汝所胜。当知有能有不能。（《小锯铭》）

这些短小的铭文，有的蕴含深邃的哲理，有的表达了纪昀的文学观点，音韵流美，意境高远，可以引发读者的想象，耐人咀嚼，回味无穷。

纪昀的有些四六文也写得相当精彩：

生生世界，转若飙轮。种种因缘，幻如泡影。莺飞草长，人间多早谢之花；桂老蟾寒，天上无长圆之月。伤心黄土，几玉碎而珠沉；埋骨青山，终金销而石泐。去来一瞬，瞿昙借譬于芭蕉；梦觉两忘，庄叟委心于蝴蝶。良有以也，岂不然乎？（《绛公别志序》）

用典不多，形式上是骈体，而又具北宋古文平易通畅的特色。

纪昀捕捉形象的本领也很突出。他是这样描写明月从海上冉冉升起的：

每至日轮相望，始成光采之团圞。而当海峤初生，倍觉精芒之艳发。水天澄碧，浴沆洞而回翔；风露高寒，凌混茫而超忽。浮三千之弱水，正临方丈瀛洲；映十二之层城，尽似琼楼玉阙。（《海上生明月赋》）

纪昀还有很多散文，或平易流畅，或情感真挚，或气势雄浑，或见解深刻，都各具一定特色。

与文集一样，纪昀的诗集也是十六卷。其中以卷九至卷十四共六卷诗文学价值最高。阮元评纪昀诗："直而不伉，婉而不佻，抒写性灵，酝酿深厚，未尝规模前人，罔不与古相合，盖公鉴于文家得失者深矣。”（阮元《纪文达公遗集》序）指出了纪昀诗的主要风格特色，抒写性灵，不规摹前人，又得古人神韵。

雄心老去渐颓唐，醉卧将军古战场。
半夜醒来吹铁笛，满天明月满林霜。
（《纪文达公遗集·诗集》卷十《书赠毛副戎》）
枯砚无嫌似铁顽，相随曾出玉门关。
龙沙万里交游少，只尔多情共往还。
（同上，《辛卯六月自乌鲁木齐归囊留一砚题二十八字识之》）

这些诗里有唐代岑参、高适、李颀、王翰等人边塞诗的那种雄浑悲壮，也有淡淡愁绪。再看下面两首悲秋诗，又与杜甫的一些“沉郁顿挫”风格的诗篇相同：

摇落西风木叶黄，嗷嗷鸿雁忆衡阳。
身微未敢冲霜雪，飞急何关趁稻粱。
回首云天犹怅望，无端踪迹似炎凉。
潇湘岸上逢归燕，亦别卢家玳瑁梁。
（《纪文达公遗集·诗集》卷九，《雁》）
一湾银浦淡云流，长笛萧条赵倚楼。
往日情怀全似梦，频年漂泊始知愁。
风寒大泽鱼龙夜，霜卷长天雕鹗秋。
惆怅归来红叶渡，不堪重棹木兰舟。
（同上，《和蒙泉秋感》）

纪昀曾形象地用祖国各地山水的不同，来比喻诗人的风格：“燕赵秦陇之山水，浑厚雄深；吴越之山水清柔秀削；巴蜀之山水峭拔险巇；湖湘之山水幽深明静；闽粤之山水嵌崎缭曲；滇黔之山水莽苍郁律。千态万状，无一相同，而其为名胜则一也。”然后他又罗列了自汉至唐的诗人风格：或天成、或闳博、或妙远、或高逸、或工丽、或高深、或淡静、或悲壮、或婉秀、或朴实、或绮缛，“千变万化，不名一体，而其抒写性情则一也。”（《纪文达公遗集·文集》卷九《清艳堂诗序》）

就是说，诗人风格可以多种多样，但是抒发真实感情却相同。反过来，只要抒发自己的真实感情，不管朴实也好，恬淡也好，悲壮也好，婉秀也好，都是具有独特风格的好诗章。他理论上这样主张，创作实践上也是这样做的——注意抒发自己的真情，文如此，诗也如此。他有一首《偶怀故友戴东原，成二绝句，录示王怀祖给事，给事，东原高足也》，抒发了自己对终身好友戴震的深挚情感：

披肝露胆两无疑，情话分明忆旧时。

宦海浮沉头欲白，更无人似此公痴。

(《纪文达公遗集·诗集》卷十一)

有些送别诗，纪昀也写得情真意切，感人肺腑：

离怀愁思晚骚骚，千里寒云一望高。

风雪满天摇落尽，更无木叶下亭皋。

(《纪文达公遗集·诗集》卷九《送惠仲晦太史归西安三首》之二)

即使一个毫不相识的人，他在诗中也倾注了深情：

朝衫仍换旧渔蓑，鸿雁西风下潞河。

水国蒹葭人自往，寒江鸥鹭意如何。

一帆秋色归舟稳，千里孤云远梦多。

惆怅相知未相识，离歌三叠托微波。

(《纪文达公遗集·诗集》卷九《送葛闻桥员外归江宁》)

这首诗的情感之真挚，可与李白的一些送别怀人诗相媲美。特别是最后一句，“离歌三叠托微波”，很容易使人联想起太白的“桃花潭水深千尺，不及汪伦送我情”。“请君试问东流水，别意与之谁短长”名句。

纪昀认为生活决定创作：

“盖志者，性情之所之，亦即人品学问之所见。高贵之场不能为幽冷之句，躁竞之士不能为恬淡之词。强而为之必不工，即工亦终有毫厘差。”(《纪文达公遗集·文集》卷九《郭茗山诗集序》)

纪昀一生在朝为官，宦途比较顺利，仅仅在乾隆三十三年（1768年）被遣戍新疆。这一段艰难日子对他的诗歌创作影响很大，他共写有乌鲁木齐杂诗一百六十首，编为一卷。这些诗不仅具有丰富的史料价值，而且诗的文学价值也很高。钱大昕跋云：“读之声调流美，出入三唐，而叙次风土人物，历历可见。无郁轖愁苦之音，而有春容浑脱之趣。”（《纪文达公遗集·诗集》卷十四钱大昕跋）

万家烟火暖云蒸，销尽天山太古冰。

腊雪清晨题牍背，红丝砚水不曾凝。

犊车轫轫满长街，火树银花对对排。

无数红裙乱招手，游人拾得凤凰鞋。

前诗写乌鲁木齐寒冬腊月景致，后诗写元夕张灯，四方的妇女都来乌市观灯，终夜喧阗的热闹场面。都是一般题材，而写得音韵优美，浑然一体。

有些题画诗，纪昀写得情趣盎然，耐人玩味不尽。如《有以八仙图求题者，韩何对弈，五仙旁观，而李沉睡焉，为赋二诗》之二：

局中局外两沉吟，犹是人间胜负心。

那似顽仙痴不省，春风蝴蝶睡乡深。

（《纪文达公遗集·诗集》卷十）

虽未见画，却能想象出铁拐李痴得可爱的情状。

纪昀的与皇帝奉和诗，总的说价值不如上述六卷诗，但有的歌颂了祖国的壮美山川，如《恭和御制霜元韵》；有的歌颂了祖国的多民族统一和少数民族向往祖国的事迹，如《恭和御制宴土尔扈特使臣元韵》等，都有一定的思想意义和艺术价值。

卷数	内容	篇数
卷一	赋	
卷二	赋	共 24
卷三	雅、颂	4
卷四	折子	
卷五	折子	共 41
卷六	表、露布、诏、疏	6
卷七	论、记	6
卷八	序	
卷九	序	共 64
卷十	跋	13
卷十一	书后	24
卷十二	策问、书	10
卷十三	铭	137
卷十四	碑记、墓表、行状、逸事	8
卷十五	传	10
卷十六	墓志铭、祭文	27
卷一	恭和圣制	35
卷二	恭和圣制	32

续表

卷数	内容	篇数
卷三	恭和圣制	58
卷四	恭和圣制	68
卷五	内子春帖子、二巡江浙恭记	30
卷六	西域入朝，大阅礼成恭记	30
卷七	三巡江浙恭记，御试土尔扈特部归顺诗等	25
卷八	千叟宴等	34
卷九	题诗、赠别、交游、怀古、抒情等	57
卷十	同上	151
卷十一	同上	36
卷十二	同上	65
卷十三	同上	68
卷十四	乌鲁木齐杂诗	160
卷十五	馆课存稿	72
卷十六	馆课存稿	95

《纪文达公遗集·文集》卷数、篇数、内容统计表

纪昀文学批评的成就也很高。他对前人文学作品的评价往往比较公允，态度比较客观。他批评方回论诗有三种片面性：

“一曰党援：坚持一祖三宗之说。一字一句，莫敢异议。虽茶山之粗野，居仁之浅滑，诚斋之颓唐，宗派苟同，无不袒庇……一曰攀附：元祐之正人，洛闽之道学，不论其诗之工拙，一概引之以自重。本为诗品，置而论人，是依附名誉之私，非别裁伪体之道也。一曰矫激：钟鼎山林，各随所遇，亦各行所安……乃词涉富贵，则排斥立加；语类幽栖，则吹嘘备至。不问人之贤否，并不论其语之真伪，是直诡语清高，以自掩其秽行耳！又岂论诗之道耶？纪昀认为文学批评应力求做到：“平心而论，无所爱憎于其间。”（《纪文达公遗集·文集》卷九《〈瀛奎律髓〉刊误序》）

纪昀还提出一个文学批评标准：“论道当严，取人当恕。”（《四库提要》卷一百九十五）纪氏的“道”笔者不拟涉及。他的“取人当恕”，与章学诚《文史通义·文德篇》里的“恕”含义相同，即“恕非宽容之谓者，能为古人设身而处地也”。它包括知古人之世，即对著作的时代背景有所了解，又要知古人身之所处，即对著作者的经历有所认识，然后二者相结合，设身处地以

评论之。纪昀的这种“无所爱憎于其间”“取人当恕”的正确的批评家立场，使他能够比较客观地对古代作家作品进行评价。下面试从八个方面论述纪昀文学批评的客观态度。

1.本着儒家的有德必有言的理论，推崇那些人品作品俱佳的作者

《四库提要》卷一百六十论宋彭龟年：

“官右史时，面折廷争，劘切人主，有古直臣之风。……至于伏地叩额，血渍瓷甓，光宗亦为之感动。……其严气正性，凛然犹可想见。史称其学识正大，议论简直，善恶是非，辨析甚严。故生平虽不以文章名，而恳恻之忱与刚劲之气，浩然直达，语不求工而自工。固非辇帨为文者所得絜其长短也。”

作家的刚直人品，会影响诗人的诗风质直条畅，而这是纪昀颇为称颂的：

“(王)十朋立朝刚直，为当代伟人。(汪)应辰称其于文专尚理致，不为浮虚靡丽之词。其论事章疏，意之所至，展发倾尽，无所回隐，尤条鬯明白。(刘)珙称其诗浑厚质直，恳恻条畅，如其为人。”(《四库提要》卷一百五十九)

纪昀极为推崇文天祥的爱国忠义，指出他的爱国诗文改变了南宋末年破碎卑弱的凡陋诗风：

“天祥平生大节，照耀今古，而著作亦极雄赡，如长江大河，浩瀚无际。其廷试对策及上理宗诸书，持论剀直，尤不愧肝胆如铁石之目……. 文天祥留意杜诗，所作顿去当时之凡陋。观《指南前后录》可见。不独忠义贯于一时，亦斯文间气之发见也。”(《四库提要》卷一百六十四)

纪昀的这种“诗品文品之高下，往往多随其人品”的观点，还表现在他推崇那些宦途失意、淡泊自守的文学家和他们的作品。如评盛唐的常建，“宦途寂寞，守道无营……泊然于名场声气之外……其人品如是，则诗品之高，固其所矣。”(《四库提要》卷一百四十九)

2.承认人品作品有区别

有人品好而诗品文品未必佳者。文学是个很复杂的现象，诗品文品之高下固然往往与人品有关，但并不都如此。文可如其人，亦可不如其人。纪昀正确地看到这一点，所以他能够对那些人品好、气节高尚的人的作品作出客观评价。如评刘辰翁和其《须溪集》：

辰翁曾对策攻奸相贾似道，“以是得鲠直名。文章亦见重于世……然辰翁论诗评文，往往意取尖新，太伤佻巧。其所批点，如《杜甫集》《世说新语》及《班马异同》诸书，今尚有佳本。大率破碎纤仄，无裨来学。即其所作诗文，亦专以奇怪磊落为宗。务在艰涩其词，其或至于不可句读，尤不免轶于绳墨之外。”（《四库提要》卷一百六十五）

又如评傅察与其《忠肃集》：

宣和七年，傅察被金兵杀害，爱国的节操感人。周必大和史书都推崇他的诗文。然而纪昀通过研究，却得出了傅察的古体、近体诗均不佳，文皆俪偶之词的结论。

3.与上一点相对，人品不好，作品却佳也应该肯定

纪昀对很多人品不好而诗文好的人，采取“置其人而论其文”的态度，给其诗文以公允的评价。如评张镃与其《南湖集》：

“是镃本以机数立功名，有忍鸷之才，而心术未为纯正……湖山歌舞，极意奢华，亦未免过于豪纵。然其诗学则颇为精深……评其格律，大都清新独造，于萧散之中时见隽永之趣。以视嘈杂者流，可谓翛然自远。诗固有不似其人者，镃之谓欤?”（《四库提要》卷一百六十）

再如，纪昀对内托权倖、外附清流的两面派戴栩，也仍取其词采，谓：

“其人殊不足道，以词采取之可矣。”

不仅对那些个人品德不好的作家的好诗文加以肯定，而且对那些曾经投降、做过伪官的人的好诗文也加以肯定。如评曾投降过安禄山的储光羲诗：

“其词源出陶潜，质朴之中，有古雅之味。位置于王维、孟浩然间，殆无愧色。”（《四库提要》卷一百四十九）

秦桧、蔡京是南、北宋的两大奸相，一些无行文人也曾趋附他们，宋以后的人对他们评价极低，但纪昀仍然“略其人品”，“取其文章”，给其诗文以恰当评价。评毛滂和其《东堂集》：

毛滂“素行儇薄，反复不常，至为妇人女子所讥，人品殊不足重……然平情而论，其诗有风发泉涌之致，颇为豪放不羁。文亦大气盘礴，汪洋恣肆，与李廌足以对垒。在宋之末，要足以自成一家，固未可竟置之不议也”。（《四库提要》卷一百五十五）

对于这些无行文人，纪昀没有一概抹煞，而是或肯定其词采，或赏其才气，给以客观评价。

从以上三点可以看出，纪昀极为推崇人品文品均优的作家作品；对人品好而文品不高的作家则取其人品，指出其文品不足；对人品不好而文品较高的作家则略其人品，取其诗文。这样，就充分体现了纪昀文学批评“无所爱憎于其间”的客观态度。

4.在评论作家作品、论述文学现象和文学演变时能用历史的观点

存恕道，为古人设身处地。如评元好问和其《中州集》：

“惟大书刘豫国号年号，颇乖史法。然豫之立国，实金朝所命。好问金之臣子，宜有内词，固不得而擅削之。亦未可以是为咎也。其选录诸诗，颇极精审，实在宋末江湖诸派之上。”（《四库提要》卷一百八十八）

纪昀设身处地，认为不能责备元好问大书金国儿皇帝刘豫年号国号。

纪昀在宏观地考察文学的盛衰演变时，强调“不可以前人之盛，并回护后来之衰；亦不可以后来之衰，并掩没前人之盛也”（《四库提要》卷一百七十）。前人是前人的，后人是后人的。本着这种观点，他认为杨荣的台阁体文章逶迤有度，醇实无疵。而那些递相模拟的晚进者文章则“渐流为肤廓冗长，千篇一律”，遂致文章衰弊。对这种衰弊，杨荣是没有责任的。别人以之来指责杨荣也是不对的。以今天的观点看来，纪昀把台阁体文章捧得过高，当然不足为训。但把那些低劣的模拟者与台阁体文章相区别，还是可取的。

5.对前人作品能欣赏异量之美，给不同艺术风格的作品以恰当的评价

早在陆机的《文赋》，就指出文学批评家常常有片面性：“夸目者尚奢，惬心者贵当，言穷者无隘，论达者唯旷。”《文心雕龙·知音》亦云：“夫篇章杂沓，质文交加。知多偏好，人莫圆该。慷慨者逆声而击节，蕴藉者见密而高蹈，浮慧者观绮而跃心，爱奇者闻诡而惊听。”程千帆先生亦曾精辟地论述道：“文学之事，因物喻志，随类赋形，辞意参伍，变化至繁。若仅执一而论其流别，则不免拘虚之见。”（《文论十笺·诗教下》注释）

纪昀很注意文学的这种“辞意参伍，变化至繁”的复杂情形，能给不同流派、不同艺术风格的作家作品以正确评价，“譬如飞燕与玉环，肥瘦谁能分优劣”，飞燕瘦、玉环胖，但都是古代著名的美人。纪昀这两句诗很形象地说明了他的美学观点。他评历代诗人不同的风格特点，常常一语破的，如评王绩诗“意境高古”，“气格遒健”；刘长卿诗“研炼深隐”；韦应物诗“真而不朴，华而不绮”；李华诗“文词绵丽，精彩焕发”，钱起诗“温秀蕴藉”；李

绅诗“春容恬雅”；吴融诗“音节谐婉”；米芾诗文“吐言天拔”，“气韵自殊”；沈括诗“宏赡淹雅，具有典则”。这些零璧碎金，俯拾皆是，从中可以看出纪昀对各种不同艺术风格的作品采取兼容并包的态度，这在今天也仍有借鉴意义。

纪昀还注意分析同一个作家的风格迥异的作品。如他曾批评敖陶孙、元好问诋秦观《淮海集》太甚。指出少游除了有“时女步春”一类诗词，还有“高古严重”的诗词。（《四库提要》卷一百五十四）

6.正确地论述了赋、比、兴三种创作手法难分优劣，表达了唐宋诗人对三种手法的运用

赋、比、兴三词连用出自《毛诗序》，实际上是指三种写诗方法。郑玄、刘勰、钟嵘、朱熹等都阐释过这三种手法。清吴乔在《围炉诗话》里提出两种观点：一是比、兴优于赋；二是宋人作诗无比、兴。纪昀认为赋、比、兴三种手法难分优劣，到底用哪种手法依赖于诗人“缘情触景”，这样就会“各有所宜”。赋、比、兴三种作诗手法在于作者运用，其本身并无优劣可言。再则，纪昀批驳了吴乔说的“宋人比、兴都绝”的观点，指出唐人有赋体，宋人也有比、兴。只要翻开唐宋人诗集，就可以看到杜甫、李白、韩愈、李商隐等各种风格的诗人都有赋体，而欧阳修、苏轼、黄庭坚、陆游等宋人诗中的比兴也所在多有。纪昀正确表述了赋、比、兴三种手法和诗歌内容之间的关系，正确地表述了唐宋诗人对三种手法的运用，这对研究唐宋诗歌，创作旧体格律诗乃至新体诗歌，都有参考价值。

7.细心分别绮丽之章和淫艳之作，给以正确的评价

在我国古代，形式华丽、词藻绮艳之作和淫靡之章往往杂陈在一起。不细心的批评家往往把它们混为一谈，一概排斥。而纪昀往往能披沙见宝，于艳诗中撷取精华。

李商隐和温庭筠在文学史上号称温、李，二人作品表面上看起来风格相同。而纪昀透过他们诗文的表面形式，指出二人诗文的思想内容大相径庭。他极为推崇朱鹤龄的《李义山诗注》中对李商隐的称颂：“至谓其诗寄托深微，多寓忠愤，不同于温庭筠、段成式绮靡香艳之词。则所见特深，为从来论者所未及。”（《四库提要》卷一百五十一）义山是一个怀有“欲回天地”大志的文人，壮志不成，只好借助于我国诗歌传统的比兴手法，把自己的壮

志未酬的愤懑之情用形式绮丽的诗句表达出来。而温庭筠则缺少这种忧国忧民之情，只有浅酌低唱，用香艳绮糜的诗章来麻醉自己。温、李二人作品貌似同而神迥异。

每一朝代文学因其社会结构、作家的思想感情不同而不同，不同朝代不会有完全相同的文学。有些文学史教材把宋、齐、梁、陈、唐初、唐末五代、宋初的文风皆以“绮糜”斥之，似可商榷。纪昀在评北宋初的《西昆酬唱集》时就肯定较多：“其诗宗法唐李商隐，词取妍华而不乏兴象……要其取材博赡，练词精整，非学有根底，亦不能熔铸变化，自名一家。固亦未可轻诋。”（《四库提要》卷一百八十六）

在评西昆体主将杨亿的《武夷新集》时，更明确地把西昆体文学与唐末五代文学作了明确区分，指出西昆体是北宋王朝处于上升时期的作品，虽词藻华艳而不乏兴象，春容典丽。而唐末五代文风则充满了衰飒之气。其实唐初文风和齐、梁、陈文风也是有区别的，前者是中和平正之音，而后者大都是冶荡淫糜之音。纪昀从作品本身出发，顾及时代，细心地把绮丽之作和淫艳之章相区分，从而给这些作品以正确评价，是非常可贵的。

8.编纂丛书时，力求全面反映前代文学风貌

纪昀编纂《四库全书》，撰写提要，往往对前人诗文的去取较为宽容，以期入选之书能全面反映前代文学的全貌。例如，他一方面指斥明梅鼎祚的《皇霸文纪》收文太滥：“洪荒以降，书契莫详，事尚无徵，况其文字。传于后者，非汉代纬书之依托，即战国诸子之寓言。一概哀存，遂不免一真百伪。”其他还有“录所不当录”，“删所不当删”，“漫无考证”，“辑录之疏”诸病。但是纪昀另一方面又指出《四库全书》收《皇霸文纪》是取其博：“网罗繁富，周秦以前之作，莫备于斯。芜杂之中，菁英不乏……故病其滥而终取其博焉。”（《四库提要》卷一百八十九）

为了尽量反映出一个时代的文学全貌，纪昀对那些毫不关心国计民生的诗作也尽量收入，以备诗家一格。如评胡仲弓《苇航漫游稿》：南宋末年，诗格日下，而仲弓诗，“不出山林枯槁之调。如七言律中《旱湖》一首，当凶祲流离之时，绝无恻隐。乃云‘但使孤山梅不死，其余风物不关情’。尤宋季游士矫语高蹈之陋习。然吟咏既繁，性情各见。洪纤俱响，正变兼陈。苟非淫慝之音，即不在放斥之列。诗家有此一格，固不妨使之并存。”（《四库提要》卷一百六十五）

纪昀对齐梁以下的骈文评价不高。他认为那些日趋华缛之作，“或涂饰而掩情，或堆砌而伤气，或雕镂纤巧而伤雅，四六遂为作者所诟厉。”但是，他又指出：“寸有所长，四六既不能废。”（《四库提要》卷一百八十九）仍把一些骈文总集收入《四库全书》。这样就保存了丰富的骈文著作，使后人得以窥见古代文体的全貌。

从以上八个方面可以看出纪昀较能全面地、客观地、公允地批评历代作家作品和文学流派、文学演变，以期于至当。这除了他能继承古代文艺批评家的优秀成果，能做到“一本至公”，“无所爱憎于其间”，“取人当恕”外，还因为他学问根底深厚。只有具备了广博精深的文学素养，才能“观千剑而后识器”，才能“平理若衡，照辞如镜”。纪昀为校理《四库全书》，几乎遍览了乾隆以前的典籍，他具有较为正确的文学批评观点和客观态度，显然与其博学有关。

当然，纪昀的文学批评和创作也有一些明显的不足。如他抓住陆游曾为领导过北伐抗金的韩侂胄作过《南园记》，对陆游大加抨击。相反，却很欣赏那些没有反抗意志，与新王朝合作的作家作品，如欣赏“安命知天”，“无一语怼及新朝”的真山民和其《真山民集》。他甚至对正宗儒家韩愈也有不满意的地方，对李白攻击得更厉害了，骂他心术不正。而对明代李贽，更是主张镇压和焚烧其著作：“（李）贽非圣无法，敢为异论。虽以妖言逮治，惧而自到……故其人可诛，其书可毁，而仍存其目，以明正其为名教之罪人，诬民之邪说。”（《四库提要》卷一百七十八）

在文学体裁上，鄙视被正统文人视为“小道”的词曲。他在《四库提要·集部总序》中，对我国古典文学最重要的体裁之一——词，甚为轻贬：“至于倚声末技，分派诗歌，其间周（邦彦）、柳（永）、苏（轼）、辛（弃疾），亦递争轨辙。然其得其失，不足重轻。姑附存以备一格而已。”另外，他还激烈攻击元代诗人胡衹遹与元曲演员珠帘秀来往，都说明了他轻视词曲的观点。

词体是自唐、宋以来新兴的文学体裁，极易于抒发情志，纪昀是一个感情非常丰富的人，而笔者检《清史稿·艺文志》、《贩书偶记》（孙殿起著）、《清代文集篇目分类索引》、（王重民、杨殿珣编）、《全清词钞》（叶恭绰编）、《清词综补》等目录和总集，没有发现纪昀写过一首词，这不能不说是一个很大的缺憾。另外，纪昀的诗集、文集中，有大量的奉和皇帝的诗、文，大多是歌功颂德的套话，极少有价值。有几卷馆课存稿，纯粹是为应试而用，是没有什么活气的东西，应该永远让它们躺在坟底的。

二 笔记文体的简略回溯

《阅微草堂笔记》是一部笔记体小说。为了要弄清什么是笔记体小说，首先必须追溯一下笔记这种文体，以及笔记与笔记体小说的区别和联系。如果少年朋友将来不打算从事中国古代文史研究，那么这一节和上面的“纪昀的文学成就”一节可以略去不读，因为这两节委实有些枯燥。

“笔记”二字的含义最初为散文，用来与辞赋等韵文对称。《文心雕龙·才略篇》上说的“路粹杨修，颇怀笔记之工”，《南齐书·丘巨源传》上说的“笔记贱伎，非杀活所待；开劝小说，非否判所寄”，王僧孺的《太常敬子任府君传》上说的“辞赋极其清深，笔记尤尽典实”，这些笔记名词，都是现代意义的散文。在南北朝时，有所谓文笔之分，把有藻韵、能激动人情感的作品称文，其余的皆谓之笔。

最早以笔记名书的，始于北宋宋祁的《笔记》一书。宋祁此书分为三卷：卷上杂记典章制度、礼俗和方言土语等；卷中考辨古书，评论古人古事，考语言演变等；卷下论治理天下的法、术，记遗嘱等。内容上、形式上已是现代概念的笔记。宋祁以后，以笔记名书的已很多，如苏轼有《仇池笔记》、谢采伯有《密斋笔记》、陆游有《老学庵笔记》、刘昌诗有《芦浦笔记》等。这些书都是现代概念的笔记，就是说，笔记一词至宋代已与现代含义大致相同。

小说，古代也包括现代意义的笔记。西汉桓谭云：“若其小说家合丛残小语，近取譬论，以作短书。治身理家，有可观之辞。”《汉书·艺文志》云：“小说家者流，盖出于稗官，街谈巷语，道听途说者之所造也。”《隋书·经籍志》云：“小说者，街谈巷语之说也。”他们说的小说，也包括了现代意义的笔记。明胡应麟《少室山房笔丛》卷二十九把小说分为六类，其中第三类为杂录，如《世说新语》《语林》等；第四类为丛谈，如《容斋随笔》《梦溪笔谈》等；第五类为辩订，如《鼠璞》《鸡肋编》等；第六类为箴规，如《颜氏家训》《省心录》等。这四类大部分也是笔记。纪昀《四库提要》卷一百四十《小说家类》序曰：推求小说流别，“凡有三派：其一叙述杂事，其一记录异闻，其一缀辑琐语”。仍把笔记、笔记小说、传奇志怪小说划在一起。

笔记这种文体，源于先秦，如《论语》，与后来的笔记有相近之处。而《晏子春秋》，则可视为笔记体的早期形式。西汉刘向分类纂辑先秦至汉代史事，编成《说苑》和《新序》二书。至魏晋南北朝时期，笔记体渐趋独立，出现了《博物志》《搜神记》《拾遗记》《世说新语》《西京杂记》等书。这些书的内容主要是记怪和记人，形式上多有简单的情节，或纯属虚构，或杂有想象夸饰，小说的成分很多。严格地说，这些书应该称为笔记小说。到了唐代，修史之风大盛，有些史学家就把一些异闻琐事用笔记形式著录。如著名史学家刘知几的儿子刘餗在其《隋唐嘉话》序中云："余自髫丱之年，便多闻往说，不足备之大典，故系之小说之末。"史学家的这种做法使得笔记与传奇志怪小说逐渐分头发展，促使笔记文体进一步发展成熟。到宋代，笔记文体已基本同笔记小说、传奇志怪小说分离，完全发展成熟了。

那么笔记、笔记小说、传奇志怪小说三者之间有什么区别呢？笔者认为三种文体之间的主要区别是：传奇志怪小说有完整的多为虚构想象的故事情节，以记叙神仙鬼怪为主；笔记小说或记叙神仙鬼怪，灾验灵异，或记叙人事，有较完整的故事情节，亦有虚构想象成分；而笔记文主要记叙人事，一般没有小说意义上的情节，一般没有虚构想象成分。这三者在逻辑上是交叉关系：

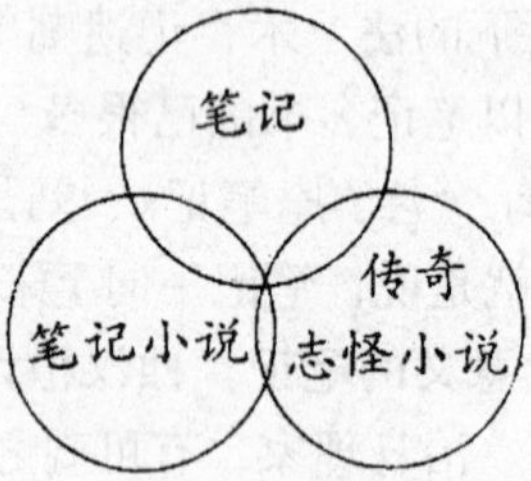

如笔记《春渚纪闻》《洛阳缙绅旧闻记》，二书有传奇志怪小说和笔记小说内容；而罗烨的《醉翁谈录》和刘斧的《青琐高议》，一为传奇志怪小说，一为笔记小说，但是二书的部分条目，就与笔记文无异。确定一部书到底是哪一种文体，应视其内容而定。如我们叙述的《阅微草堂笔记》，虽有部分笔记文条目和传奇志怪故事，但是大部分符合上面说的笔记小说内容。所以，我们把它作为笔记小说来研究。

三 《阅微草堂笔记》的主要内容

代表纪昀文学创作最高成就的是他的《阅微草堂笔记》。《阅微草堂笔记》共二十四卷，一千一百九十六则，约三十八万字，分《滦阳消夏录》六卷，《如是我闻》四卷，《槐西杂志》四卷，《姑妄听之》四卷，《滦阳续录》六卷。自乾隆五十四年至嘉庆三年（1789—1798 年）陆续写成。嘉庆五年（1800 年），由纪昀门人盛时彦合刊印行。版本有嘉庆五年北平盛氏刊本、道光十五年（1835 年）刊本、笔记小说大观本、文明书局《清代笔记丛刊》本、进步书局石印本、会文堂书局详注本等，其中以道光十五年刊本较善。上海古籍出版社有校点本，即以此本为底本。

《阅微草堂笔记》的内容极为广泛，政治、军事、文学、历史、科技、考古、科举、法律、风俗……几乎上下古今，无所不包。既有上层社会的故老遗闻，官场百态，人情世态，典章考证，名物制度；也有下层社会的曲巷琐谈，奇事异闻，医卜星相，神鬼狐魅。企图全面介绍《阅微草堂笔记》的内容显然是不可能的。下面分门别类，把主要内容介绍如下：

（一）深刻地揭露了当时统治阶级的黑暗和腐朽

纪昀生活的时代，是清代封建专制极为严酷的时代，也是统治阶级日趋腐败的时代：一方面残酷镇压、迫害下层百姓，一方面官僚之间也在拼命互相倾轧排挤，无所不用其极。纪昀通过许多生动的记述，揭露批判了当时统治阶级的黑暗腐朽。《阅微草堂笔记》卷四记载了这样一个祈梦决狱的故事：

从前有位知县，遇到一件杀人案，无法判决，被牵连的人一天天多起来。于是他到城隍庙祈求神赐梦指点。梦中见神引来一个鬼，头戴瓷盆，盆中种着十几根竹子，青翠可爱。梦醒后他翻阅案卷，见有姓祝的人，“祝”、“竹”同音，心想必是杀人犯了。就严刑拷问，但并无可疑迹象。这位知县又翻阅案卷，见有名字叫“节”的人，暗自想到：“竹子是有节的，杀人犯必定是这个人了。”又严加拷问，也没有犯罪的迹象。然而，这两个人已经被拷打得九死一生了。这位知县再也没有别的招数了，于是便以疑案上报，请准予另行缉捕杀人凶手，然而始终没有抓到。

凡是疑案，如果虚心研究和审讯，或许能审出真实情况来。祷告神灵祈求赐梦的做法，不过是用以威吓无知的老百姓，哄他说出实情罢了。如果用梦中所见的恍惚印象，加以射覆（猜测覆盖之物）一样的猜测，据以作为定案判决，那就很少不出错的。从古以来祈梦判案的事，我认为都是事后加以附会的。

这则故事深刻批判了草菅人命的官员和黑暗的司法制度。

卷九记一个司刑做了四十多年的官吏，不诛强暴，遂使凶残漏网，白骨沉冤，控诉了当时法律的极端不公正现象。卷十五记冥间断案公正，讽刺人间冤案太多。卷三记一个官员杀害了仆人，仆人死后，魂附在婢女身上，大骂那个官员卖官鬻爵，颠倒是非，制造冤案，滥杀无辜，揭露了清代官僚任意残杀无辜民众的暴行。卷六记上天竺老僧见到阴间魔众食鬼，老僧问这些鬼为什么要被吃掉，冥司一吏答道："冥司业镜，罪有攸归，其最为民害者，一曰吏，一曰役，一曰官之亲属，一曰官之仆隶。是四种人，无官之责，有官之权。官或自顾考成，彼则惟知牟利。依草附木，怙势作威。足使人敲髓洒膏，吞声泣血。四大洲内，惟此四种恶业至多。"很深刻地揭露了当时吏、役、官员亲属、官员仆隶的为非作歹现象。

卷十八记叙了清代官场上的"四救先生"：

做幕僚的人有相传的口诀，叫做救生不救死，救官不救民，救大不救小，救旧不救新。所谓救生不救死，就是说死的已经死了，绝对救不回来；生的还生，又把他杀了来偿命，这便多死一个人了。所以宁可想方设法把他开脱。死者是否含冤，就不去管它了。所谓救官不救民，就是说在上诉案件中，如果上诉者冤屈得到伸雪，那么原审官员是祸是福便难预料；倘使上诉者冤屈不得伸雪，即使反坐其罪也不过判处军流罢了。而官员的是否错判，则不是所考虑的事了。所谓救大不救小，就是说如果罪责由大官承担，那么权大位高的处罚愈重，而被牵连的人必定多；如果把罪责归到小官身上，那么权位轻的处罚也可以轻，而且结案较为容易。而小官应不应该承担这个罪责，就不是所考虑的了。所谓救旧不救新，就是说旧官已经卸任，有些钱粮等类事情未了结，把他扣留下来，恐怕未必能偿还；新官刚刚来，前任有些遗留下来的事情，强压他办还是可以办得了的。至于新官之是否接受得了，则不是所考虑的了。

这就是说，不问曲折是非，不管责任属谁，只求事件容易了结。偏袒大官，偏袒有权有势的人，这就是清代官吏的为官处事准则。

清代官场极为黑暗，纪昀记下好友戴震以寓言形式所讲的一个"鬼隐士"的故事，表达了清代知识分子的愤激：

明代末年有个姓宋的人，为选择墓地，来到歙县的深山中。黄昏，风雨将要袭来，他见山岩下有个山洞，便想钻进去暂避，就听洞内有人说到："这里面有鬼，您不要进来。"宋某问道："那你为什么进去了？"答道："我就是鬼呀！"宋某要求和他见面，鬼答道："如果和您相见，那么您的阳气和我的阴气便会相斗，您必定会忽寒忽热地有点不舒服。不如您烧起堆火来自卫，我们远远地隔开座位交谈吧!”宋某问道：“您必定有墓地的，为什么却住在这里?”答道：“我在明朝神宗时做知县，因为厌恶官员之间互相侵夺财产地位，为了升官而互相倾轧的行为，于是弃官回乡了。我死后向阎罗王请求，不要再轮回到人间。于是便按我来世应享的官职和俸禄的标准，改任为阴间的官。没有想到阴间的互相争夺倾轧，也和人世一样，于是我又弃官回到墓里。我的坟墓处在许多鬼魂的墓穴之间，他们往来嘈杂，弄得我不胜其烦，不得已避居到这里。这里虽然凄风苦雨，寂寞冷落得使人难受，但是和宦海风波、人世道路上的陷阱相比，我就如生活在天堂里一样了。在这空山里寂寞度日，我都忘掉了岁月。和群鬼相隔绝，不知有多少年；和人相隔绝，则更不知有多少年了……”（《阅微》卷六）

一个正直的县令，在阳世厌恶官场的争斗倾轧，弃职归田了。死了祈求阎王不要让他轮回人世，不料阴间的倾轧争斗与阳间相同，他只好在阴间隐居起来。这是何等的愤激和悲哀！揭露又是何等的深刻！

纪昀是用写史的笔法来写《阅微草堂笔记》，常常在记叙一件事后加上议论，这些议论有时通过鬼神之口说出。如卷四借都城隍之口斥一浙江士人：“此辈结党营私，朋求进取。以同异为爱恶，以爱恶为是非。势孤则攀附以求援，力敌则排挤以互噬，翻云覆雨，倏忽万端。”几句话就把当时官场的互斗、陷害、排挤、阿谀、结党营私等黑暗现象暴露无遗。

卷五揭露了官场中的强悍和孱弱两种类型的热衷仕宦者，也很有典型意义：“仕宦热中，其强悍者必怙权，怙权者必狠而愎；其孱弱者必固位，固位者必险而深。且怙权固位，是必躁竞；躁竞相轧，是必排挤。至于排挤，则不问人之贤否，而问党之异同；不计事之可否，而计己之胜负。流弊不可胜言矣。”

统治阶级之间的争斗固然骇人听闻，而统治阶级残酷虐待普通民众，读来就更加令人悚然发指了。卷十二记一侍郎夫人和纪昀的一个亲戚是如何对待家里的仆人的：

听说侍郎夫人在世时，对下人管得很严。凡是买女奴，签了契约入门后，必叫她直挺挺地跪着，先告诫几百句话，称为教导。教导之后，便剥去女奴的衣服，反绑双手，打一百鞭，叫做试刑。有的女奴辗转躲闪，有的女奴呼喊号叫，那就鞭打得更厉害。直打到那女奴不叫不动，鞭子像打在木头、石头上那样格格作响，才叫做知道畏惧，然后才使唤她做事情。安州人陈尚书的夫人，是我母亲的姨母，曾经到过侍郎的家，常说他家的老少男女仆人，排成行列或前进后退，都有规矩，虽是大将训练士兵，也没有那么整齐呢。另外，我曾到过一位亲戚家，这位亲戚是我的长辈。进入到他的内室，见门的左右各挂着一条鞭子，鞭穗上都留有血迹，鞭柄都光亮得能照见人。听说那亲戚每到要睡的时候，就将婢女们逐一捆在凳子上，然后蒙上被子，为的是防她们私逃或自杀。

纪昀生活的时代，当时西欧的荷兰、英国、法国等国家已响起了民主、自由的洪亮声响。而中国的下层民众，还在忍受着地主阶级加在身上的像奴隶主对待奴隶一样的残酷暴行，中国人民是多么灾难深重啊！

(二) 讽刺了科举对士人的毒害，描绘了士人的迂腐和可笑，批判了道学家的虚伪

清代继明代之后，统治阶级推行八股取士制度。一方面用严酷的法律镇压知识分子，一方面用科举来牢笼知识分子。千千万万的士人陷入科举之中不能自拔。《儒林外史》《聊斋志异》都深刻地讽刺和批判了科举制度对士人的毒害，尽管《聊斋》的作者蒲松龄也考了一辈子。纪昀虽然沾光科举，由进士出身步入仕途，但其笔下仍客观地讽刺了科举制度。《阅微草堂笔记》卷一记一个老学究与一鬼同行，至一破屋，鬼说："这是文士的屋子。"老学究问："何以知之?"鬼说：

"普通人白天奔波劳碌，真情实性都被淹没了。只有睡着的时候，一点杂念都没有，灵魂才清朗明净。这时，他胸中所读过的书本，每一个字都吐露着光芒，从身上各个孔窍透射而出。这些光芒若隐若现，纷纭交错，灿烂得像锦绣一样。那些学问像郑玄、孔安国，文才像屈原、宋玉、班固、司马迁那样的人，身上放出的光芒便直照太空，和星星月亮争相辉映；次一等的光芒有几丈高；再次一等的是几尺高。以下便按等级依次降低，到最低一级的也有荧荧如一盏灯火那样的光芒，照映于门窗之上。这些光芒，世上人是看不见的，只有鬼神才能见到。如今这房子上的光芒有七八尺高，因而知道是文人住的房子。"

老学究问道："我读了一辈子书，睡着时放出的光芒会有多高?"鬼想说又不敢说地迟疑了好一阵，才说道："昨天我经过你的书塾，你正好在午睡。我看见你胸中有高头讲章一部，墨卷五六百篇，经文七八十篇，策略三四十篇，每个字都化作黑烟，笼罩在房子上。你的学生们诵读的声音，像淹没在浓云密雾之中，实在没有见到光芒，不敢乱说。"老学究听了，愤怒地斥责鬼，鬼哈哈大笑地走了。

自从宋代朱熹、二程倡导严重禁锢人们思想的理学，明、清的统治者更是极力推崇。清代的一些假道学家，趋风气，赶潮流，高谈空谈义理性命，他们既无学问，也无人品，满嘴仁义道德，一肚子男盗女娼。纪昀在《阅微草堂笔记》中对这些人作了无情的揭露和讽刺。

有一个道学家正在高谈《西铭》中阐述的万物一体理论，满座恭听，不知不觉已到了夜深时候。忽然阁楼上有一个严厉的声音斥责道："现在正当饥荒瘟疫流行，老百姓死亡很多。你身为本地乡绅，既不想早倡义举，施粥舍药，就应该趁着这一良好的夜晚，关门在家睡大觉，还不失是一个懂事的。竟然虚谈高论，在这里讲什么泛爱一切人与物。不知你讲到天亮，是可以当饭吃，还是可以当药服否？我且击你一砖头，然后再听你讲邪不胜正。"忽然一块城砖飞下来，声若霹雳，把杯、盘、桌子、凳子都砸碎了。（《阅微》卷四）

有两个私塾先生住在相邻的两个村子，二人都以道学家自命。有一天，互相邀请在一起讲学，十几个学生侍坐恭听。两个人正在辩论关于人得之于自然的本性理论，剖析理与欲的关系，严词正色，如面对古代的圣贤。忽然微风轻起，吹一片纸落到台阶下面，舞来舞去不停。学生拾起来一看，却是这两个私塾先生密谋夺取一个寡妇的土地，往来密商的信函。（《阅微》卷四）

前则借狐仙之口鞭挞了虚谈高论，不顾乡民疾苦的道学家；后则揭露了两个口谈圣贤理学，一肚子男盗女娼的乡村恶霸。其他如卷二记述一个以道学自许的塾师，却贪图游方僧人的钱财，结果被蜂群螫得头面肿胀，狼狈不堪。卷九讽刺一个翰林表面故作清廉，拒收同乡馈赠，事后却懊恨不已，大骂家奴出气。这些都勾勒出道学家的虚伪嘴脸。

对一些士人的迂腐可笑行为，纪昀也进行了善意而痛心的讽刺。其中有一次他还讽刺了自己的两位曾伯祖。

崇祯十五年（1642年），乱兵团团围住河间府。纪昀的两位曾伯祖，一个叫纪景星，一个叫纪景辰，都是当地有名望的秀才。两个人正在收拾细软准备逃命，听到隔壁邻居老头儿对着门神叹气说："假使今天有一个人能像尉迟敬德、秦叔宝一样，就不至如此了。"纪氏兄弟听到老头儿的话，就停止收拾东西，过去与老头儿辩论说："门神上贴的是神荼、郁垒像，不是尉迟敬德、秦琼。"老头儿不服气，进里屋翻出邱处机的《西游记》作为证据。纪氏兄弟说《西游记》是稗官小说，不足为据。老头儿又回去找出东方朔的《神异经》来证明。这样反复翻检书本费了很长时间，反复争辩又用了很长时间，等到争论结束，天色已晚，城门已关，出不了城了。第二天纪氏兄弟准备逃出城，但是大兵已把城池围得水泄不通。城破以后，纪氏兄弟全家被乱兵杀害。

在生死的紧急关头，还在考证、争论、辩驳古书的真伪，多么迂腐而又可笑！（《阅微》卷二十一）

（三）记载了一些历史、考古资料

纪昀自序《阅微草堂笔记》云："忆及即书，都无体例。"这种把民间口耳相传的事记录下来，往往是宝贵的资料，可补正史之不载或正史之不足。如记康熙时献县的反清首领胡维华烧香聚众反抗清兵，就是罕见史料：

康熙年间，献县胡维华烧香聚众，图谋不轨。他所住的地方，从大城、文安一路走去，离京城有三百多里；从青县、静海一路走去，离天津二百余里。胡维华分兵两路，其中一路打算出人意料，兼程抵达京城；另外一路打算占领天津，掠夺海船。攻京城的一路兵如果顺利，那么天津的一路兵也北赴京城；如果不顺利，就都逃向天津，登船逃往海外。正在设官分职时，事情已经泄漏了。官军疯狂追捕他们，把他们围起来用火烧，连幼小的孩子都杀光了。（《阅微》卷一）

纪昀也是献县人，且生活的时代距康熙朝不远，故这则记载是可信的。从这则记载，可以知道胡维华的战略设想是周密的。而且也说明当时清朝统治是多么不稳定。在京城周围，就有这么多有组织、有周密计划的义军在活动。这则记载也透露了清军杀尽义军和义军老幼家属的残暴罪行。纪昀是清朝重臣，在书里仍客观地记载了清朝统治者的滔天罪行，在文网森严的乾、嘉时期，该要多么大的勇气！也说明纪昀内心深处还保留了汉族士大夫的民族气节。

卷二记明末大饥荒，百姓吃尽了树皮草根以后，开始人吃人，读来令人毛骨悚然：崇祯末年，河南、山东发生大旱和蝗灾，草根树皮都被饥民吃光了，于是便拿人来作食物，官府也禁止不了。妇女和儿童被反绑起来在市集上出卖，叫做"菜人"。屠户买去后，将这些"菜人"像宰猪、羊那样宰杀。

卷二记叙明末两个太监，一个叫福来，一个叫双桂，为逃避魏忠贤杀戮，装扮成女人逃出皇宫，缠足傅粉，穿耳环，下嫁男人，反映了明末太监的悲惨命运。

卷八记嘉峪关外阔石图岭的侯君集平高昌碑，人如果站在近旁读碑文，那么会立刻刮起暴风雪，屡试不爽，所以守碑将士把碑文用砖石砌起来，不让人读。在巴尔库尔有汉顺帝时裴岑破呼衍王碑，文句古奥，字画浑朴，石刻锋棱完整无缺，碑文内容，《后汉书》上没有记载。卷十三详细记载吉木萨尔的唐北庭都护府故城的位置，建筑材料，铁钟，佛像等。还记载了喀什噶尔山洞中壁画，乃汉画。这些都是珍贵的考古学资料。

卷十二详记西洋的教育，分为文、理、医、法、教、道六科，较早向中国人介绍了西洋的学校教育。卷二十记载巴里坤军士在凿井时掘出一面古铜镜，考证镜上铭文，为唐代所铸。

卷三记昌吉筑城时，在五尺多深的地下挖出一只三寸多长的绣花女鞋。巴里坤和昌吉分别是现在新疆的巴里坤哈萨克自治县和昌吉回族自治州，在这里出土唐代铜镜和汉族妇女缠足穿的绣花鞋，再一次有力地证明了汉族人民早就和新疆各兄弟民族友好和睦地生活在一起的事实，新疆很早以来就是我国的神圣领土。

(四）记载了很多科技资料

在神秘的大自然中，有许许多多的奇禽、异兽、怪物。印度有一个拉华·根哈湖，近百年来，就传说有大湖怪出现。前不久，一批由科学家组成的探险团亲眼看见了这个大湖怪。它的头部长满棱角，颈部柔软而长，身躯约有五十多英尺，类似蜥蜴，但是究竟是什么，科学家们也不敢确定。

在南美秘鲁的拉塔村，有一块“魔石”，人只要触摸了它，就能年轻许多。一次，一位七十四岁的老人偶尔抚摩了它，一下仿佛年轻了三十岁。对于其中的奇异功能奥秘，众说纷纭。有人说可能是一种未知放射线的影响，有人推测或许是外星人放置的。

近几年在新疆，也不时有玛纳斯湖怪兽、赛里木湖怪物出现的报道。二百年前，纪昀笔下，也不时有这些奇禽、异兽、怪物出现。《阅微草堂笔记》卷三有一条记载：

余金鳌提督说：“我曾经夜里在辟展（今新疆鄯善）的茫茫大戈壁中行走，远远地看见一个东西，似人非人，几乎有一丈高。我急速追赶它，弯弓射中它的胸膛，它跌倒了又爬起来逃跑。我再射，它才仆倒。到跟前一看，乃是一个大蝎虎。这东西竟能人立而行，奇怪啊！”

大蝎虎有一丈长，并能像人一样直立行走，也算世界上一绝了。卷五记载了新疆深山里的大蛇，也是骇人听闻地奇特：

小奴隶玉保，是乌鲁木齐流放犯人的儿子。他曾经进山里追寻逃跑的羊，见到一条大蛇像巨柱一样盘在高岗顶上，迎着日光晒鳞。大蛇周身五色斑斓，如一团锦绣。蛇头上长一只角，有一尺多长。当有一群野鸡飞过时，大蛇张口去吸，虽然与野鸡相距四五丈远，野鸡都纷纷落下，就像以箭投壶一样准确。玉保明白羊是被大蛇吞了，就乘大蛇没有发现他，顺着山涧逃回，魂差点儿吓掉了。

现在世界上掀起寻找“野人”的热潮。《阅微草堂笔记》卷十五有一条详细描述了“西南山区野人”的身体特点、生活习性，有珍贵的人类学资料价值：

有两个人去西南山区做生意，各乘一匹骡子，在山里迷了路，分不清东南西北。忽然有十多个人从悬岩上跳下来，二人怀疑是一群强盗。那些人渐渐走近，他们有七八尺高，身上长着细长的毛，毛色有黄有绿，面目似人非人，讲话像鸟叫，听不清楚。两个商人认为碰上妖怪了，估计必死无疑，都吓得趴在地上发抖。那十多个人相向而笑，并没有伤害二人的意思。只是把二人挟在肋下，赶着骡子往前走。到了一个山坳，他们把人放下地，把一匹骡子推下山岩，另一匹则抽刀宰割，点火烧熟，围在一起吞食。并把俩人提过来坐下，每人面前放上肉。俩人观察这些怪物似无恶意，同时又饿又累，就姑且吃了。吃饱之后，那十多个人摸着肚子，仰头发出啸声，好像马叫。其中两个仍然各挟着一人，飞越峻岭三四道，快捷得像猿猴和飞鸟。把俩人送到官道旁，给了每人一块石头，一眨眼就走了。那石头有瓜大，都是绿松石。二人带回来卖了，卖的钱比丢掉的东西的价值多一倍。

纪昀在《阅微草堂笔记》卷五还记了他祖母、母亲亲眼目睹的怪事。有一次，张宝南家买了一只大鳖，剖开后，有一个小人，长四五寸，戴着黄帽子，系着红带子，穿着黑靴子，纹理分明，眼、脸、手、脚，都像刻画一般。这也许是好事者故意干的，而与大自然的造化无干。而下面描述的嘉峪关附近的地下大风洞，显然是大自然造化所为了：

嘉峪关外有一个大戈壁，直径一百二十里，都是沙，一点土也没有。只有戈壁当中有一个大土山，名叫“天生墩”，有戍卒守卫着它。戍卒在墩旁冬天积冰，夏天储水，用来供给驿使的往来。以前，威信公岳钟琪西征时，怀疑这个土墩本来是一个土山，被流沙埋没了，仅仅露出土山的顶。他认为既有山，就必定有水。于是调动军卒挖凿土墩。挖到几十丈深时，忽然拿铁锹的人都掉下去了。在洞口上的人俯身听下面的动静，听到风声像雷吼，于是才停止挖洞。所挖的洞现在已经倒塌了，我西出塞外时，那一遗迹好像还能看见。（《阅微》卷八）

卷八记述雇工张珉，夜间在村外看守瓜田，看到一种可怕的东西：

远远地看见林外有火光，渐渐地移动到我跟前。等到了瓜田，看清是一个巨人，有十几丈高，手拿一个大灯笼，有一间屋大，站在团形瓜棚前，俯下身体，看了我很长时间。我害怕到极点，晕了过去，不知道巨人什么时候才离开的。

这是张珉的梦幻，或是人们现在正在研究的天外来客，还是什么其他东西，似乎难以确定。卷九记述纪昀的一个家人纪昌，得了一种怪病，也颇有医学价值：

纪昌晚年得了一种怪病，眼睛不能看，耳朵不能听，嘴不能说话，四肢不能动，全身麻木，不知道痛痒。仰面朝天放在床上，好像木头石块一样，只有鼻孔里还有呼吸。他家里人知道他还没有死，就按时把饮食放在他嘴里，还能够吞咽。请医生诊治，纪昌六脉平和，没有丝毫生病的症状，名医也束手无策。就这样拖了几年才死。老和尚果成说：“这种病身死而心生，自古以来的医书上都没有记载过。”

现代医学有“植物人”之说，而这种病与植物人似乎又有所不同。纪昌到底得的什么病，有待精通医学的人去研究。

卷十一记一个人吃了一种怪鸟，周身冰凉，也有医学研究价值：

京城西郊海淀有人捕获一只大鸟，形状像黑色的鹅。鸟嘴长而尖利，眼珠子突出来，样子很怕人。这种鸟不是鸷也不是鹳，不是鸨鸟也不是鱼鹰，没有人能叫出它是什么鸟，也没有人敢买它。金海住先生当时住在澄怀园，他买来宰吃了。味道不怎么好。才吃一两块，就觉得脏腑里冷如冰雪，坚如铁石。喝了不少烈性酒，也没有一丝暖气。无精打采好几天，才痊愈。

吃了这种不知名的鸟肉为何能使人的内脏冷如冰雪，确实是一个难解的谜。其他如记一个医生在瘟疫时，用加大石膏剂量的药方，治好了无数病人；考辨西域的玛努香木；记载新疆的农业生产和水利工程等，都有一定的科学研究价值。

（五）描绘了清代丰富多姿的生活风俗画卷

《阅微草堂笔记》一书里的故事来源是多方面的，因而内容丰富多姿，特别是有关清代的生活风俗、人情世态，尤其生动。卷八记了一个甲、乙相仇的故事：

甲和乙很要好，甲就请乙当自己的管家。等到甲官至巡抚，又请乙来辅佐官政，对乙出的主意一一采纳。时间一长，甲发现自己的大量资财被乙侵吞了，才省悟乙的奸诈。甲不免露出些谴责之色。而乙靠着握有甲的隐私事儿，对甲加以要挟，甚至反咬一口。甲愤恨不已，就写了一篇呈文，在城隍面前告乙，求神惩罚他。这天夜里，甲就梦见城隍对他说：“乙如此地奸险毒辣，您为什么还这么对他信任不疑呢？”甲说：“他办任何事，总是按照我的心思走，没有违拗我的时候。”城隍喟然长叹说：“事事使您满意，这就太可怕了！您毫无戒备，反而重用他，他不哄骗您还能哄骗谁呢？”

卷七还有一条记载清代州、县官的跟班的姓名都不一定，今天姓李，明天姓王。有的跟班私下详记官员阴私事，用来挟制他们。这两则故事很形象地描绘了清代官员和吏役之间的尔虞我诈关系。

卷九有一条记献县大盗李金梁的父亲谈该盗不该盗：

凡是贪官污吏用严刑威逼所得来的财富，凡是大奸大猾像蠹虫一样巧取豪夺来的财富，凡是父子之间、兄弟之间用隐匿偏私的方法得来的财富，亲戚之间用欺骗狡诈手段得来的财富，凡是巨商富室用重利盘剥得来的财富，凡是狡仆干役侵夺渔利主人的财富，以及一切刻薄计较、损人利己得来的财富，你尽管去抢掠一空，没有什么害处。那些罪大恶极的，把他们杀掉也无所谓，因为他们的行为天理难容。但是，那些本质善良的人，他们的财富都是正当方法得来的，这是苍天赐给他们的福分。如果抢夺他们的财富，便是悖谬于天理，而悖谬于天理的人终究是要失败的。

纪昀这里显然是赞同黑道首领的观点，而这观点与《水浒传》里宣扬的“劫富济贫”“替天行道”观点相同，具有民主性的光辉，反映了下层人民反抗黑暗的斗争精神。

扶乩求仙的故事，在本书中占有相当篇幅。有的乩仙骗得人们相信，有的却露馅了。

吴云岩家扶乩，那个乩仙自称他是元代邱长春。一位旁观的客人问：“《西游记》果然是仙师所著，用来宣传道家的学说精义的吗？”乩仙批了一个字：“是。”又问：“仙师的书作于元初，但是书中祭赛国的锦衣卫，朱紫国的司礼监，灭法国的东城兵马司，唐太宗的大学士、翰林院中书科，都同明代官制一样，这是为什么呢？”乩仙忽然不动了。再问为什么？也不再回答。

知道乩仙已经词穷而逃遁了。因此《西游记》是明人依托，无可怀疑的。（《阅微》卷九）

这则故事不仅动摇了相沿已久的元初邱处机作《长春真人西游记》的讹传，也让人能想象出清代以迷信为职业的乩仙的行骗情状。

清代财主为富不仁、吝啬无比的形象，《儒林外史》中有生动的描绘，临死伸出两个指头，不肯咽气的严贡生是最鲜明的一个形象。《阅微》卷十有一条也画出一个为富不仁、六亲不认的财主嘴脸：

一个孝廉颇有家财，而他的妹妹很穷，除夕时无米下锅，冒风雪徒步数十里，向哥哥乞借三五两银子，并说明春即偿还。孝廉坚决不借，其母涕泣求他，亦无效。这天晚上，盗贼入，偷去了孝廉所有的钱。迫于公论，孝廉不敢告官捕盗。后来这个盗贼在外地作案被捕，招供曾偷某孝廉的钱，还剩十分之七，官府移牒来问，孝廉迫于公论，还是不敢认。

卷十记了一个扑朔迷离的案件，使读者能够了解清代人与人之间的关系及案件的复杂性：

甲和乙有旧仇，乙日夜都打算搞垮甲。甲知道乙的不良用心，便暗中指使自己的同党某人，设法进入乙家做事。凡是为乙策划的事，他都计划周密而从未失算过。凡是乙想干什么，他都用甲的钱财秘密资助其费用，花钱省而效益高。过了一两年，某人很得乙的信任，以前被乙所依靠信任的人都被摒退，不再听信其言了。某人于是找机会劝乙说："甲从前调戏过我妻子，我因羞怒不敢说出来，但其实恨他入骨，因为力量敌不过他，所以不敢触犯。听说您与甲也有仇，所以我来你家效犬马之劳。我之所以尽心服务您，固然是为了报答您的知遇之恩，同时也是为了要报我的仇。现在有机可乘，何不策划报复他呢？"乙大喜过望，拿出许多钱给某人，叫他设计陷害甲。某人于是用乙的钱替甲进行贿赂，没有哪处不贿赂到。陷阱既已构成，某人便伪造甲的劣迹和证人姓名告知乙，叫他向官府递上诉讼状纸。等到开庭审问，乙所控诉的事都是子虚乌有，证人也全部反戈，乙于是一败涂地，被定为诬告反坐罪，判处流放。乙愤怒到极点，但是因为和某人长期亲密，平日的隐私都被他掌握，不敢再控告，竟活活气死了。

《阅微草堂笔记》卷十三借一个寓言讽刺清代祭文过誉不实风气，读来也很有趣。一个人迷路了，到一个岩洞，碰见一个鬼。人问鬼为何孤独地在这里，鬼答道：

我在世时没有什么过失，读书只是跟着别人谋作求生之计，为官尽守尽职，也没有什么建树。不料想死后埋葬数年，墓前忽然见到一块巨碑，碑顶雕刻着龙，碑身书写着篆文，写着我的官职、名姓、字号。碑文内容，我都不知情，其中仿佛与我有点关系的，又都是过誉不实之词。我一生朴实拙钝，内心已觉不安。加上游人经过，诵读碑文，不时加以讥笑批评。阴间众鬼来聚观，更加指点讪笑。我忍受不了他们的嘈杂，所以才到这儿隐居。

卷十七有一条记载了京师商品交易中的欺骗现象，读了让人发笑：

人情的奸猾狡诈，没有超过京师的了。我曾经买罗小华制作的墨十六锭，装墨的漆匣子颜色黯淡破旧，真像是先代遗留下来的物件。试用那墨锭，却是用泥捏成而染上黑色，那上面的白霜，也是埋在湿土下面而生成的。乾隆十二年我参加乡试，在寓所买蜡烛照明，点火不燃，原来是用泥土捏成，外面涂上羊油。又有人在灯光下叫卖烤鸭的，我堂兄万周买了一只。回来一看，原来卖主将鸭肉都削下吃了，只剩一副完整的鸭骨架子，肚子里塞满泥土，外面糊上纸，染成烧烤的颜色，再涂上油，只有两只鸭掌和头颈是真的。又一次是我的仆人赵平用两千文钱买了一双皮靴，他十分高兴。有一天突然下雨，他穿了靴子出门，却打着赤脚回来。原来那靴筒子是用乌油高丽纸揉成绉纹，靴底则用浆糊粘上破棉絮，在边缘上蒙上布造成的。其他伪冒的方法大多和这些相同，但还只是伪造些小东西。

接下去纪昀记叙京城甚至有人合伙把妇女假嫁给有钱的举子，等诈尽举子钱财后，再赶举子出门。又记有人租房先期付租金、麻痹房主，竟然能把院内房子的梁、柱、门、窗全部拆卖。这些故事广泛反映了清代中叶京城不法之徒的不法行为。

在《阅微草堂笔记》卷二十一中，记叙云南一个县令，其家属在家乡甚被敬重。后来县令的一个因责而怀恨的仆人写信给县令家属，诈称县令已死，立刻县令家就门可罗雀了。等县令未死的真实消息传到家乡，县令家立刻又高朋满座了。写尽了清代社会世态炎凉、人情翻覆的种种情态。

（六）记述了大量的狐狸鬼怪、迷信应验故事

佛教迷信、鬼神应验、狐狸仙怪的故事占了《阅微草堂笔记》相当的篇幅。纪昀有时不怎么相信鬼神之事，有时怀疑鬼神的存在，有时又深信不疑。这就比与他同时代的狄德罗差远了。狄德罗曾猛烈地攻击了上帝的虚妄，为此还招致了教会和政府的迫害。不过，我们不应苛求纪昀，因为他毕竟是二百多年前的士人，当时的科技水平，他生活的环境，他接受的教育，他的交

游，都注定了他跳不出相信鬼神迷信的圈子。少年朋友如果读《阅微草堂笔记》，千万别相信那些迷信鬼神故事，纪昀原来也就是请人们只能姑妄听之的。下面选择一些有代表性的译出，有的是荒唐的可笑故事，也有的宣传了纪昀的忠孝节义思想。

御史胡牧亭说："我家乡有人养一头猪，见到一个邻居老头儿就怒目狂吼，来回奔跑要咬他，见到其他人却不这样。那个老头儿起初很恼怒，想把猪买回宰吃了。继而忽然省悟说：'这大概就是佛经上所谓夙冤吧。'世上没有不可解的冤仇。于是他用高价买了这头猪，舍到佛寺为长生猪。以后老头再见到这头猪，它对老头很亲热，不再像以往的样子了。"（《阅微》卷一）

这显然是宣传佛教的不杀生经义。

卷二记一个鬼抢人的酒喝而化为气的故事，生动有趣：

屠户许方，曾经挑两坛酒在夜里赶路，累了在大树下休息。这天夜里月明如画，远远听到呜呜的声音。一个鬼从树丛中出来，形状可怕。许方于是躲到树后，手握扁担自卫。鬼到坛前，跳着舞着，大喜过望，立即把坛子打开来喝酒。一口气喝光了一坛，又来开第二坛，才开一半，就已经醉倒了。许方恨极了。他看这个鬼似乎没有其他本领，于是就突然举起扁担打鬼。扁担打在鬼身上，好像打在空气里。许方连着痛打，鬼身体渐渐瘫倒散开，化成一团浓烟。许方害怕鬼变幻，又痛打一百多下。那烟平铺地面，渐散渐开，烟气渐渐变得像淡墨，再变得像轻纱，而且越散越稀，以至于无。

有些故事严厉鞭挞了企图伤害亲人的丧尽天良行为。卷四记一个人被雷电击死的故事：

戈仙舟太仆说：乾隆十三年，河间府西门外桥上，一个人被雷电打死，端端正正地跪着，没有仆倒，手举着一个纸包，雷电没有把它烧化。一化验，纸包里都是砒霜，人们不明白是为什么。不一会儿那个人妻子听到消息赶来了，见到却不哭，说："早知有这种情况，悔恨也晚了。他曾经骂他老母亲，昨天忽然萌生恶毒的主意，要去买砒霜把他母亲毒死。我哭谏一夜，他也没有听从。"

又有一个谋夺哥哥财产的人，被鬼吓得半死：

有一个人图谋夺取哥哥的财产，他把讼师招到密室，点上灯筹划。讼师为他设机布阱，一一周详，反间内应的方法，无不具备，计谋已定，讼师捋着胡子说："令兄即使猛如虎豹，也难逃出铁网了。但是你用什么来酬谢我呢？"弟弟感谢地说："我与君至交，情同骨肉，岂敢忘此大恩德？"当时两人对着一个方桌子而坐，忽然桌下出来一个人，踮起一只脚绕室跳舞，这个人目光像火把，身上细细的长毛像蓑衣，他指着讼师说：“先生考虑一下，这个人对待先生好像兄弟骨肉吗？先生大概很危险了。”他一边笑一边跳舞，跃上屋檐离去。这两个人和在旁边侍候的童子都惊吓得仆倒在地。（《阅微》卷十七）

不仅蓄意伤害亲人的人不得好死，那些不孝敬亲人、虐待亲人的人也没有好结果：

高川有一个乞丐，与母亲、妻子住在一个破庙里。这个乞丐夏天拾了一斗多麦子，叮嘱妻子磨面以供养母亲。妻子把好面藏起来，用粗面和脏水做饼给母亲吃。这天夜里，电闪雷鸣，下起大暴雨，黑暗中妻子突然惊叫一声，乞丐慌忙起来看她，看见有一条大蛇从她嘴里钻进去，撕咬她的心，片刻就咬死了她。（《阅微》卷四）

而大孝的人，即使身上有严重缺点，甚至不敬鬼神，也能大难不死，遇难呈祥：

佃户曹二的妻子，性格凶暴蛮横，动不动就骂天骂地，侮辱鬼神。与邻居一语不合，就捋袖挥拳，手拿两个捶衣棒大呼大叫，像猛虎一样跳来跳去。一天，乘阴雨天出去偷麦子，忽然风暴雷电大起，大冰雹像鸡蛋，把她击伤倒地。正在危在旦夕的时候，突然狂风卷起一个大笆斗扣在她头上，她才没有被冰雹砸死。这岂不是老天爷也畏惧她的横暴吗？有人说：“她虽然横暴，但是孝敬婆婆。每当与人争斗时，她婆婆一呵斥，就顺从听话。婆婆打她的嘴巴，也跪着接受。那么她遇难不死，就是因为这一点吧。”孔子说：“夫孝，天之经也，地之义也。”难道不是这样吗?!（《阅微》卷五）

狐狸精的故事，在清代各个社会阶层广泛流传。纪昀儿子纪汝佶就迷恋于读《聊斋志异》。纪昀笔下，狐狸精的故事也很多：

庆云的盐山，有一个人夜里经过乱坟岗，被一群狐狸阻拦，剥光衣服，反手绑起，倒悬在树梢。天亮了，人才见到他，搬来梯子上去把他解下来。发现此人光背上大书三个字：“绳还绳。”他不明白其中的意思。好一会儿才想起，二十年前，曾捕获一只狐狸，也是绑起来倒挂的。如今狐狸是用同样手段报一箭之仇的。（《阅微》卷七）

又记一群狐合力智胜索贿无厌的道士，也颇有戏剧性：

有一个学习茅山法术的术士，劾治鬼魅，多有奇验。有一户人家被狐所祟，请往驱除。术士整理法器，计算日子准备去。有一个旧相识的老头来说：

“我与狐相交很久了，现在狐事急迫，求我说一下。狐没有得罪过先生，先生与狐也没有仇恨。不过你想得到主人家酬金，所以这样做罢了。狐听说事情完了后，主人答应酬谢你二十四两银子。现在狐愿以十倍的银子献纳先生，先生能停止不行吗？”老头就拿出银子放到桌上。那个术士一向贪婪，当即收下银子。第二天，术士对请他劾治狐的人说：“我的法术，只能治凡狐。昨天我召神将检查，你家的狐乃是天狐，不是我所能治服的。”术士得到银子以后，意下很高兴。就想狐既然有很多银子，可以用我的法术都取来。于是他就用法术召来四境之狐，威胁要用雷斧火狱惩治它们，逼迫众狐纳贿。术士经常这样干，狐不胜烦扰，于是就一齐设计盗走术士符印。并且附身到术士身上，使术士癫狂号叫，投河而死。群狐把术士受贿的银子又全部夺回。（《阅微》卷二十）

《阅微草堂笔记》常常借狐狸精故事来讽刺社会上的丑恶和不良风气。下面一则记载一只狐怎样骗人供给酒食，读来不觉得狐无赖，倒觉得被骗的人有些可憎：

有一户人家，宅后空屋住着一只狐，不见其形状，而能对面与人说话。这个人家道小康，有人以为是狐相助的结果。有一个相信这种说法的人，通过他来与狐结交。狐也与那个人亲热异常。一天，那个人想设宴招待狐，狐说它老而贪吃。于是那个人就准备了很多酒菜来招待狐。等吃喝到天黑，有几只狐醉倒现形，那个人才知道是老狐狸呼朋引类同来赴宴。这样好几次，那个人疲于供给，衣物都典当光了，于是稍稍露出向狐狸求助的意思。老狐狸大笑说：“我只因为没有钱吃喝，所以才多次来你这儿打秋风。假使我有钱，我当自醉自饱，何必采取与你交友的手段而求一醉呢？”从此它就与那个人绝交了。（《阅微》卷二十一）

纪昀笔下的地狱，有时像但丁《神曲篇》里的地狱，各种鬼依阳间恶行的深浅而遭到轻重不同的惩治：

有一个乡下人，与亡友同在冥间游观。见到一个鬼，状貌像人，而鼻子下面没有嘴。乡下人问：“这是为什么？”亡友回答：“这个鬼在阳世时，巧于应对，谀词颂语，媚世悦人，所以受到这种报应，叫他不能说话。他遇上做道场招魂喝水时，就用鼻子喝。”又见到一个鬼，屁股向上耸起，头低着向下，脸贴到肚子上，用两只手支拄着行走。乡下人问：“这是为什么？”回答说：“这个鬼在阳世时，妄自尊大，所以受到这种报应，使他不能仰面傲人。”又见到一个鬼，从胸口到肚子，裂缝有几寸深，五脏六腑，空无一物。

乡下人问："这是为什么？"回答说："这个鬼在阳世时，城府深隐，人不能测，所以受这种报应，使他胸中无法藏匿任何东西。"又见到一个鬼，脚有二尺长，手指有木棒粗，脚后跟像斗一样大，沉重得像装了千万斤重的船只，费了吃奶的力气，才移动一寸。乡下人问："这是为什么？"回答说："这个鬼在阳世时，高材捷足，事事务居人先，所以受这种报应，使他不能行走。"又见到一个鬼，两耳拖地，好像拽着两个大翅膀，并且没有耳朵眼。乡下人问："这是为什么？"回答说："这个鬼在阳世时，猜忌多疑，喜欢听信流言蜚语，所以受到这种报应，使他听不见。这些鬼都是按恶业深浅，等到受报应挨惩罚期满，才开始转胎投生。"（《阅微》卷十八）

当然，《阅微草堂笔记》所记述的许多狐仙鬼怪故事，不少是讽刺当时的现实社会的。因为前几节已时有涉及，这里就不一一举例了。

（七）通过议论进行道德说教

议论在《阅微草堂笔记》中占一定篇幅。这些议论有些是通过鬼神之口说出，有些通过别人之口说出，有些引用经书佛典，有些是纪昀自己的看法。纪昀并不讳言自己写作此书的功用，那就是"有益于劝惩"，"大旨期不乖于风教"。他的门人盛时彦也说："大旨要归于醇正，欲使人知所劝惩。"鲁迅先生也指出此书"更欲有益于人心"。都指出书中时时通过议论说教，以达到著书目的。当然，书中的议论往往也是精粗杂陈的。

《阅微草堂笔记》卷二借鬼之口，把官员品德分为三等："畏法度者为下；爱名节者为次；乃心王室，但知国计民生，不知祸福毁誉者为上。"

有时为了宣传说教，纪昀把一些符合他理想的道德标准的传说给神化了。卷五记一个村子下大雨时，有一个媳妇背着婆婆逃生，媳妇为掩护婆婆，被土压死了。乡里有的人传说媳妇已成神仙，有人不相信，说是故意附会。纪昀说："余谓忠孝节义，殁必为神。天道昭昭，历有证验，此事可以信其有。即曰一人造言，众人附和。天视自我民视，天听自我民听。人心以为神，天亦必以为神矣。何必又疑其妄焉。"

迷信报应理论，是佛教劝人向善的一大武器。《阅微草堂笔记》卷一记南皮县一个医生，医术高明，然而好阴用毒药，勒索重资。行贿不足的病人必死无疑。其他医生也不能了解他的下毒诈术。有一天。这个医生的儿子被雷电击死。纪昀议论说："或谓某杀人至多，天何不殛其身而殛其子？有佚罚焉。夫罪不至极，刑不及孥；恶不至极，殃不及世。殛其子，所以明祸延后嗣也。”纪昀的议论劝恶人向善的寓意是颇为明显的。

新疆吉木萨有一个遣犯刘允成，因为欠债太多，上吊自杀。此人以前是由于重利盘剥，逼死人命而被流放新疆的，纪昀就此事议论说：“天道乘除，不能尽测。善恶之报，有时应，有时不应，有时即应，有时缓应，亦有时示以巧应。”（《阅微》卷八）这就把世间事无不纳入报应之中了。偶有不应也是报应。这在纪昀主观上是劝人为善，但是客观上却起了一种麻痹人民反抗意志的作用。

卷九记一个富家女孩，被人贩子拐卖，后来找回，身上鞭痕、杖痕、剪痕、锥痕、烙痕、烫痕、爪痕、齿痕遍布如刻画。纪昀认为这是她前生业报。这就削弱了批判、揭露当时社会黑暗的意义。劝被压迫者忍受现世痛苦，不反抗黑暗的现实，而统治者应该善待被统治者，这就是纪昀所着力宣扬的。

纪昀用儒家中庸和谐的理论来规范富贵人家的伦理道德，要求不要过度或不及。“天道凡事忌太甚，故过奢过俭，皆足致不祥。然历历验之，过奢之罚，富者轻而贵者重；过俭之罚，贵者轻而富者重。盖富而过奢，耗已财而已；贵而过奢，其势必至于贪婪，权力重则取求易也。贵而过俭，守已财而已。富而过俭，其势必至于刻薄。计较明则机械多也。士大夫时时深念，知益已者必损人，凡事留其有余，则召福之道矣。”（《阅微》卷十）

富不能过俭，过俭必至于刻薄；贵不能过奢，过奢必至于贪婪。富而俭，贵而不奢，是富贵人家的道德的第一层次，是富贵人家应该着力追求的高境界。富而过奢，贵而过俭，是第二层次，富贵人家这样做了，罪罚不至于太重，道德最差的是那些贵而过奢，富而过俭的人。

封建社会宦海风波险恶。纪昀晚年曾自挽：“浮沉宦海如鸥鸟。”纪昀也有一套对待宦海风波的涉世之道：“得意时毋太快意，稍知利害者能之；失意时毋太快口，则贤者或未能。夫快口岂特怨尤哉，夷然不屑，故作旷达之语，其招祸甚于怨尤也。”（《阅微》卷十）得意时不要太高兴，宦途不顺利时也不要太快口，不要故作旷达之语，这就是纪昀的涉世之道。

纪昀有些议论，闪耀着哲理的火花。“人生苦乐，皆无尽境。人心忧喜，亦无定程。曾经极乐之境，稍不适则觉苦；曾经极苦之境，稍得宽则觉乐矣。”（《阅微》卷十三）这对于教育青少年培养吃苦耐劳精神，有一定的现实意义。

四 《阅微草堂笔记》的主要特色

《阅微草堂笔记》很重要的一个特色是对日常公认的道德准则、规范、礼法、习俗的讽刺。

鲁迅先生说，纪昀“生在乾嘉间法纪最严的时代，竟敢借文章以攻击社会上不通的礼法，荒谬的习俗，以当时的眼光看去，真算得很有魄力的一个人”（《中国小说的历史变迁》第六讲）。

卷一记一狐占据沧州孝廉刘思玉的书室，并用瓦石击人。知州董思任，自恃是良吏，就去驱赶狐，“方盛陈人妖异路之理”，忽然檐际朗言日：“公为官颇爱民，亦不取钱，故我不敢击公。然公爱民乃好名，不取钱乃畏后患耳。故我亦不避公。公休矣，毋多言取困。董狼狈逃归，咄咄不怡者数日。”讽刺了良吏的真实面目。一般的迷信说法，阴间是公平正直的。

卷二记一个老儒韩生被勾命鬼勾去，但是神一检簿籍，发现勾错了。韩生斥神云：“人命至重，神奈何遣愦愦之鬼，致有误拘，倘不捡出，不竟枉死也。聪明正直之谓何？”

卷五记一个在徽漕之案中被杀的官员在冥司告状，不告杀他的官员，而告以前名声很好的循吏。问他为什么这样做，他说：“此案非一日之故矣。方其初萌，褫一官，窜流一二吏，即可消患于未萌。某公博忠厚之名，举痈不治，久而溃裂，吾辈遂遘其难。吾辈病民蛊国，不能仇现在之执法者也。追原祸本，不某公之讼而谁讼欤？”

卷八记县吏李懋华，听见冥官在争论对一“至孝而至淫”的妇人如何处理，或曰“舍淫而论其孝”，或曰“舍孝而科其淫”，或曰“罪福各受其报”。争论了半天没有结果。这实际上是对当时社会的道德伦理规范有所怀疑，当然纪昀并不是也不敢全部否定当时的道德伦理规范。

对一些下层人民超越礼法的一些事件，纪昀往往持宽容和赞同的态度。卷十三记太湖一渔女出嫁，在迎亲船上骤遇风暴，满船的人惊慌失措。而渔女毅然冲破礼法的束缚，亲自驾船冲风搏浪，使满船人脱险。新娘子的行动，在卫道士眼中，是越礼违俗的。他们认为，宁可葬身波涛之中，也不应有丝毫的越轨。而纪昀充分赞扬了这种因应事势的行动。通过客观记述和议论，讽刺了卫道士的迂腐可笑。

卷八记道士王昆霞梦与一鬼相遇，鬼大谈为鬼的好处。王问：“人皆畏死而乐生，何独耽鬼趣?”鬼回答了一番为鬼的好处：“死生虽殊，性灵不改，境界亦不改。山川风月，人见之，鬼亦见之；登临吟咏，人有之，鬼亦有之。鬼何不如人？且幽深险阻之胜，人所不至，鬼得以魂游；萧寥清绝之景，人所不睹，鬼得以夜赏。人且有时不如鬼。彼夫畏死而乐生者，由嗜欲撄心，妻孥结恋，一旦舍之入冥漠，如高官解组，息迹林泉，势不能不戚戚。不知本住林泉者，耕田凿井，恬熙相安，原无所戚戚于中也。”这则寓言实际上是讽刺了社会上崇拜的为官作宦、荣华富贵的现象。

不杀生、放生是佛教公认要遵行的准则，纪昀对此也有所讥讽。一个人四月八日在佛寺礼忏放生，偶散步花下，遇见一游僧，僧说：“公今日放生，是眼见功德；不知岁之庖厨之所杀，足当此数否乎?”（《阅微》卷十）这个人猝不能对。

微服私访办案，是封建社会官吏津津乐道的一件事。纪昀在《阅微》卷十四里借一个老僧之口进行了指责：明恕斋官太平府时，有疑狱，微服私访，在一个小庵休息，遇见一个八十多岁老僧批评他：“访甲之党，则甲直而乙曲；访乙之党，则甲曲而乙直。访其有仇者，则有仇者必曲；访其有恩者，则有恩者必直。至于妇人孺子，闻见不真；病媪衰翁，语言昏愦，又可据为信谳乎?”

《阅微草堂笔记》第二个特色是故事性强，趣味盎然。

卷四有一条记一个山西富商，原来穷困潦倒，得一叟资助百两银子做商贩，富了后忘恩负义，拿着很多钱准备捐官做，却拒不资助曾资助过他的那个贫叟。一个姓杨的术士问那富商说：“倘有人肯借君百金，一年内乃偿，不取分毫利，君肯举以报彼（指贫叟）否?”山西富商强应曰：“甚愿。”姓杨的术士就掏出一百两银子给山西富商，“西商怏怏持付叟。杨更治具，留叟及西商饮。叟欢甚，西商草草终觞而已。叟谢去。杨数日亦移寓去。从此遂不相闻。后西商检箧中少百金，鐍锁封识皆如故，无可致诘。又失一狐皮半臂，而箧中得质票一纸，题钱二千，约符杨置酒所用之数。乃知杨本术士，姑以戏之。同舍皆窃称快。西商惭沮，亦移去，莫知所往。”短短二百字就把富商、术士的行为栩栩如生地表现出来。

卷十一记叙了两个打虎英雄，颇富传奇色彩。旌德县城郊有猛虎，伤害了几个猎户，无法捕获。后来请来两个人，一个是“须发皓然，时咯咯作嗽”的老翁，一个是十六七岁童子。县令“大失望，姑命具食”。老翁察觉县令意下不满，就对他说：“闻此虎距城不到五里，先往捕之，赐食未晚也。遂命役导往。役至谷口，不敢行。老翁哂曰：‘我在，尔尚畏耶?’入谷将半，老翁顾童子曰：‘此畜似尚睡，汝呼之醒。’童子作虎啸声，果自林中出，径搏老翁。老翁手一短柄斧，纵八九寸，横半之，奋臂屹立。虎扑至，侧首让之。虎自顶上跃过，已血流仆地。视之，自颔下至尾闾，皆触斧裂矣。”

短短一百多字，便把打虎人、县令的心理活动以及打虎过程全部交代清楚了。这一百多字，完全可以扩展为一出像武松打虎那样有声有色、威武雄壮的戏剧。这就说明纪昀能用简洁准确的语言，描述出人物性格、事件发展。这种语言精练、故事性强的特点，司马迁常能得心应手地运用，而纪昀正是继承了《史记》以来的这一写作特点的。

卷十八记了一个动魄惊心的复仇故事，读来也能震撼心灵：一个三十多岁的瞎子，经常在卫河边来往，询问一个叫殷桐的人。梦中亦时时呓语此人。如此十余年。有一天，一个人挺身从船上上岸，说：“殷桐在此，尔何能为?”于是“瞽者狂吼如虓虎，扑抱其颈，口啮其鼻，血淋漓满地。众前拆解，牢不可开，竟共堕河中，随流而没。后得尸于天妃宫前，桐捶其左胁骨尽断，终不释手。十指抠桐肩背，深入寸余；两颧两颊，啮肉几尽。迄不知其何仇，疑必父母之冤也”。

卷二十有一条记一个财主老婆死了，他见同乡的新媳妇漂亮，就以金钱设下种种圈套，使新媳妇公婆以不孝罪名休掉她，再设计娶了这个新媳妇。情节曲折，刻画了财主霸占良家妇女、狡诈淫荡的嘴脸。

卷六记赵孙英有两个幕友，一个姓乔，一个姓车，二人合雇一个轿子回家。赵孙英戏以二人姓作对云：“乔、车二幕友，合乘半轿而行。”正好乔、车合成一个轿字，对子出得很巧妙。一个扶乩的人对曰：“卢、马两书生，共引一驴而走。”卢、马恰好合成一个驴字，对得也很贴切。这种故事不仅读起来趣味盎然，也使人能领略中国文字所特有的奥妙。

卷八记一个不怕鬼的姜三莽，勇而憨。他听人说宋定伯卖鬼得钱的故事，就夜夜荷梃执绳，“潜行墟墓间，如猎者之伺狐兔，竟不能遇。即素称有鬼之处，佯醉寝以诱致之，亦寂然无睹。一夕，隔林见数磷火，踊跃奔赴；未至间，已星散去。懊恨而返。如是月余，无所得，乃止。”短短几句，姜三莽胆大勇憨的形象跃然纸上。

卷九记一群青年设计捉弄一个装神弄鬼的道士也很精彩。一个道士装神弄鬼，骗取百姓供奉钱财。一群青年人从唱戏人那里借来灵官鬼卒的衣服穿上，乘道士夜醮时，突然从屋顶上跳下来，“据坐诃责其惑众，命鬼卒缚之，持铁蒺藜将拷问。道士惶怖伏罪，具陈虚诳取钱状。”众青年哄堂一笑，脱下衣服高唱而去。第二天道士狼狈逃走了。

这两则故事，不仅生动有趣，客观上也起了破除迷信的作用。

作为大家手笔，纪昀叙事写景的技巧“雍容淡雅，天趣盎然”。卷二十三有一条写一个和尚被千百个小人抓搔，生动传神：“满地皆寸许小儿，蠕蠕几千百，争缘肩登顶，穿襟入袖。或龅啮，或搔爬，如蚊虻虮虱之攒咂；或抉剔耳目，擘裂口鼻，如蛇蝎之毒螫。撮之投地，爆然有声，一辄分形为数十，弥添弥众。左支右绌，困不可忍，遂委顿于禅榻下。久之苏息，寂无一物矣。”

有些描写山水风景的篇章，虽寥寥几笔，也极富诗意。如描写长城之外的山水：“长城以外，万山环抱，然皆坡陀如岗阜。至王家营迤东，则嵚崎秀拔，皴皱皆含画意……有双塔峰，亭亭对立，远望如两浮图，拔地涌出。”（《阅微》卷十九）

纪昀一生曾多次到当时风景胜地承德避暑山庄，他写这里的山光水色，优美绝伦：“每泛舟至文津阁，山容水意，皆出天然，树色泉声，都非尘境；阴晴朝暮，千态万状，虽一鸟一花，亦皆入画。其尤异者，细草沿坡带谷，皆茸茸如绿罽，高不数寸，齐如裁剪，无一茎参差长短者。”（《阅微》卷十二）

五 《阅微草堂笔记》的地位、影响和局限

自宋、元以来，随着白话小说的兴起，文言小说逐渐衰落。而纪昀以其大家手笔，丰富的生活阅历，生动有趣的描绘，创作了《阅微草堂笔记》文言笔记小说，使它在衰落的文言小说队伍中异军突起，当时和以后都产生了很大影响。

纪昀自序：《阅微草堂笔记》前六卷“属草未定，遽为书肆所窃刊”。他的门人盛时彦也跋云：“以前三书（指《阅微》前十八卷）甫经脱稿，即为钞胥私写去。”就是说，当时就有很多人来手抄了去阅读，书商也纷纷刊刻，并一直流传不衰。到纪昀孙子纪树馥去岭南做官时，岭南还有不少人来向他索要《阅微草堂笔记》。纪树馥又重新雕版印刷（道光十五年（1835 年）郑开禧序）。

晚清大学者俞樾在《春在堂笔记》中评论《阅微草堂笔记》：“叙事简，

说理透，垂戒切，初不屑于描头画角，而敷宣妙义，舌可生花，指示群迷，石能点头，非留仙（蒲松龄字留仙）所及也。”

蔡元培把《阅微草堂笔记》和《红楼梦》《聊斋志异》并列为清代三本最流行的小说，并评《阅微》说：“刻意求工……随笔体信手拈来，颇有老妪都解之概……”

鲁迅先生在《中国小说史略》中对《阅微草堂笔记》的评价也很高：“惟纪昀本长文笔，多见秘书，又襟怀夷旷。故凡测鬼神之情状，发人间之幽微，托狐鬼以抒己见者，隽思妙语，时足解颐。间杂考辨，亦有灼见。叙述复雍容淡雅，天趣盎然，故后来无人能夺其席，固非仅借位高望重以传者矣。”

在民间至今还流传的一些神仙鬼怪故事，有不少还或多或少地与《阅微草堂笔记》中记载的相同或相近。书中记载的大量异闻奇事，对我们今天研究中国古代文化特别是清代文化有重要的价值。书中的一些哲理性议论，也闪耀着智慧的火花。

当然，《阅微草堂笔记》的局限也是很明显的。有些故事宣扬了封建道德的合理和永恒；有些故事劝告仆人对主人要尽忠尽力，决不容许造反，甚至不能谩骂主人，否则就会舌头长疮腐烂；有不少故事宣扬妇女守节，如卷九歌颂一女子为未婚夫守寡三年，还歌颂一个张姓女子，未嫁夫死，女子竟自溺以殉，卷十七中津津乐道一自缢殉夫的女子；有些故事鼓吹天道轮回、因果报应。这些都起着维护和巩固封建秩序、愚弄麻醉人民的恶劣作用。

在艺术上，《阅微草堂笔记》存在着议论说教过多，结构松散，很多人物形象不鲜明，缺少虚构想象等缺点。从文学角度说，其艺术性不仅比不上《红楼梦》，就是比《聊斋志异》也略逊一筹。

对书中的不足，我们当然不应苛求作者纪昀，只是希望阅读《阅微草堂笔记》时，一定要注意剔除并批判其中的糟粕。